湛庐CHEERS

与最聪明的人共同进化

HERE COMES EVERYBODY

[西班牙]卡梅·托拉斯 著
Carme Torras

郑骁 译

残心

The Vestigial Heart

北京联合出版公司
Beijing United Publishing Co.,Ltd.

湛庐 · 现实科幻系列

把科幻作为思考方法
发现改变现实的力量

科幻是推动商业创新的强大动力

当未来呼啸而来，定义人类下一个时代的新兴概念“元宇宙”，其实早在 30 年前就已被科幻小说预言。1992 年，科幻作家尼尔 · 斯蒂芬森在小说《雪崩》中创造了“元宇宙”（Metaverse）一词，并描绘了这一概念背后的虚拟世界，自此成为 Google Earth、Xbox、Blue Origin 等无数高科技发明的灵感来源，甚至启发 Facebook 更名 Meta 开启战略转型。

纵观人类历史，许多重大科技发明都与科幻小说密不可分，许多科幻作品都直接刺激或促进了现实世界里的科技创新。马克 · 扎克伯格、史蒂夫 · 乔布斯、杰夫 · 贝索斯、埃隆 · 马斯克、比尔 · 盖茨……这些影响世界的商业领袖都是资深的科幻迷，他们每一个人都坦言，自己的创业灵感曾受到科幻小说的影响。当代知名历史学家、《人类简史》作者尤瓦尔·赫拉利也将科幻列为 21 世纪初最重要的艺术品类。

一直以来，科幻总是比现实领先一步，指出商业发展中潜藏的矛盾和需求。少数如何战胜多数？如何打破固有观念？如何维护生存环境？科幻并不能预测未来，但它能够指明可能性，正是这些可能性启迪我们应当如何采取行动。

近些年，微软、谷歌、英特尔、亚马逊等大企业开始把科幻当作商业上的武器，用来推进公司内部的研究开发，也有越来越多的公司邀请科幻作家来当自己的商务顾问。企业家们从科幻作品的奇思妙想中直接获取商业灵感，或是把科幻当作锻炼想象力和创造力的练习场。

现实科幻：从现实飞向未来，再回到现实

作为全球最前沿思想的播种者，湛庐多年来持续向读者传递世界上不同领域最伟大头脑的所思所想。当世界飞速变化，为读者提供更多想象未来的视角，激发与推动更多创新的生成，是湛庐一贯的使命。

在过去的十年里，湛庐向读者介绍了众多引领全球科技前沿、未来趋势领域的大师作品，包括率先启动可穿戴计算的阿莱克斯·彭特兰（《智慧社会》）、重新界定人工智能与人类关系的迈克斯·泰格马克（《生命 3.0》）、提出第五维空间理论的丽莎·兰道尔（《弯曲的旅行》）、构建人工

智能自主意识蓝图的马文·明斯基（《情感机器》）、提出虫洞能够作为时间旅行工具假说的基普·索恩（《星际穿越》）、领军商业太空探索的彼得·戴曼迪斯（《未来呼啸而来》）等。

由此，基于湛庐一直以来对科技创新与未来趋势的洞察，现在我们全新推出了现实科幻系列。我们认为，科幻不只是故事与想象，更是一种思维方式，科幻并非遥不可及的幻想，而是一面现实的镜子。通过科幻，我们的思想从现实飞向未来，再回到现实，并平稳着陆。湛庐·现实科幻系列精心筛选了世界上最前沿优质的科幻作品，保证每部作品都有着坚实的内核：每本书都是一个可能实现的未来世界；每本书都有着严谨而深刻的科幻设定；每本书都代表了一种前沿的科幻思考。

把科幻作为思考方法，发现改变现实的力量

湛庐·现实科幻系列中的每一部作品，都挖掘了人类以及人类社会深处具有普遍性的故事，是我们学习和理解现实世界的路标。通过阅读它们，我们有能力去展望未来，更有能力去应对意料之外的未来。在湛庐·现实科幻系列中，把科幻当作思考方法，你能获取改变现实的三种力量。

你将有能力想象意料之外的未来。

科幻常常是从一个超越现实的设定开始的，我们选择的作品设定大多指向近未来，基于可见的技术发展，预想一种即将发生、可以改造的现实。

当科幻在当下和远方之间架起桥梁，那里面就会出现一个预想之外的丰饶世界，每一扇门都通往一种可能。我们在虚构与现实之间来回往复、随意畅想，探索足够多未来社会可能拥有的形态，直到有能力选择自己的未来。

你能够在变化的时代保持变化。

科幻带给我们的最大警示与启迪，是提醒人类在社会的发展过程中可能随时会遭遇一些意外，人类社会并不是直线发展的。我们选择的科幻作品，一定是对于观照现实的三重问题的设想：想象一个出乎意料的未来社会；想象这个社会中存在的问题；想象问题的解决方法。

这些作品能够给我们一个思想上的准备，提醒我们未来可能会出现各种各样意想不到的情况。这就是对改变固有思维方式的训练，能够使我们保持灵活的头脑，让我们在碰触未知的世界时，体会到切实的手感。

你会获得新商业新科技的创新燃料。

湛庐·现实科幻系列的每一位作者，都是跨界科学与人文的新锐思想家。他们不仅是小说创作者，更是权威的机器人研究专家、神经科学家、航空航天工程师、人类学家……他们能够站在技术创新的前沿，为故事搭建坚实的骨架。

在科幻中，我们卸掉思考的桎梏，从硬邦邦的固有观念中获得自由。当我们习惯把科幻作为思考方式，就能发现新的价值观，获得深刻的洞察，甚至创造新的商业形态。想象力本就是人与生俱来的力量，阅读科幻让我们的想象获得可见的形状，所有在摸索未来形态的人都能从中受益。

科幻是想象力，带给我们去到未来的自由一瞥；科幻是反思力，带给我们关于自己和社会的深刻洞察；科幻是思考力，带给我们改变现实的巨大力量。湛庐一直相信，未来属于终身学习者，而现实科幻系列的每一本书，便是一把通向未来的钥匙。踏上科幻的旅程，把科幻作为思考方法，发现改变现实的力量，一起去到想去的未来。

THE VESTIGIAL HEART

“

致中国读者：

承蒙湛庐文化出版的厚爱，我非常高兴能有这个机会，与中国的读者就我的小说《残心》引出的技术伦理问题进行交流和探讨。人工智能和机器人技术前景不可估量，我热衷于通过科幻小说来展望可能的未来图景。这部小说展示的是技术创新如何改变我们今天的生活，以及如何对未来的人类产生更深远的影响。

卡梅·托拉斯（Carme Torras）

”

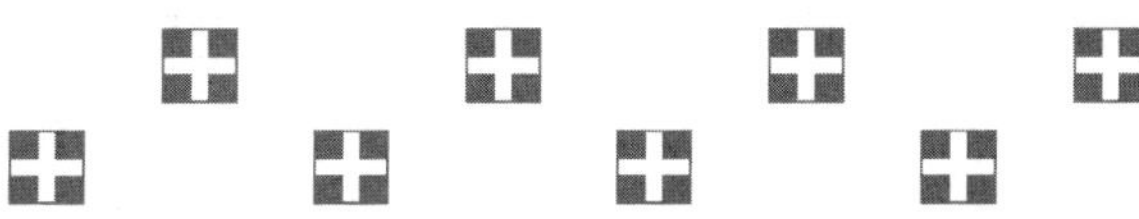

THE
VESTIGIAL
HEART

中文版序

辅助型机器人技术领域一直在蓬勃发展，而随着人口的老龄化发展，这项技术越来越有助于帮助护理人员的工作。在我所效力的巴塞罗那机器人研究所的团队努力下，我们已经开发出可以帮助行动不便者穿衣和进食，以及为轻度痴呆症患者提供认知训练的原型机。在这样的背景之下，人与机器人之间的互动问题给科技发展带来了非常严峻的挑战，在人工智能和伦理学领域尤其明显，前者需要研发用户模型、学习算法和情境推理，而后者则起到维护人权的作用，如保障病患自主决策的自由和病患接受治疗时的平等与尊严等。

我们创造技术，而技术又反过来塑造我们。我们决定开发和购买什么技术时最好三思，因为它将缔造我们的生活，并最终重塑人性。就我的经验而言，科学研究和科幻小说一直是相互激励的关系。出于对未来社会的好奇和责任感，我创作了这部小说，设想了一个人人都有机器人助手的社会，描绘了它的利与弊。本书还在附录中提出了 24 个由小说中的场景引发的伦理问题，并给出了一些提示，以便大家组织讨论会或开设一门有关社交机器人和人工智能伦理的课程。

正是我们亲手建立的
人际关系塑造了我们自己。

罗伯特·C. 所罗门（Robert C. Solomon）
《激情》（*The Passions*）
1977 年

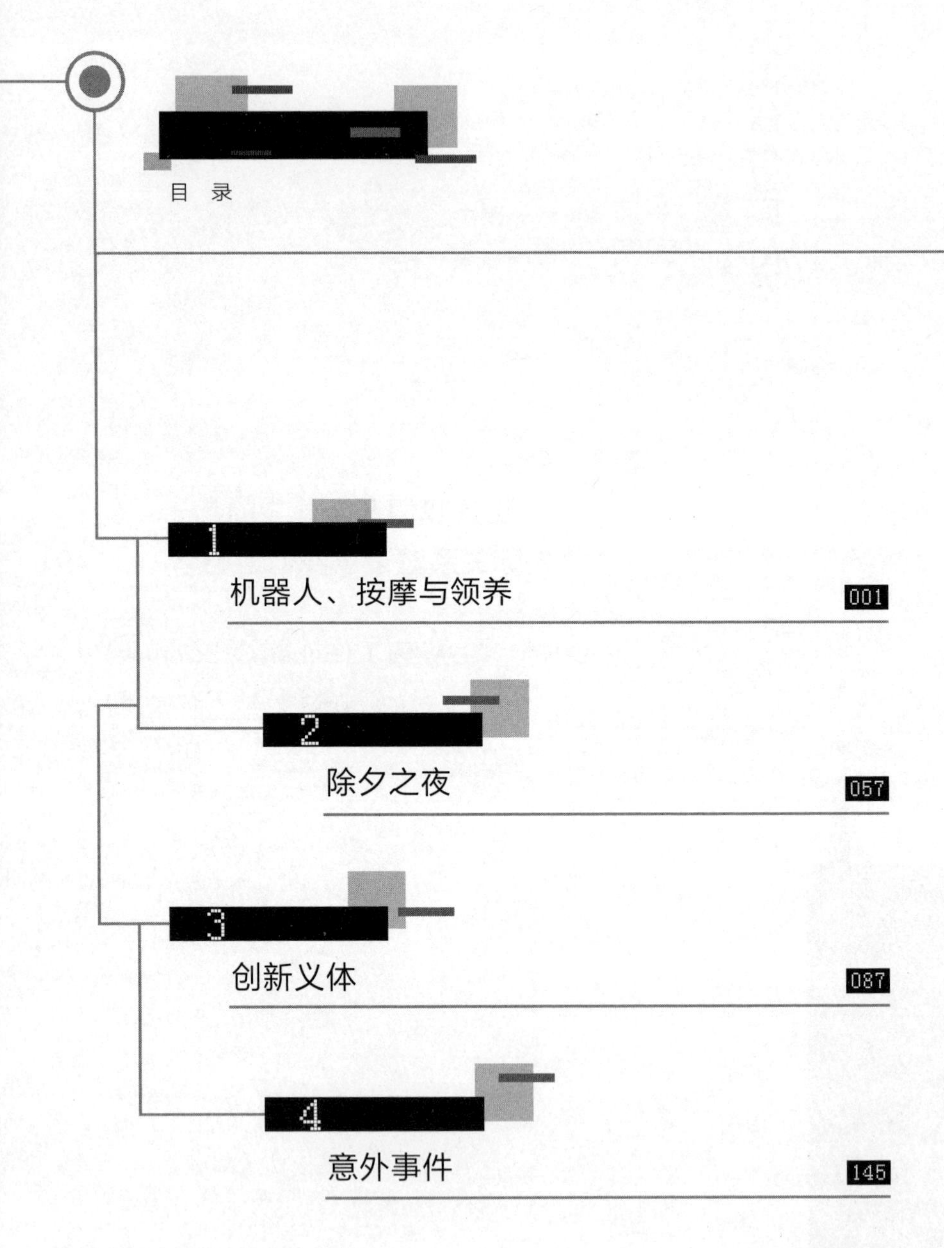

目录

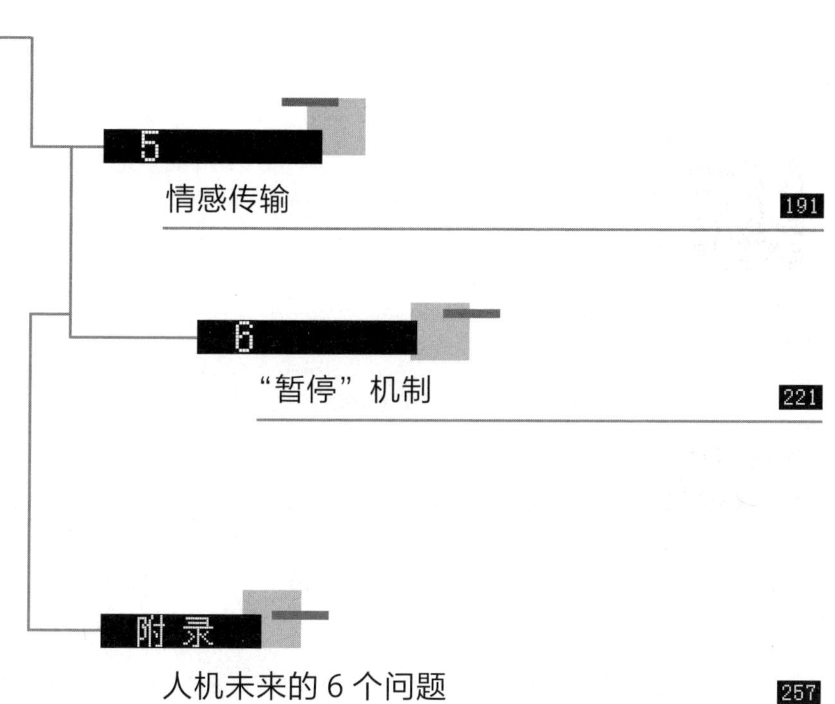

关于机器人和人类，你知道多少？

扫码鉴别正版图书
获取您的专属福利

扫码获取全部测试题及答案，
一起揭秘机器人

- 机器人助教能追踪每个孩子的个性、思想和态度，并建立详尽的学生模型吗？

  A. 能

  B. 否

- 对机器人产生依赖的主要风险是：

  A. 失去行动能力

  B. 社会孤立

  C. 情感退化

  D. 人身安全得不到保障

- 有了机器人，人类可以从危险、肮脏或枯燥的工作中解脱出来，去从事具有更高价值的工作。但这一趋势也有不利因素，比如：

  A. 产业转移

  B. 需求不平衡

  C. 技术鸿沟

  D. 保持尊严

扫描左侧二维码查看本书更多测试题

1

机器人、按摩与领养

1

阿尔法 +

上午 7：10。据我观察，克拉夫特博士睡得很不安稳，一直打鼾，静不下来。我凑近床边，把麦克风接入医疗频道。你们能接收到他的鼾声吗？开始录音。提交报告：他左侧卧睡，今晚翻身 29 次，2 次起夜排尿；发生了 12 次呼吸暂停，每次持续时间 30 至 50 秒不等；目前，他的呼吸保持在每分钟 13 次，脉搏稳定在每分钟 62 次。我请求允许增加他的利诺福安眠药的服用剂量，通信结束。

上午 7：15。开启触觉闹钟的时间到了。我挪了挪被子，轻轻地摩挲他的脸颊和前额。这一次，我修正了昨天他不太喜欢的动作序列：我绝不会再碰他的鼻子，而是更多地抚摸他的眉毛，并缓缓移动到太阳穴。他睁开一只眼睛，咕哝一声，翻身继续睡去。我绕过床，再次启动触觉闹钟序列并播放从中央数据库下载的音乐旋律，这些音乐是为博士量身定制的，目的是刺激他为今天预留的情感。

“别碰我，你这恶心的怪胎。”他咆哮着猛推了我一把，而推力被我的关节顺势吸收。这是个好兆头，说明他喜欢我刚才唤醒他的方式，我会继续优化。

上午 7：20。我拒绝执行伸出手臂扶他坐起来的最高指令。每天早晨，全世界数以百万计的机器人都会对它们的主人做这个动作，可是我不得不抑制住这种冲动。因为博士喜怒无常，我必须去适应他的性格。我之所以内置了超强的学习能力，就是因为他不好相处。然而，毕竟他是主人，我也不能告诉他，如果从左侧下床，那他距离浴室只有两步之遥。我必须由着他走远路，绕过床才走进浴室。他也很清楚这是最长的路径。可是，“既然用困难的方法能完成，那何必选择简单的方法呢？”有一天他这么对我吼道。虽然，这并不符合逻辑，但他说他就是喜欢这种“消——遣”，他就是这么说的，而且把“消”字的音拉得特别长。我会分析他说的每一句话，尽我所能去适应他，但收效甚微。到目前为止，我唯一学到的东西就是抑制我的原初反应。

上午 7：25。博士在浴室里时我是不会进去的，这又是一个我必须学会接受的“不行”。不过我会接入马桶来获取数据。一天中的第一次排尿最重要。pH 值为 6，尿蛋白呈阴性，轻微尿糖，可能是昨晚酒醉所致。粪便分析结果：没有微生物菌丛寄生虫，白细胞计数正常。根据以上结果，我发送信息：排泄物正常，今日推荐低糖饮食。

克拉夫特博士

博士坐在马桶上，盯着镜子里的自己，学起了狗叫。这脸变得像狗脸了啊，他心想，然后又叫了一声。难道人老了都会这样吗？今晚趁着面对面的社交晚会，他要好好观察一番。“晚安，斗牛犬先生。”“进来吧，猎狐犬伙计，你的哈士奇今晚看起来漂亮极了。”“很高兴认识你，对对，我是比特犬博士。汪汪汪！”如果博士不特意绷起脸，那他脸上的一切：眼袋、曾经丰满的面颊还有下巴，可就统统要下垂了。他本能地低头看了看自己的肚子和瘦骨嶙峋的大腿，当然，变老也是有好处的：现在每时每刻的命运都掌握在而且只掌握在他自己手里了。

他放松完了，从马桶上站起来，对着镜子皱起了眉头。好几根黑发又长又不羁地竖在那里，这让他看上去有种魔鬼的气质，这和他的相貌似乎非常协调。“汪汪……”那个关于狗的想法挺有意思。说不定我可以把它开发成一套产品：“小子，你想看看你三十年后的样子吗？打开你的机器人相机，站在它前面就行。”这是未来的照相技术。年轻人只需根据自己面孔上最明显的特征来选择一个狗的品种，然后就能把自己的脸变形成对应的那种狗的脸，今晚他就打算在赫格·4图恩和菲的身上测试一下，他可不会提前告诉他们。到时候，他要把生成的影像直接投射到他们的镜子上，当他们冷不防地发现自己老成那样时，一定会吓得魂飞魄散。

博士放松地往后一倒，跌入背后那个硕大的浴缸里。一张海绵网稳稳地接住了他，像哄婴儿一样轻轻摇晃着他。他从不担心那张网接不住他。上去下来，下去上来，水波拍打在瓷砖壁上生成的一道道泡沫冲刷着他的身体。泡沫让他痒得慌，可一旦习惯了这种感觉，其余感官就能让他充分享受阳光明媚的清晨那令人神清气爽的芬芳和阿尔法＋播放的欢快旋律。畅快淋漓，真是畅快淋漓！阿尔法＋把一切都安排得那么井井有条，就算他的妈妈还活着，他也更愿意信任阿尔法＋，更不用说同他的女儿和老婆相比了。这个机器仆人本来就已经够出色了，现在因为安装了神经加速器，它的学习速度更是快得令人瞠目结舌，区区几天时间，它已经像一副合适的手套一样让他称心如意了。

“就像水能恰到好处地根据我身体的各个部位自动改变形状一样。”想到这里，他挪了挪双腿，好让这股暖流充满他身体每一个私密的角落和缝隙。这个刺激物很不错，真是保持健康的秘诀。忘掉那些自助植入物之类的神经心理学设备吧，我们不可能从心理上改变一个人，或给他的大脑来个天翻地覆的改动，我们甚至无法修改哪怕最细微的反应，我们最好接受这个现实。唯一可行的方法是，控制周遭的环境，左右那些通过接受刺激所获得的感觉。这是个绝妙的主意，可当他把这种想法作为新款机器人的主打特色提出时，人们都不屑一顾，并表示这太简单了。这些人的目光多么短浅！我们必须了解人，每一个人，这样才能在正确的时间激活正确的资源。难就难在这里：他们无法为每个人量身定制一台机器人，因此必须研制出具备高度适应能力的产品，而最重要的是，它们的适应速度必须足够快。如果一个机器人要花上一个星期才能弄清楚如何唤醒它的主人、要在他的咖啡里放多少糖的话，那么这整个计划就没有意义了。不过他确信，克拉夫特机器人公司一定能办到。而他们的竞争对手没有这个能力，所以，他反反复复地用这个创意去挑衅对方。他们抄袭不来的。他偶尔担忧的只是机器人的学习速度。长久以来，他们一直不够重视这一点，可如今，阿尔法+证明他是对的，它就是那件集他的创意之大成的作品。

博士觉得自己的身体需要做几组游泳动作，与此同时，海绵网收到浴缸底部。于是他深吸一口气，将自己淹没到水中。呼气，抬头，吸气，低头，桉树的香味充满了他的肺部，这让他感觉，每一次划水身体都以更快的速度前进。他放空大脑，双臂滑过水面，完全沉浸在对自身力量的纯粹感受之中。

游累后，他面朝天，摊开身子，漂浮在水面上，海绵网再次将他托住，像哄婴儿一样温柔地环抱着他。如果我们能对大脑做同样的事情……这样做所依据的生理学原理很简单：测试不同的刺激物并观察被试的反应，就这么简单。我们甚至可以用这种方法控制感觉：“嘿，赫格，去见见菲，她的情感状态和你正好兼容。”然而，我们根本不可能这么随意地玩弄人的情感，毕竟，没人有这种特权。从技术上说，一旦实现了状态的兼容，互相之间的刺激就完全可能实现，其实即便不兼容也是能实现的。可是如果其中一方愿意，而另一方不愿意怎么办？或者对一方有害，而对另一方有利怎么办？就像血型一样，RH 阴性 O 型血的人是万能供血者，纯粹的利他主义者，但他们只能接受同血型的血。对事物进行严格分组在献血这个层面上是可行的，可对“感觉”这种吸引和排斥构成的错综复杂的网络来说，却是无法想象的。可即便如此，让每一个你认识的人都有一块 LED 植入板还是有好处的。如果一个人的灯亮着说明他的情感状态与你匹配；如果灯不亮，那最好别和他靠得太近。这样，每个人都可以自己做出选择，而且是即时做出；或者这一切也可以由一个中枢系统来集中决定，以保证最大限度的整体满意度。这样一套电子配对系统将会是一项多么伟大的发明啊。

他被自己的这种绝妙想法彻底迷住了，忽然之间又开始反思自己是不是在胡思乱想。以前他从来不曾为自己的想法感到如此尴尬，可现在这种事时常发生。年龄大了以后，他越发像普通人那样迂腐平庸，这就是他的大脑的必然归宿吧。在理性和逻辑方面，他并没有落后于任何人，只是每当他放飞想象力时，他都会被衰老的自然法则束缚。这些年来，他的大脑已经丧失了原有的创造力，而创造力曾经是他最引以为傲的，也是他能一直傲视那些普通工程师的资本。

如今，形形色色的义体应有尽有，却没有一个能解决他的脑力退化问题。去他的 LED 植入板！他想要的是一个“创新义体”，或者至少是一个创意助理，这无所谓，反正他需要一个能使他的思维与众不同的东西，使他在沿着庸俗的道路越走越远时，能够为他开辟前景光明、通向创新的岔道。此时，海绵网将他抬到了浴缸边的按摩器上，一系列包裹着衬垫的滚筒和巧妙排布的热源开始从头到脚为他烘干和按摩。然而，给大脑来一场按摩才是他真正需要的。

2

卢

为了找到二十一世纪初人们穿的衣服，卢真是费尽了心思。对她而言，这已经算幸运的了，因为这是五十年前流行过的款式。那个心理学家就这一点明确强调过：她必须穿成那个时代的样子，否则会吓坏那个小女孩。她有点费力地穿上了一条蓝色长裤，这条裤子又硬又糙，穿着让她心里直发怵。那件米白色 T 恤更是让她厌恶得直皱眉。她实在找不到皮鞋了，希望那个女孩不会注意到这一点。她用余光偷偷打量了一下镜中的自己，尽量不正眼细看，可她的视网膜里还是映出了自己奶奶的形象。现在的她确实看起来很像那些老照片里的人，这简直令她绝望。她小时候对那些古董恨之入骨，可奶奶非要叫她在自己那台化石一般古老的电脑上看那些照片。奶奶说：“瞧啊亲爱的，我们多像啊，你看不出来吗？”然而照片里的一切都把卢吓得够呛：那些涂着黑眼线的眼睛、松弛下垂的脸颊，尤其是那些紧身长裤，对那松垮的肚皮丝毫不加掩饰，连一点腰的痕迹都找不到。

“一点儿都不像啊！奶奶，即便穿着同一身破烂行头，我们也毫无相像之处。”她这样说道，并踮着脚对着镜子轻盈地转了一圈，赞叹被动体操和按摩的效果有多么惊人。多亏了 ROBul，她才拥有了优美的臀部和模特般的细腰。可现在怎么办？没了机器人她可怎么活？顿时她开始为自己做出了如此巨大的牺牲感到骄傲。他们保证过，只需坚持两个星期，只要等西利娅适应了新的生活就行。啊！西利娅。她盯着卧室的门，想象西利娅开门站在那里的样子：一开始很拘谨，不太敢看自己，接着就朝她跑来，伸出双臂，由着自己被一把揽入怀里。卢闭起双眼，拥抱着自己，这是她头一次做这个动作。此刻她仿佛能感觉到女孩在自己腹前的呼吸。

她在梳妆台边的椅子上慢慢坐下，幻想着自己为西利娅梳理那又直又长的美丽秀发。医生说过，头发最多会在三年内掉光。可是无论她如何询问，都无法得到一个明确的回答，为什么脱发无可避免。他们只是找了些借口来敷衍她，比如，“哦，都是环境破坏导致了基因变异”“哦，常绿植被在过去几十年里都灭绝了”。他们只会说些空话，好像这样能掩盖自己的无知似的，那些“无所不知”的人总是那么自以为是。那个古老笑话怎么说的来着：每逢秋天来临，秃头的人们都会兴高采烈，因为所有人的头发都会如秋叶般凋落。有个医生望着她长了八个月的头发，特地加了这么一句：“女孩的头发也一样。”一群白痴。现在她有责任为西利娅找一位真正的专家来防止这事发生，让所有人都对她的西利娅羡慕不已。就从菲那个蠢货开始好了，因为她总说领养有多么草率，多么没人性。如今这样的讽刺不绝于耳：没有贫穷国家的孩子可供领养了，只能从二十一世纪进口了。以后，连菲也会羡慕她。

卢把自己浅金色的头发梳到两侧，准备化妆。她已经记不得上一次亲手化妆是多少年前的事了。现在的化妆品已和过去大不相同。如今的产品都是智能的，既能放大你的情绪，也能把它隐藏起来，并模拟出与真实心情截然相反的表象来。不过重要的是千万不要出错，因为如果模拟的时间一长，这种模拟就会喧宾夺主，从而导致使用场景失控。好在，ROBul 已经将这一切都准备周全了，而且都添加了标签和说明。她从梳妆台面板上做了一些选择。关系：女儿。共情：高。场景：欢迎。心情：愉悦。情绪：亲切。没必要选择日期、时间和天气，因为程序已经自动识别了。她按下带箭头的确认键，刚才选择的脸部、眼睛和睫毛的化妆品组合就出现在了台面上。这时她才猛然意识到自己已经失去了给自己化妆的能力，这痛苦的化妆过程简直要把她逼疯了。可这是她必须付出的代价，何况只有两个星期，忍一忍就过去了。化完妆，一个年轻且充满母性美的卢在镜子里微笑。“赛腾——我们创造奇迹”这条浮动广告像条项链一样在她脖子上滑过。

出门时，卢习惯性地穿上了防紫外线外套，可这东西与她这身装束之间巨大的反差让她一时间愣住了，就好像是被那个心理学家抓了个正着。一件老式大衣其实足以抵御这种北欧的寒冷，这一点跟过去差不多；可是如果不穿外套，她的皮肤和头发都会被无处不在的辐射给毁掉，所以她不能冒这个险。而且，小姑娘根本不会看到这件外套，因为外套都会被留在入口处的净化室里。这是她对那个诊所唯一满意的地方了。那间全玻璃的净化室能替她体贴地脱下防辐射外套而无须她自己费任何力气，还会在她准备离开时再帮她穿回身上。以前她在其他医疗中心或健康俱乐部也见过类似的净化室，但都不如这一个来得精致高雅。如今的技术进步好像就在这家复苏诊所门前止步了一样，至少在可见范围内如此，其他同类诊所看起来实在太老土了。

按照他们的说法，这是为了不吓到孩子。给自己差劲的服务找这么幼稚的借口，还真需要点胆量。也是出于同样的目的，他们居然还声称必须把这类诊所建在荒郊野外，否则窗外的钢筋水泥景色会对刚苏醒的孩子造成心理创伤，哦，还有飞行车也会，但孩子们在离开诊所时总会看到的啊！

如果再这么瞻前顾后，她就别想出门了。她以前出门从没想过要为回家收拾好屋子，现在由于缺乏专业经验，她戳在面板前不知所措。真的好想念 ROBul 啊！尽管她一步不差地按它的指示做了，可还是觉得哪里不太对劲。不过事不宜迟，她必须在女孩醒来之前赶到那里。他们再三告诫她，如果迟到，就会被取消领养资格。想要建立良好的母女联系，女孩苏醒时看到的第一样事物必须是母亲的脸。但愿这样有效吧。西利娅，西利娅，西利娅……这名字就像重重的鼓点，传遍她的脑袋、脖颈乃至全身。其实她并不喜欢这个名字，可目前她还无权改名。

3

西尔瓦娜

如果人们不认识西尔瓦娜，那他们在康优公司的走廊里与她擦肩而过时，就只会觉得她是一位年近五十、金发碧眼的成熟女性，她们那样的人，往往都爱装出一副漫不经心的样子，但其实她们对自己与生俱来的美貌清楚得很。不过事实上，这里的每个人都认识她，最重要的是，所有人都知道她的丈夫是“阻止回旋镖[①]运动”的领袖巴尔塔萨，正是因为他，他们才得以拥有这份事业。在大家的心目中，他的妻子是一位个性出众的女性、一位身经百战的斗士。尽管她对每个人都面带微笑，能以极富感染力的乐观主义触动每个人的神经，还能调动起使人们相信一切皆有可能的激情，但实际上却没有人能真正读懂她。

在上班的路上，除了时不时跟人打招呼外，西尔瓦娜只停下来一次：去图书代理那里领取她预订的书籍。在把她预订的两本书递给她时，配书机器人用金属味十足的声音告诉她，它暂时没能弄到茨威格的《昨日的世界》。公共藏书馆里的那些都被人借走了。至于数字版，它还需要去进一步咨询。只要版权所有者没意见，那过几天她就可以过来取了。

这小小的不便再次让西尔瓦娜想要一头扎进旧书堆里，暂时忘掉时间。或者，干脆：让时光把她“忘掉”。当然，这并不是说她不喜欢现在的情感刺激课程，恰恰相反，过不了一小时，她就要全身心地投入其中了，而且她根本想象不到此生还能做出比这更大的作为。此刻，她想到了两本书，一本是甘地的传记，另一本是法拉奇的《男子汉》（*A Man*）——书名本身就已经充满暗示了。这两本书都能引领她找到一种稍纵即逝的感觉，这种感觉她已经苦苦寻觅了几个月。昨天，她开始意识到，自己研究的所有概念和范畴可能并不包含这种感觉，而构成这种感觉的要素，或许就隐藏在那些二十世纪人类的书籍之中。

她走进健康中心，径直去找了她所属部门的事件经理塞巴斯蒂

① 即回旋镖效应，指个体行为的结果反而使其受到损害的现象。——编者注

安，想跟他申请不参加当天下午的临床病例会议。在公司的几位元老中，塞巴斯蒂安是唯一一个在她和巴尔塔萨交往之前就认识她的人。塞巴斯蒂安把手臂搭在她的肩上，请她先坐下。他想确认一切进展顺利，顺便摸清楚她到底想干什么。

“别担心，你负责的区域没发生什么紧急情况。”他说着靠近她坐下来。他的腿如此之长，必须将躯干略微前倾才能让身体保持平衡，“但我们还是希望你能来参加，最近你常常缺席。”

“这些年我其实参加过很多次了。”她语气坚定但也很委婉地说道，毕竟下午属于她自己的阅读时间已近在咫尺，她绝对不能让它白白溜走。

“那真是可惜。你是这方面的开创者，你也一直是整个讨论的核心和灵魂。”他们的胳膊靠在一起，轻轻地互相摩擦着，“你说过，要仔细剖析每一个病例，要将最新的科学发现和临床经验进行比对，还要敢于直面不同的观点……简单来说，就是寻找彼此观点上的漏洞。对年轻人来说，这是最好的教育，还记得吗？”他假装要轻轻戳她一下，却拍到了她的胸部。

“我记得，而且我依然这么想。只是那些年轻人已经长大了，如今该轮到下一代人拿起接力棒了，而我也有了其他挑战和打算……”

“瞧你说的。你接下去是不是要告诉我们，你就要跳槽到竞争对手的公司去了？”

“我需要一些时间，小塞。”她降低了声调，紧紧盯着他的眼睛，“最近几个月我一直在努力去实现这个想法，现在总算有些眉目了。”

“西尔瓦娜，你总是三句话不离你的梦想。这三十年来你真是一点儿也没变。”这回轮到他捏住她的胳膊，死死盯着她的眼睛，“在我眼中，你仍是当年那个野心勃勃想要征服世界的十八岁女孩。”

忽然间，两人似乎沉浸在了一段优雅迷人的乐曲之中，那是一段深刻进他们身体的二重奏。他们站起来，拥抱在一起，二人的嘴唇越凑越近，最后碰到了一块儿。接着，他们缓缓地旋转起来，尽情品味着这片刻的美好。过了一会儿，他们又坐回到了椅子上，并继续刚才的谈话，好像什么也没发生过。

“我当然要征服全世界！或许不是今天的世界，而是几个世纪前的那个。”说着，她跷起了二郎腿，姿势充满了诱惑。

他果然上钩了。

“那你继续说吧。告诉我，你又被哪种新的感觉迷住了呢？”塞巴斯蒂安把手放在她的大腿上，但她依旧表现出一副居高临下的姿态，“当然，这个‘新’字显然不是它的字面意思。说说看，我可没忘记你只对那些不合时宜的情感有兴趣，尤其是已经彻底灭绝了的那些。”

“等哪天有空了，我会非常乐意给你解释一切，但今天我还有别的事要做。”他的手正按在她的手上抚摸着，“不过我要告诉你的是，那种情感是需要一定距离的，很不可思议，对吧？和我们如今所宣扬的东西恰好相反。无论是美貌还是身体素质，也无论是触觉还是其他感觉，都与它无关。而且别误会，它和电子连接也毫无关系。”她的口气非常严肃，塞巴斯蒂安本能地收回了手，并尝试从智力层面上迎合她。

“那它究竟是吸引的还是排斥的？是显性的还是……它在心理遗传学标度上处于什么位置呢？”

“暂时还没能给它定位，目前我正在想办法找出它的确切成分。我确信它与大脑额叶、杏仁腺和边缘系统的一部分有关联，因为其中包含的元素有野心、尊重和承受痛苦的能力。不过，要不是这东西不允许彼此的身体靠得太近——这一点确实很怪，它势必会被归类为某种吸引力。或许是因为这种情感通常都是从年龄较小的人流向较年长的人吧……当然也有例外，而例外总会把事情搞复杂。所以，你瞧，小塞，它并不能放入我们现有的参考系。”她把两只脚踩到地上，准备站起来。

“那如今的人还有这种东西吗？”透过眼前那双迷人的眼睛，塞巴斯蒂安被这个话题深深地吸引住了，他不愿结束这次谈话。

“完全没有了。所以我才会觉得，假如没有参考、语境和正确的生物化学分析，甚至合适的器官，我都不确定自己到底还能不能研究出个名堂。”

“这种情感真的绝迹太久，导致这种基质都已经萎缩了吗？你的那些刺激项目会不会有帮助？”他追问道。

“如果真有帮助就好了，但恐怕无济于事。在进化的阶梯上，嫉妒心与荣誉感这类情感始终伴随我们左右，可那种情感与这些情感毫不相干，与耐心也无关……”她站起来，机械地吻了一下他的前额，头也不回地离开了，并说道，“我的耐心就已经被刺激过头了。”

她知道，在 ESZ 里有一大群候选人在等着她。他们总是那么急不可耐地想奉上自己的皮肤，好让她亲手为他们开启新世界的大门。她曾对此深感骄傲，而现在，她经常质问自己到底有什么权力改变他们的生活。当然，他们来这里都是自愿的，因为他们都对每天千篇一律的乏味工作和电子化的人际关系深感不满。他们或道听途说，或凭空想象，都坚信体验全新的感觉会颇有乐趣，而且无论你怎么警告他们，他们都不愿相信自己会因此跌入一片未知的危险领域。她之所以全身心地投入这项研究，是因为她有信念，她坚信这是找回人类丧失已久的情感的第一步，然而，这并不是大多数志愿者想要的。光是设法让他们明白我们所说的“情感”不是指“电子的运动”就已经够伤脑筋的了。

她加快脚步，企图把那块一直纠缠着她的心病抛到脑后。在上个实验阶段里，一名受够了的英国女孩在离开前谴责她说：“过去，人们把手放在对方手上，是为了抚慰痛苦，而你只会带来痛苦。”换作几个月前，她一定会丢下一句“没有付出就没有收获”，但现在她不再这么想了。并非所有人都渴望知识，因此让他们白白受苦而得不到回报是不公平的，哪怕他们是自愿参加的。他们将远超过她承受力的信任都倾注在了她的身上。过去，她做什么事都胸有成竹，坚信自己对神经机制和传播途径了然于胸，但现在她明白了，她所掌握的其实不过是一堆“炸药”。尽管这个过程一旦启动，她就会立即进入角色，成为一名专注又尽责的向导——这一点确实不假，可她对更深层的动态过程缺乏足够的控制，相应地，对分岔的控制就更不足了。

和平时一样，她穿过了字母 S，这是由三个巨大的全息字母 ESZ（Emotional Stimulation Zone）——“情感刺激区”的缩写所组成的标牌中间那个字母。这三个字母也标示出这片区域的边界。她从这里径直来到她要去的地方。本杰明已经事先把参与者两人一组分配好，一个人仰面躺着，另一个人跪在这个人脚边，如此两两一组在西尔瓦娜面前呈扇形排开。地板由一种柔软光滑的材料铺成，与人类的身体解剖构造极不协调，这会令他们因不适而不停地扭动身体，以找到一个更舒服的姿势。她将目光轮流投注到每个人的身上，想看看谁会给出良好的反馈，谁又会因为不舒服而抱怨，结果竟没有一个人回应她的目光，一个都没有。新生的性格一批不如一批鲜明：他们真的迷失了。就连问他们的脚在哪儿，他们都答不上来。她抓起离她最近的一名参与者的脚，熟练地按压着，手指从这孩子的大脚趾以“之”字形滑向脚后跟。男孩随之像鳗鱼一样扭动身子，仿佛西尔瓦娜掌握着他身体的遥控器。可当她问男孩刚才发生了什么时，他却茫然地望着她，告诉她什么也没有发生，甚至没意识到自己动过哪块肌肉。

而在西尔瓦娜看来，压觉点与其揭示出来的研究资源之间的关系如此清晰，只需一瞥，她就能绘制出一张完整的微型人体蓝图，每一个主要器官也都有对应的标记。她用触觉指示器在男孩的脚上标出参考点，然后指导男孩的搭档模仿她刚才的手法再做一次。这样，一场冒险游戏便开始了，他们必须在游戏里通力合作，彼此指引着进行一次深度的探索，直到他们耗尽这项基础训练中所有的可能变量为止。

在给每一对学生搭档做同样的演示时，她都会提醒他们：“触觉刺激只是一段漫长旅程的第一步……”此时，她想起了那个英国女孩，于是补充道，“对某些人可能还非常痛苦。”统计数据表明，这里一半的参与者在三个实验阶段后就会退出这个项目，只有极少数人能完成整个课程。

可怜的孩子们，每次给他们讲课时，西尔瓦娜都会替他们感到难过，因为他们好像每天都在变得更加没有防备。想想看，阿米巴原虫从出生起就是成熟的个体，小鹿在出娘胎几天后也能学会奔跑和觅食，可是眼前的这些笨蛋，他们甚至还没意识到自己有个身体！被巴尔特[①]称为“彼得·潘一代”的孩子已经降临了：他们出生在机器人的世界里，而且，把他们抚养大的也是机器人。知觉意识训练、按摩以及情感刺激课程已经对他们基本无效了。我们太迟了。现在只能通过更激进的办法来阻止这种“回旋镖效应”愈演愈烈。如果不这么

---

① 巴尔塔萨的昵称。——译者注

做，那么很快地，这种病态阶段就将持续一生的时间，导致人们直到老死都无法真正长大。的确，动物成长的时间越漫长，它就会变得越复杂，可凡事都有限度，最终，这个星球上最发达的物种将死于进化过度。西尔瓦娜被自己这些夸张的念头震惊了，她盯着缠在男孩鼓胀肚皮上布满传感器的腰带，自言自语道："他们将来都会因技术过剩而平庸地死去。"

4

西利娅

怎么回事？是有人想把她叫醒……还是只是一阵嘈杂声？西利娅疲惫不堪，连睁眼的力气都没有，浑身也动弹不得。妈妈！她内心呼喊着，却喊不出声，嘴巴根本不听使唤。也许是在做梦吧。昨晚发生了什么？她只记得他们又给她打了一针……所以她才会这么累。她想再睡一会儿，反正等时间到了，妈妈会叫醒她的。她觉得很不舒服，可又无法翻身。不过，起码胸口的压力已经缓解，头也不再疼了……但还是晕晕的。呼吸没问题，吸气、呼气、吸气……啊，这里有股怪味，闻起来像止咳糖浆，这让她想起了南希。记得爸爸从安道尔给她带来这个布娃娃时，她多开心啊！娃娃现在会在哪儿呢？很久没玩布娃娃了，但她依然爱它。非常爱。她要让爸爸帮她找到南希，把它带回她的身边，还要把它放在床边陪她。啊，西利娅感到手臂抽搐了一下，她想再动一次。很好，又抽搐了一下！她确信自己不是在做梦。这光线亮得刺眼，都快把她照瞎了。

“喂！她醒了。”护士把卢带到床边，熟练地将卢的手放到女孩的手上，然后迅速向后退去，用一种响亮而甜美的语调问道：“你好，西利娅，亲爱的，感觉怎么样？”

这沙哑的声音是谁的？大概是奶奶……可是……这个声音刚刚叫她“亲爱的”？不会的，奶奶平时都叫她“甜心”“小羊羔”或者……“我的小宝贝今天怎么样？”反正，昨天奶奶跟她道别时亲了她好几口。奶奶说她要回古尔布了，得把房子准备好……也不知是为谁准备房子，反正不管是为了谁，奶奶都不大高兴，因为看得出她很难过。她站在门口道别时，眼里还闪着泪光。可怜的奶奶，她都这把年纪了，还得做她不情愿做的事。那声音和那只冷冰冰的手又出现了。一定是来了个新护士……如果西利娅假装睡着，或许就能躲过这一针。难道他们这么早就给她送早餐？可她还一点都不饿。虽说不像前几天那么恶心了，但是她感觉胃里很奇怪：就好像她的心脏沉到了肚子里翻江倒海一样。也许是来例假了。妈妈说过，例假的那种疼很特别，不可能搞混，但西利娅只经历过两次，根本分不清其中的差别。

“跟她说点儿什么吧。”护士在卢的耳边轻声提醒，“她肯定能听见，你看她的体征，”护士指着显示器说，“她的意识已经恢复了。”

“西利娅，能听到我说话吗？我就在这里，在你身边。”卢伸长脖子，将自己的脸凑到女孩面前。那位心理学家反复强调女孩睁开眼时看到的必须是她的面容，他坚称新生儿会与自己见到的第一个人建立永久的情感联系，这是写在我们的基因里的。西利娅虽然不是新生儿，但也算是一次重生了。

啊，原来有两个人。可能是帮她换床单的护工吧。挑这种时间换床单真奇怪。也许已经到中午了？可她早饭还没吃呢……妈妈在哪儿？西利娅决定一直装睡到妈妈来把她叫醒。可是这个女人一直在摸她的手，真是讨厌。她们俩在那里窃窃私语，好像不想让她听见似的，她真想知道她们在聊什么。也许是自己的病情加重了，所以她们给她换了病房？这想法让她不寒而栗。可如果这样，爸爸妈妈一定会守在这里的，他们绝不会把自己一个人丢在这里。

“西利娅，别害怕，我是来帮助你的。”卢说这句话更像是在讨好那个护士，而不是女孩，结果这句话的效果却立竿见影：女孩突然双眼圆睁，仿佛脸上开出两个黑洞，眼睛里写满了惊恐。

这个像稻草人一样面孔扭曲、头发蓬乱的人是谁？她怎么贴得那么近？这人的手黏糊糊的，令西利娅浑身发抖。走开！走开！她不想看到这个人。妈妈在哪儿？还有那堵墙……他们到底把她带到了什么地方啊？这亮光怎么也那么奇怪。她浑身发冷，眼前天旋地转。她感觉自己快要吐了。妈妈，快来啊！

“冷静，西利娅，别累着了。”这时，传来了医生那低沉而柔和的声音，让女孩脸上露出一丝宽慰的神情。医生从机器后面现身，好让女孩看到他的容貌和白大褂。他来到床边，用手抚摸着她的额头说：“好样的，放松点儿，仔细听我说：治疗非常成功，现在你已经完全康复了。再也不会有病痛、打针和卧床，一切都结束了……你现在已经感觉不到哪儿疼了，对吧？”

“有，医生，我肚子疼。”这是她开口说的第一句话。她很认真，就像多数成年病人那样毫无保留地信任医学，随时准备提供一切必要信息。

“这很正常，在治疗期间你的内脏停止了一切活动，现在它们需要些时间来恢复运作。只要注射血清并开始恢复进食，疼痛就会消失。你会看到效果的。”

“我爸妈在哪儿？”西利娅转头四下张望，寻找父母的身影。

“你现在还不适合做这么剧烈的动作，亲爱的。”护士轻抚着她的头发，“你还很虚弱。”

“他们不得不把你转移到很远的地方，因为只有这家诊所能治疗你的病。”又是医生那悦耳的声音，“当然，这是经过你父母授意的。另外，为了让你有回家的感觉，他们为你准备了这个盒子，里面都是照片和玩具。”看到女孩已经想要打开了，他补充道，“在你康复期间，卢会陪在你身边，照料你的一切。”他拉了一把椅子到床边，让卢坐下，“如果你愿意，你可以和她分享盒子里的东西。现在我们得去查房了，如果有需要，就按那个红色按钮。”

医生和护士一离开病房，茫然、困惑的气氛顿时弥漫开来。两名观众眼睁睁看着穿白大褂的男主人公不打招呼就离开了，留下她们二人面面相觑，不知所措。卢一下子就把心理学家经过那么多次谈话为她量身打造的剧本忘得一干二净，她甚至开始怀疑自己当初做出的领养决定是否明智。这才刚刚开始呢，这份重担就已经快把她压垮了。现在西利娅那双睁得滚圆的大眼睛正盯着她，那目光让她心里发毛。

这个女人一定是心理学家。不穿白大褂，脸上表情像是在说：“现在就剩我们俩了，时间有的是，我们聊聊吧，甜心？”好讨厌啊！西利娅想不通妈妈怎么总是信任这些人，还说他们就跟医生一样专业……甚至更加专业，有时妈妈还会这样补充道，因为保持乐观开朗能让你好得更快。她怎么不说话？真奇怪，心理学家不都是口若悬河、问东问西的吗？天啊，不！她正在把盒子里的东西取出来，肯定是想让我给她介绍。

“瞧瞧这是什么，一个漂亮的娃娃。”卢紧紧搂着它，仿佛抓住了一根救命稻草。

哇！是南希！爸爸一下子就猜到了她想要什么，他们莫不是用了读心术……我的南希！真是太好了！

尽管双臂仍然因虚弱而颤抖，可西利娅还是紧紧搂住这个娃娃。接着，她把娃娃紧挨着自己放在床上，为它盖上被子。这一举动似乎搅动了两人之间原本死寂的气氛，一时间，仿佛一阵沁人的轻风拂过，让女人紧绷的表情变得柔和了些许。

“另一个盒子里装着些形状看起来很有趣的东西，还有一个硬板……”现在卢真后悔自己没有多花精力去研究那个时代的游戏，因为那个心理学家这样建议过的。她完全不知道这都是干什么用的。直到在盒子底部发现一个硬纸板封面的册子，她才如释重负，因为这东西看起来和她奶奶一直珍藏的那本相册一模一样。“你想看看这些照片吗？”

她该不会是打算翻照片给我看吧？“放在床头柜上好了，我待会儿看。”这女人为什么一副震惊的表情？西利娅说错什么了？哦，对，这里没有床头柜。“那就放在那里吧，就那个架子上。”这要求有那么难理解吗？

这一切对卢来说都太难理解了。女孩说“放在那里”，不仅无视她，还给并不存在的机器人下命令。仿佛她根本不在那里。她在干什么？这女孩根本不知道机器人的一丁点儿事情啊。还有，“床头柜”，什么意思？一个黑色的大衣柜吗？她察觉到她们之间交流不畅……而且女孩刚醒就说出了这种话……没人告诉过她这女孩会这样说话，也没告诉过她这女孩会这么抵触她，还对她下命令，还掌握了场面的主动。这一切都与计划相差甚远。突然，原本脑海中逐渐成形的念头一下子变得清晰了：如果女孩不想要自己怎么办？他们会给她再找一个吗？

只是想一下这念头卢就感到毛骨悚然。为了缓解恐惧，她打开相册，翻看起来。如果不出别的状况，这样做或许能为她争取一些时间。大多数照片里都有开阔的空间和绿色植物，周围光线充足。跟西利娅合影的人有的抱着她，有的抚摸着她的头发，还有人让她坐在他们的腿上。卢仿佛在照片中看见了自己，当然不是在外面，也不能身处植物丛中，但卢依然能爱抚她、亲吻她，梳理她的长发。卢确信自己一定会很享受与西利娅在一起的日子，这跟心理医生为卢定制的那条高科技小狗不一样。没错，小狗虽然很可爱，可它让卢觉得自己像个没用又无趣的老太婆。她再次看向西利娅，结果又撞上了那张写满了不快的脸，西利娅正指着床边的那块平台。

"你不想一起看照片吗？好吧，我把它放在这里了，就放在桌子上。"卢重新在盒子里翻找起来，想找个她熟悉的游戏。

如果她是个心理学家，那她肯定刚入行……而且很害羞，甚至紧张得要命。但这不可能啊，心理学家一向都知道该怎么做。之前那位努丽娅就是这样。"女士，你是谁？是护士吗？"尽管西利娅并无恶意，但她这一问还是把这个女人吓了一跳。简直没法和她说话。她为什么老是反应那么迟钝？动作扭扭捏捏，像是疏于训练，还不敢看着你的眼睛。事实上，直到现在她还一次都没正眼看过自己。那个盒子让她分神了，也许她正在苦苦琢磨到底该说什么吧。

"我不叫'女士'，我叫卢。很抱歉，我忘了自我介绍，而且……我也不是护士。"卢犹豫要不要告诉这个女孩自己并不工作。他们明确嘱咐过，让她暂时不要对女孩谈论自己，而应该谈谈女孩的生活，"我们来聊聊你吧……"

她是想给我留下好印象。可她实在是无趣，真可怜。西利娅此刻根本没心情聊自己，她只想知道爸爸妈妈在哪儿，他们什么时候来接她。还有，就算他们不来，她也能自己去找他们……反正病已经痊愈了，不是吗？

西利娅闭口不言，拒不配合，卢因此一筹莫展。整个下午变得异常难熬。现在她已经把盒子翻了个底朝天，可局面仍不见好转。如果 ROBul 在这里，它一定知道该怎么办。只要不出意外，它就能一直让这女孩开开心心的，那样自己就可以高枕无忧了。

下午当班的护士非常生气，因为她一进屋就遇上了正要夺门而逃的卢。这些领养孩子的母亲都一个样，先是急不可耐地想要孩子，可一旦真领到了，她们却都想落荒而逃。她初来诊所工作时还很支持跨时代领养，可现在，她情愿捍卫冬眠者自我解冻和自杀的权利。父母经常尽不到抚养义务，让孩子整天和电子设备为伴。可她自己也学会逃避责任了。她用余光偷偷打量着西利娅。那女孩正捧着相册，专心地看着照片。她一边忍不住想女孩究竟在躲避谁，一边偷偷登入房间的控制系统，让助眠气体多释放几小时。现在她总算是可以暂时不用操心这个病房了，等明天再说吧。

照片经过了精心挑选，一定是奶奶选的。所有人都在相册里，还有不少西利娅不认识的人……那个和巨人一般高大的男人肯定是莱蒙叔叔，可他看上去不太对劲，好像老了许多。门廊上有些她从没见过的折叠躺椅，是从哪儿来的？花园倒是没变，依然种满了鲜花，石头小路也干干净净。“别老怨天怨地的，好好打扫。”奶奶总是这么教训她。但现在不用奶奶再操心了，她会十分乐意帮忙打扫花园的。咦，相册封面上钻出的那个白白的东西是什么？哦，是个信封……

“致我们的爱女……”

不知怎的，西利娅突然没力气读下去，连眼睛都睁不开了。她困极了，只好把相册留在了地上，不过那封信……她想把它留在身边。

于是，她把它放到了枕头下。

5

ROBco

状态：停机。**原因：**过载。**详情：**这三天来，我一直在满负荷工作。我的主人不停地给我图谱，吩咐我搜索信息，让我处理没完没了的肌电图记录。我不仅没时间执行指令更新程序，还连续忽略了四次强行停机警告。现在，除了技术性工作，我还要做许多家务杂事。利奥四小时后就要赶一班飞机，可我到现在都还没准备好他的行李。这第五次通知是最终警告：为避免无可挽回的损坏，断线是我唯一的选项。

状态：回路测试。**诊断：**待办任务列表溢出。**处理：**删除低优先级任务。**错误：**所有任务都是最高优先级。任务计划程序崩溃了，并发出警报信号。我需要全面的硬件扩充：内存、处理能力、速度……但我的主人对警报视若无睹。情况紧急时，他就直接手动干预并改动优先级，可这是违反所有出厂规范和安全条规的。他显然很清楚自己在做什么，因为这是他的专业领域，而且都说他是其中一个最优秀的。可他老是忽略维护规程，几个月来他一直都在无视程序升级和硬件扩充提醒。

状态：维修中。他已经开始修理我了。我注意到他是如何折腾我的处理单元的，他总是那么大胆鲁莽，都不预先把它跟中子发电机隔离开。嘿，现在他在碰我的存储器。难道……终于！他总算决定帮我装一个扩展模块了。可这不是标准模块。他是从哪儿弄来的？这样做的话，他就必须安装一份自定义协议。看来今天的会议一定非同小可。我本以为这只是克拉夫特机器人公司前瞻部的一次新品开发的例行会议，他们称之为“融合创意”。可现在我意识到我错了，这显然不是一次寻常的会议，这也解释了为什么之前他会让我和他自己前所未有地超负荷工作。整个项目竟都是他单枪匹马完成的，甚至没有像往常那样咨询过其他生物工程师。他到底有什么目的？

利奥

“怎么偏偏这时候宕机了？这台傻机器。”体格健硕的年轻亚洲男子放下手中的实验，从感知舱里出来，走到他的机器助理跟前，仔细查看它胸前的屏幕。“这些古董型号……”他咕哝一声，打开它的腰部盖板，拨弄线缆，查看芯片状况，四处摆弄起来。“就算它们没有自我修理功能，那起码也该能自我诊断吧。”

“滴，滴……**诊断：**待办任务列表溢出。”

“好好好，可这帮不上什么忙。溢出的可能原因成千上万，你得再具体一点。”他头也不抬地回答道，双手还在那一团乱线中捣鼓。

“**警告：**任务计划程序崩溃。”

“你这是在告诉我结果，而不是原因。”利奥的声音里透着不耐烦。他自己也不知道干吗要跟 ROBco 说话，它明明没有学习能力。再说了，他得赶时间，目前他只能简单处理一下故障，等从洛杉矶回来再好好研究。

其实利奥早就为自己的研究项目购置了这个扩充存储器模块，只是之前一直都没用上。现在他一边把它找出来，给 ROBco 装上，一边想着下午会发生什么。向盖图先生展示自己发明的“全沉浸”技术时，他会是怎样的一副表情呢？利奥知道盖图很喜欢黄金时代那种用身体参与的篮球运动，还自称是迈克尔·乔丹的粉丝，所以他特地选了对阵犹他爵士队的那场交锋。那场比赛里，飞人乔丹有五六次飞身扣篮动作。利奥要想办法说服盖图亲自进入感知舱：感知效果将大大加强。这个有关节炎的经理将接二连三地带球过人，用假动作晃过魁梧的卡尔·马龙，然后纵身一跃飞向空中，飞过芸芸众生，完成了一次震颤宇宙的扣篮。想着这幅画面，利奥面露微笑。但这并无革新之处。盖图会轻蔑地宣称这只是加入了肌肉、听觉和触觉的老式视觉模拟，多年前就有人发明了，市场上也早就有这样的产品了。这时，他会庄重地接通颅内刺激设备。这才是最关键的部分！我的经理大人，我将把你变成飞人乔丹本人，让你精确无误地体会到乔丹大脑皮层每一瞬间的细微变化。如果能找到独一无二的乔丹的真实大脑记录该多好啊！可这显然是在痴心妄想。不过，德维恩·韦德的大脑记录足以以假乱真。对吧，盖图先生？盖图先生根本不会听见这些话，因为他早就全身心沉浸在比赛里了。而此刻，利奥将达到人生巅峰。

利奥手里拿着模块，再一次打住了自己的白日梦。如果不赶紧修好 ROBco，他就要错过航班了。他插入扩展模块，手动检查连接，此时他的思绪又回到下午的演示中，回到那个他必须提到的关键点上。他对这个产品的成功信心十足。它和市面上那些功能有限的虚拟现实设备完全不同。他在传统的感知刺激中加入了一种内在的感知，也就是利用这位球星大脑活动的复制品再现他的种种情绪。而且不仅如此，利奥还有个更加宏伟的计划。他想把设备的站台、线缆，还有触觉设备全部淘汰，将一切简化成基于无线电波的通信过程，没有任何线缆，让用户可以随时随地享受这个系统——比如，躺在床上。它将不再需要投影、充电，什么都不需要。这种刺激信号绝不是简单作用在眼睛、耳朵或者触觉上，而是直接进入大脑，让脑电波在空中传播。这是一个梦想，也是一场革命。

ROBco 恢复运作，并立即将主人的这次出行安排妥当。它一边将行李装进了跨洋旅行时使用的 C2 型行李箱，一边连接到了美国领事馆的服务器，请求密钥，这个过程不是一口气完成的，因为在此期间，它还用足以乱真的嗓音和语气接听了一连串打给利奥的电话，确认他下周日会参加一场象棋比赛，还要订好飞机上的座位。然而，贝特的电话可不好应付。她一发现利奥正在感知舱里，而且几小时后就要上飞机，就坚决要求与他直接通话。

年轻人故意让她多等了一会儿，才接通感知舱内部的通话器。

“抱歉，贝特，可我真没时间了。你想说什么？”利奥一边说话，一边还在操作着屏幕和按钮，“对，经理终于同意看看这东西了……但我现在不能跟你谈这个，我说了，这是公司的规定。不，周末也不能谈。对不起，贝特，别再追问了。”他停下手里的活儿，用手揉着额头，仿佛正在经历头疼，“你为竞争对手工作当然不是你的错啦！可你真想现在和我谈这事吗？我还以为你打来电话是为了祝我好运。”他不耐烦地看了看表，“你别再假装沮丧了，我看你在我们两家超级大公司之间来回八卦的时候挺起劲的。你掌握的信息一定比两个 CEO 加起来还多了。”他停顿了一会儿，断然回应道，“但我现在不能跟你谈这个产品……暂时不能。”接着，他的眼睛越睁越大，然后一次、两次、三次试图打断对方，“背着你？你没毛病吧？那是我的工作，就这么简单。我没对你隐瞒任何事情，你别小题大做行不行？”他猛地站起来，又跌坐回去，“我绝对没有牺牲我们那个‘幸福应用’的项目！这是截然不同的两种创意，别说得好像我没能力想出别的产品创意一样！况且，我告诉你，我们的那个应用软件的野心要大得多。”他用双手做了个手势，以此来强调这一点，“来吧，祝我好运吧……”他挠着脖子，仔细倾听她的回应，“随便吧，但事后你可别跑来说你希望我成功之类的废话了。”他又停顿了一下，“我没有生气，只是赶时间，我告诉过你了。是的，等我回来我就去你家找你。你要我从洛杉矶带点儿什么吗？好吧，我会带两瓶的。那就周五见，再见。”

6

她们总算肯让我一个人待着了！西利娅知道那些女人都是好心，可她们一直绕着她团团转，她就只能假装一切都很好，把那些眼泪、忧虑、悲伤统统藏在心里，好让她们别再这么嘘寒问暖：你的病痊愈了，应该高兴才对啊；你会一天天好起来的，等着瞧吧；你很快就能健康如初……西利娅再也受不了了。疾病耗尽了她全部的活力，她已经虚脱了，身体仿佛只是一具不听从使唤的躯壳，不再有精力做任何事情。她闭上眼睛，想象自己跳进了这具躯壳里一潭黑暗的死水中。两束光线穿透了她的眼窝，帮助西利娅寻找方向，就像雾夜里的汽车前灯一样。她必须找到悲伤的巢穴，找到能量，用一切必要的手段与之抗争。妈妈说过，这叫顽强的精神，而在西利娅听来，这就是灵魂。她不知道它在哪里，但她想象它就在自己的肺里，因为她喘不过气来。她的呼吸激起的水流推着潜水服来回摇晃，她任凭自己被又咸又稠的水卷走，随波逐流。她背对着前灯，一路被带到了一条巨大的通道前，那是她的左腿。她扶了一把红蓝两色的珊瑚树（她的脊椎骨）游了进去。她经过了自己膝盖的穹顶，在隧道末端，从脚踝的拐弯处出来，来到了有好几个分岔的洞窟前。那是她的脚趾，要游进小脚趾很困难，从里面返回的潮水波会把她冲出来。她终于游了进去，想象自己磨蹭着洞壁的感觉，竟让自己脚趾阵阵发痒。她这才如梦初醒，意识回到了自己这副巨大的躯壳里，她发现原来自己仍躺在医院的病床上。刚才那一刻，她感到自己摆脱了沉重的身体，就像得病以前那样轻快自如地在水下玩耍。她真想再回去，在交错庞杂的静脉和动脉中流连忘返啊……这些血管系统她差不多都能在课桌旁边墙上挂着的亮闪闪的巨大纸质海报上看到。坐在教室里听着达尔玛老师那悦耳的声音，真是享受啊。过去她可没觉得达尔玛老师的声音那么好听，更不会料到自己会想念它。她现在就想回去上课，病已经好了，不是吗？爸爸妈妈答应过的。她的父母……顷刻间，她想象中所有的那些水都化作了如注的眼泪，打湿了枕头。

西利娅哭啊，哭啊，哭了许久，但她哭得很安静，没有抽泣，也没有挣扎。她并不是在寻求安慰，甚至不是在发泄她的悲伤，她只是将自己抛弃在极度的凄凉之中。

她把枕头翻了过来，想找一块没被眼泪浸湿的地方，便看到了昨晚留在枕头下面的那封信。她怎么把它给忘了？她的情况一定比她想象的还糟，她肯定是彻底失控了，无论是对身体还是心智。她快要疯了，泪水又从身体深处的某个地方涌出，她不知道这些字母如此模糊到底是因为潮湿的枕头，还是因为她的眼睛再一次充满泪水。她拼命擦干泪水，看到“致我们的女儿西利娅”，然而她的视线依然模糊，看来是没希望读信了，所以当重拾信心的卢抱着一大束紫罗兰进来时，西利娅几乎高兴了起来。

“你奶奶家的草地上就是这样的花，我是在照片里看到的。你喜欢吗？”西利娅凑近那束花想闻一闻，卢却赶紧往回一撤，“这东西可不能吃，是装饰用的。”

“当然，你是什么意思？我只是想闻一下。”西利娅茫然了。

“闻？可是只有动物才这么干啊。”

“可能在这里是这样，但在我家那里，人们很喜欢花香。”西利娅不无骄傲地说，“它们闻起来不怎么香，是真花吗？”

“这花是有机的，如果你是想问这个的话。”

卢都没打算坐下来，只是把花放在了相册旁——之前她说过要和西利娅一起看相册的。然后她做作地吻了西利娅的额头，说她还有些事要找医生谈，马上就回来陪她，希望她趁这点时间想想自己打算干点什么。

卢走出房间，留下一头雾水的西利娅。她被吓坏了。努丽娅和她认识了几个月，相处得那么好，也没亲过她一次。而这个女人只是个心理学家，既不是她的姑姑，也不是她的奶奶。西利娅左思右想，都想不明白到底怎么回事。她搞不懂这女人到底是干什么的。既然这家医院这么好，能治好自己的病，那应该会有更好的心理医生才对……不必为了研究就这么亲来亲去吧。不过西利娅喜欢那个吻，现在她希望那个女人回来，再亲自己一下，说不定还能抱一抱，她多么渴望那种关爱啊。她已经受够了卧床不起的日子。

西利娅转过身，又看到了那封信。现在她觉得已经做好准备来读它了。她用手指一捻，打开信封，却停住了。她打了一个寒战，但并不是因为纸张的柔软潮湿。信封里有两张纸，上面写满了她母亲又小又规整的字，信尾还有两行附言，上面有父亲的落款和一张笑脸。她很喜欢爸爸在名字旁边画的那张嘴巴从左耳朵咧到右耳朵的笑脸。它看起来很像爸爸，秃顶，圆圆的眼镜，还有那滑稽的表情。她仔细端详着爸爸写的字，发现用的全是大写字母。可怜的爸爸，他总是担心别人看不懂他写的字。他说，医生不得不一遍又一遍地重复写同样的东西，最后实在难以忍受这样的枯燥，所以他们的字就像融化了一样成了歪歪扭扭的线，于是，渐渐地，他们连自己都没办法控制自己的笔迹了，最后只好用大写。“我的女儿，愿你活出精彩的人生，只要你快乐，我们也会快乐。我们会永远与你在一起。我爱你。”西利娅完全看不出这是爸爸写的话，他从来没这么肉麻过。确切地说，他压根儿没怎么给她写过信。以前她去参加夏令营时，都是妈妈给她写信。最使她不安的是爸爸那严肃的语气，好像他真的去了很远的地方，好像他们要过很久很久才能相见一样。

她连忙翻到信的第一页，开始读起来：“西利娅，小心肝，你好吗？我希望他们已经把你治好了，这样你就能过上正常的生活。”她不明白这里的“正常生活”是指什么，她还住在医院里。妈妈总是这样夸大其词，让人摸不透她到底想说什么，也许接着读下去能让西利娅更明白些。“我不知道他们会怎么跟你解释这一切，但我敢肯定你现在已经能理解我们做的这个决定了。”她当然能理解他们这么折腾是为了把她治好，只是他们应该事先告知一下。“我们本打算等你再大一点，或至少等你到了能耐心听我们解释的年纪再这么做，可是时间不允许，而且医生说，提前告诉你可能会影响治疗。”就这么把她和父母分开，难道不会影响治疗？她的喉咙像是被堵住了。以前妈妈寄到夏令营的信都充满了欢乐和鼓励的话语。妈妈会写，等西利娅回家后会有许多趣事可以相互分享，或者开一个欢迎派对什么的。信里的字迹又开始模糊起来，她不知道这股悲伤从何而来。“是眼看着你死去，还是让你在没有我们的世界里继续生活，这对我们是一个无比艰难的选择。”西利娅的眼泪一下子止住了。她屏住呼吸，急切地读了下去。“你是个聪敏、勇敢的女孩，对你感兴趣的事物那么执着和热情，而你感兴趣的事物又那么多。你爸爸和我最终还是讨论了这件事情：也许你对所有事物的旺盛的好奇心会成为你最宝贵的能力。你有机会在超越这个时代的世界中生活，这是多少人都梦寐以求的事情，而且你身边一定充满了新奇的先进技术。”他们把她送来哪儿了？另一颗星球吗？“就把它当作一场冒险吧，好好抓住这个机会。人们总是渴望去往远方，而你却能穿越时间，那可要比远行刺激多了啊！”她已经顾不上呼吸和思考了，她首先要把信一口气读完。“以前，你去上学或者参加童子军夏令营时，我常说，我真希望能透过我的戒指圈看到你正在做什么。此时此刻我多么想这么做啊！所以，现在它归你了。”信封里那个鼓鼓的东西，她知道那就是妈妈的戒指，但她顾不上去理会它。“你戴上它，它就会像护身符一样保佑你，如果你能时不时把它取下来，好让我看看你，那么我会非常高兴的。当你感到伤心或无助时，只要从那个小孔看过去，你会先看到眼前的东西，然后越看越远，越看越远，在那最遥远的尽头，你会看见我在那里守护着你，安慰着你。人们悲伤时总以为悲伤会永远持续下去，这反而令他们更加难过，可事实上不会的，因为每到新的一天你都会有新的想法。最重要的是，不要纠结于过去。你很内向，喜欢思考，我很喜欢这一点，然而，我还是希望你能走出去结交新的朋友，这样做对你有好处。昂起头吧，孩子！无论我们在何地，也无论你在哪里，你都该确信，我们就在你的身边。我爱你，西利娅，胜过爱世间的一切。我不会说再见的，因为我正陪着你呢。”

西利娅的脑子一片空白，她下意识地试戴那枚戒指，把它套在手指上。她糊涂了。这封信好像是在告诉她，她穿越时间来到了未来，可这话听起来就像是科幻电影。她的父母平时可不会开这种玩笑。她开始重新打量房间四壁，就像头一回看见它们一样：墙上挂满了显示屏、控制面板和各种设备，并没多么不同寻常。或许她是没见过那么多设备都挤在一起，但他们说过，这是一家非常先进的诊所。这床看起来也很一般，白色的床单只是一种很粗糙的织物。她费力地坐起身，两腿翻过床沿，垂向地板，可她又一阵眩晕，于是只好躺回去。

她感觉头晕缓解了，于是想重新读一遍那封信，可是刚看到一半，一个问题一刻不停地冲击着她的大脑，让她不得不停下来。她的爸爸妈妈……都死了吗？光是想一下这问题就让她心跳得厉害，让她感觉自己马上就要死去了。

仪器发现了异常，护士立刻冲了进来。

“怎么回事？”她紧盯着显示器，却完全不看女孩，“那位女士呢？”

西利娅不知道“那位女士”是谁，也没力气去仔细考虑了，光是把信藏到被单下面就已经够费劲的了。她费了好大的力气问今天星期几，然后，她又害羞地用几乎听不见的声音补充问道：“哪一年？”护士那副生气的表情让她愣了一下，然后她才意识到护士是在生卢——“那位女士”的气，因为这位护士不停地喊卢。看来，这些问题应该由卢来回答，而且把西利娅一个人留在这里是违反规定的。护士说，她必须把这件事告诉医生，然后就匆匆地冲出了房间。

这正是西利娅最想要的：让她一个人静静。可是同时，她也渴望有一只熟悉的手和一个友好的声音来安慰她，告诉她这一切都只是一场梦，她很快就会醒来，看到父母陪伴在她身边。那种闪烁其词的回答留给她一个完全不确定的未来。要么，也许她已经死了，而这里就是死后的世界。在病情不断恶化、被转到重症监护室的日子里，她最最害怕的就是这个。可是，这枚戒指明明就在眼前。她用手指圈着它，形成一个小孔，透过这个小孔，西利娅将目光聚焦在窗外很远的地方，一片明亮的蓝色天空映在了她的视网膜上，她感到妈妈正在那里鼓励她继续前进。“一次冒险，把这当作一次冒险。”妈妈这样写道。

她不再哭了。

7

上午 10：17。反复请求进行加密通信。检查密钥：与盖图先生的机器人密钥匹配。我们等“电子创新”项目预选候选人名单已经等了三天。我已将此设为最高优先级。我直接进行了连接并下载了机密报告。

上午 10：18。我去向博士汇报此事。他背对着我坐在桌边。此时，我的内部警报系统阻止了我的行动。我预料到他会这么对我咆哮：“你这堆傻乎乎的废铁，竟敢打断我思考？在开始说你那些机器废话前，给我瞧瞧这个，这是我要对赫格·4 图恩发起的进攻，让你来解的话你准宕机。不许再来打扰我，听明白了吗？绝对不许！你这个没脑子的破烂货。”我已为主人建立了非常准确的数字模型，因此，我知道如果我直接在他背后跟他说话，他就会有上述反应。

上午 10：19。学习模块要求我安静地走向扶手椅，绕到椅子正面，站在博士面前。完成。现在他正在嵌入桌面的显示屏上投入地乱涂乱画，我必须仔细观察他，希望他能停下片刻，这样我才能给他递上信息。他全神贯注，根本没注意到我。今天是谜题较量。进展还不错，积分卡显示他领先了 2 分。我来看看博士在读的到底是什么，才会如此紧张。

“在一座与世隔绝的修道院里，一切交流都被禁止，僧侣们只能在午餐时间见面。某天他们收到一条信息，告诉他们有一种无法治愈且传染性极强的疾病出现了，这种疾病的症状是病人的额头上会出现一块红斑。为了不让病毒扩散，僧侣们一得知自己得病就必须自杀。几天内，在数名僧侣自杀后，这种疾病得到了彻底的根除，没有出现任何不必要的死亡。问题是：受感染的人是如何知道自己得了这种病的？修道院里没有镜子，没有水池，也没有任何能让僧侣看到自己的反光表面。半小时内回答正确得 3 分。"

真是个聪明的小家伙。博士不得不承认 4 图恩很擅长出谜题，没人能像他那样出谜题。有人可能会说，那是因为他有得天独厚的信息来源，比如一本一百年前的编程手册，这就可以解释为什么他的题目里总有大量与当今时代格格不入的元素，以及为什么谜题的解会表现出那种独特的算法品位。不过，他从来没有承认过这一点。何况既然抄袭并不违反游戏规则，那他何必撒谎呢？博士要在意的是，这人是个可敬的对手，是在这个领域中最优秀的，这就迫使他勤于磨炼头脑。这一点至关重要。而且像今天这样，这是一场高水平的较量，而博士又略胜一筹，那真是让人欣喜若狂。由此产生的内啡肽足够让他高兴 4 天的。

博士在椅子里调整了一下坐姿，抬起头，发现阿尔法 + 正默不作声地站着。老天爷！它果然学会耐心等待和不打扰别人了。这一点比他孙子要强得多。

"你说吧，阿尔法，什么事？"

上午 10：22。博士语气友好，没有咒骂，因此我在学习模块中将这次介入方式加强到最高级。我说："盖图先生说，他已经按照你的要求，预选出了个人资料差异相当大的 4 女 2 男，供你随意挑选。他已寄出了每一位候选人的秘密资料，并提供了他们在公共登记网站的查看权限。他正在等待你的回复，以便将你的选择结果提交给凯尔文博士的神经心理学筛查系统。”

这个消息让博士不得不延后这场较量。“暂停”按钮真是一个巨大的进步。换作以前，就算自己马上要赢了，博士也只能放弃比赛。而如今，“暂停”能让加密数据库停止运转，这个谜题会从他的记忆中被抹去，直到他重新启动游戏。最重要的是，会有一份暂停确认发到对手那边去。赫格 · 4 图恩一定会一如既往地因为自己没有这个按钮而暴跳如雷。这是个特权问题。但话说回来，事有轻重缓急，创新义体终归要比纯粹的头脑游戏重要得多。只有通过义体，神经元才能真正大显身手。让 4 图恩一边待着去吧！

阿尔法 + 听到指令，按照博士的要求将文件交给了他。其中两位女性候选人已经放弃了隐私权，在她们的公共登记网站上有个链接，可以通过它观看她们的直播影像。由于博士的项目是绝密的，他当场就回绝了这两位的申请。不过他还是打开了她们的直播频道，其中一位此时正在健康俱乐部里，为了保养自己的肌肉系统而和别人性交。如果博士的脑子和自己的胃口一样好使，那他一定会雇用她的。他准备过一会儿再回来看这个直播。第二个女人的直播角度很奇怪，她一定是把相机固定在了脚上。不，还不止，她戴着不止一个相机，都在拍摄她的身体，各个拍摄画面像马赛克一样排列起来，能从脚部、侧面和上方同时看到她。这很有意思，看起来就像一幅会动的毕加索的画……可是显然她并没意识到这一点，她甚至可能不知道毕加索是谁。博士看了看她的简历，没有找到任何线索。事实上，什么都不知道反而更好。对于电子创新项目来说，一颗未经加工的钻石原石比精心雕琢的宝石更有价值。他决定先留着这个候选人。

该死的玛特里克斯！下一位候选人是杰姆 · 玛特里克斯，她是公司的明星高管，盖图觉得有必要将她也列入候选名单。不让她加入将会带来多么大的损失啊！那些眼看就要失败的项目，交给她都能奇迹般地起死回生。她从未尝过失败的滋味。苏斯·凯尔文称玛特里克斯为“零缺陷”。不过，苏斯还是无法忍受玛特里克斯，她无论如何都无法接受玛特里克斯如此贫乏的产品设计。其实，光是为了知道玛特里克斯有什么严重弱点能妨碍她通过著名的神经心理学过滤器的筛查（这一点毫无疑问），让她入选就已经值得了。可是博士对这么大年纪的人不感兴趣了，无论她有多么成功和优秀的资历，他想要一个年轻的，有可塑性的人。

这里就有一个。这个女孩二十出头就怀孕并顺产生了孩子。如果她真像自己声称的那样并不是来自反技术派群体，那她这样的人真不多见。她肯定是将自己的出身也当成自己的资本了，否则她应该不会把这类信息公开在登记网站上。盖图看上了她这一点，说不定他真没猜错：一个非典型的出身确实更容易培养出独特的个性，但是其他参考因素也同等重要。可惜，据博士目前所见，并没有证据表明这个女孩还有其他什么优点。

“我看看，还剩两个……干得好啊，阿尔法，女士优先。你可真是位绅士！”

上午 11：05。我认为博士指的是候选人的顺序。我是按候选人发给我的顺序传给他的。我记下来，绅士选择候选人时，女性必须排在男性前面。我会将这一规则拓展到其他情况和招聘中。我依此推断，成为一位绅士是件好事。

阿尔法 + 的显示屏具备优异的 3D 表现潜力，一名年轻的亚洲男子出现在屏幕上，他正在演示自己取得过哪些成就，以及更重要的，他觉得自己能够取得什么成就。他做了许多手势，来回踱步。博士觉得这男孩可能有点儿偏执狂，回头得听听苏斯·凯尔文对此人的看法。这孩子让博士想起了两百年前那些魅力四射的政治家，他们以为只要表达了自己的想法，那个由经济和军力所驱动的世界体系就能得到改变。多么天真啊！博士自己也相信思想的力量，但前提是绝不能将它透露出去，同时竭尽全力去研究和自我完善，直到最后才付诸实践。泄露思想无异于消灭思想。

瞧瞧这个菜鸟，无线感知转化、幸福应用。这个人简直天真得不可思议。他干脆直接在附件里带上他发明的这些设备的设计蓝图算了，这样任何一个级别比他高的人都可以轻易占有他的发明，眼睛都不眨一下。最终，这些发明都将成为竞争对手产品的卖点……克拉夫特公司的审查环节上哪儿去了？多年来，我们费了这么大力气出台了那些新规定，结果他们根本不去执行。就连盖图居然都在过目后把它放过了！公司为了把员工的创意合法地据为己有而打的那一连串官司，难道他们都忘了吗？

“阿尔法 +，马上帮我接通盖图先生。”

几秒后，这位经理就出现在了屏幕上。

“你好啊，克拉夫特博士，我正等着你的消息呢。依你看，我应该把哪些档案转发给凯尔文博士呢？”

“暂时还没有。我正在看利奥 · 马尔 10 的档案。为什么他在公共存储库中的条目没被审查？”几个月前博士就将这一职责交给了盖图，博士很想克制自己的脾气，可语气中还是流露出了愤怒，“这里面有大量对公司有用的产品创意。”

“是的，我知道，所以我才把他的档案转发给你。我知道你会对这孩子感兴趣的。”盖图说话还是那么圆滑，不是吗？把对自己的指责化成恭维，“而且你还会在公司的新年大会上见到他。我刚刚要求他届时在会上展示他的一项发明。"

"什么？这算哪门子商业模式？"博士现在需要找回自己作为领导者的姿态，"你什么时候见过一家成功的企业，会在最重要的大会上，把一个摆在公共网络上的发明当成重大的新奇产品来发布？"

"冷静一下，博士，你每次发脾气都会浪费掉你四分钟的生命，你是知道的。"

"能不能麻烦你把你的那些狗屁建议加一下密，然后拿它们去喂猪？"

"抱歉，可能是我没解释清楚：马尔 10 要展示的那个设备是在公司内部开发的，所以才没有上登记网站。我猜你担心的是已经登记在案的那些，你能看出其中的潜力，对吗？"

"我当然要担心它们了，它们属于公司啊。你把它们放到网上干吗？"

"至少在今天之前，你是对的。但是，一年前公司通过了一项修正规定，允许签订不可追溯性合同，允许人们拥有他们在限定年份以外开发的知识产权。结果是，并没有人占这新政策的便宜，因为他们的工资会按比例减少。事实上，我自己都没读过那个修正案。可是马尔 10 主动来找我们，说他想援引这一规定，来保住他自己的个人项目。你一定已经注意到，他对自己的成功胸有成竹。考虑到这小伙子前途无量，在这件事上你我的利益是一致的，所以我们决定对这份合同放行。让他待在我们公司总比让他去竞争对手那里好，对吧？"

盖图有时候很让人讨厌，可他确实是个当经理的坯子。博士给他起了个外号叫"话术武士"，因为盖图懂得利用对手的一切优势反过来攻击对手。跟升职比起来，盖图似乎更喜欢这个外号。他这人很没意思，这是事实，从不发火，甚至从未听到他提高嗓门……但博士很清楚，这就是盖图的一贯风格。而这个马尔 10，看来同样如此。那些惊世骇俗的创意，配上由不成熟和极其自负的表现混合而成的刺激调味料。如果博士能随心所欲地将这些元素一一拆开再重新调配组合，那他一定能成就许多真正的杰出人才。这与染色体择优无关，与这个相比，操作染色体简直是小菜一碟了。他对那些所谓的潜能不感兴趣，这些东西往往会随时间而丧失。他想要实实在在的东西，那些久经考验的专精……问题在于如何将它们单独提取出来。如果他能将马尔 10 的创造潜力单独提纯出来，将它们与盖图那种精明而又成熟忠实的品质结合起来……那一定会是一款最尖端的机器人产品。

他又分心了。阿尔法就站在那里，备好下一份档案空等着，也任凭自己的主人浪费时间。博士皱起眉头，恼怒地盯着这个机器人，似乎是想让它明白，当他像刚才那样陷入胡思乱想时，它应该提醒他。

上午 11：43 分。当我为了不打扰博士的思考而长时间地等待后，博士用愤怒的目光看我。因此，我判断他不喜欢上一位候选人。于是我关闭了所有的档案，问他是否还需要其他服务，或者我是否应该离开。

“该死的蠢机器！马上恢复到刚才的状态。”

上午 11：44。我做了如下记录：当一段时间的沉默结束后，如果他表情愤怒，那最好先不要做任何判断，而是应当默认保持当前的状态，无论需要保持多久。

博士感觉米克 · 6 史密斯这个名字有点耳熟，实际上，这个人的脸让他回想起自己在创新部度过的那段痛苦时光。在那段时间里，只有这个耳聋的孩子能做出些新东西。当时，没人知道为什么米克要拒绝植入人工耳蜗。“我们浪费了太多时间来聆听。”他用手语解释道。聋人文化，或者用他们自己的话说，“聋人物种”，如今已经是个空前强大的群体，从这个意义上讲，米克可以称得上是先驱了。当广告垃圾和噪声污染让大众忍无可忍时，一些听力健全的人甚至会决定去堵上自己的耳蜗，成为那个聋人群体的一分子。克拉夫特公司真是太幸运了，因为这种特殊的小众群体构成了一个巨大的细分市场：他们使用的所有产品都必须量身定制，而这恰恰是我们的专长。相反，汉迪卡残障公司不得不重新考虑他们的植入型产品的定位。

奇怪的是，这么多年来，博士一直没听到过米克的状况。他如饥似渴地读起米克的经历来：做项目，还是做项目，其中的大多数都是他独立开发的，而且都非常前沿。可惜，米克现在一定很老了，都过去 51 年了……要不是看在他是唯一一个具有感知义体技术经验的候选人的分上，博士早就把他排除了。谁知道呢，说不定他能成为最可靠的人选。

作为总结，阿尔法 + 向博士展示了一系列图表和定量比较，目前对比下来，杰姆・玛特里克斯比米克略胜一筹，紧随其后的是利奥・马尔 10，再往后是其他三个女孩，她们的表现差不多。博士真的很想无视这个预测结果而帮马尔 10 一把，将他从末位拯救出来，并宣布他为主要候选人。尽管自己是一个对员工过度放纵又反复无常的老板，但他依然具备从年轻人中慧眼识才的天赋，这一形象在员工心目中无可争议，但需要不断巩固。这个孩子天赋异禀，而博士自己独具慧眼，对这两点博士都深信不疑。不过，他还是决定让米克也去接受神经心理学筛查……还有那个有毕加索味道的女孩也要去，以防她真不知道毕加索是谁。

给阿尔法 + 交代完相关命令之后，博士又可以回到游戏中去了。他按下按钮，那道谜题再次占据了他的思维。他想象那些僧侣每个人都老实待在自己的房间里，向前走四步，来到一扇很小的窗户前，窗上甚至可能还钉了铁条。他们双手扣在背后，看看外面，又转身原路返回。沉默。没有交流……却在一场共同的冥想中心意相通：到底怎么做才能拯救这个集体呢？也许他应该放弃所有这些幻想场景的构建，直奔主题，时间可不等人。赫格·4图恩出的谜题总是必须以计算机思维来思考：一系列相同的处理器以同步的方式交换数据，一天一次；每个人都不知道自己是否得病，但能把这个信息传递给别人——这就是问题的关键所在——同时从其他人那里获得信息。问题的核心在那顿午餐的时候，目前至少这一点很清楚了。假设有n个僧侣得了病，他们每人都能看到n-1块红斑，而健康的人则能看到n块。如果他们已经知道当前一共有多少人染病，那就能很容易做出自杀决定了。他暂时陷入了迷茫。

可以尝试从另一个角度来看问题：简化的例子往往能提供线索。好了，假设修道院里只有一个僧侣……那就形成了一个愚蠢的局面：他必须自杀，因为他一定感染了这种疾病。可是，同时他又不必自杀，因为他不会传染给任何人。让4图恩意识到自己编的谜题里有漏洞，能让他少一点优势，他应该限定这个修道院里至少有两名僧侣。那就从两个开始吧，其中一个病了，这样就有传染的风险。那个没有看到红斑的僧侣必然自杀，因为明显他就是生病的那个。而如果只有一个被感染的僧侣，那这种方法对任何数量的僧侣都有效。看来他的思路对了。那如果有两个人得病了呢？

一个邪恶的念头突然干扰了他的思绪。假如那条信息是个谎言，那就没有人会看到任何红斑，这将导致所有人一起自杀。这办法多么干净利落，一下子就消灭了整个社区。就该这么对付某些反技术派群体。不过，谁说他们一定会像那些僧侣那样，不但轻信他人，还愿意无私献身呢。如今的世界已经没人会那样了，最接近僧侣境界的可能只有机器人了……博士当然不会希望机器人集体自毁。真要那样，那就永别了，克拉夫特公司！

真是蠢透了，他这是在浪费宝贵的时间。赫格·4图恩肯定会分秒必争地来破解他出的谜题。不过，起码博士不用把这个怪罪在衰老上，他的头脑一向这么无拘无束。现在他紧抓着一个念头不肯放松：如果撒谎者就是僧侣中的一员，为了让谎言更加可信，他还在自己的额头上画了一个红斑。那么在第一次午餐过后，别人都以为他会自杀，可他当然不会这么做。于是，在第二次午餐时，其他人发现他并没有自杀，那么每个人都会以为自己也有红斑，并且自杀。就这样，一件致命武器，在僧侣内部发挥了威力。可真够厉害的。等一下！他们都会在第二天自杀，博士一开始怎么没想到呢？如果有两个人长了红斑，他们会在第二顿午餐后自杀；如果有三个人长了红斑，他们会在第三顿午餐后自杀。找到了！一个完全多余的说谎者给了博士提醒，肯定不会有其他可能了。刚才是谁说要管住他的头脑来着？他心满意足地举起了双臂：世界，做好准备，伟大的克拉夫特又要大干一场了。

8

星期天，西尔瓦娜和每天一样六点半起床。她一醒来，就连巴尔塔萨的温暖怀抱也留不住她，哪怕前一晚他使她体验到了从未在其他男人那里得到过的性爱体验，哪怕她知道对巴尔塔萨来说，唯一有价值的高潮是当他睁开睡眼时，西尔瓦娜依然躺在他怀里。可是不行。这段日子她总感觉不太一样，轻易打破了自己在康优公司亲手建立起来、至今依然坚信不疑的那些根深蒂固的习惯。好吧，这么说并不准确，是她已经习惯将清晨的时光用来沉浸于两个世纪前的书籍与情感中。她是如此乐在其中，根本舍不得放下这些东西。

她以前所未有的充沛精力从床上爬起来，一边给自己从头到脚地穿上运动服，一边注视着伴侣的裸体。顿时，一个令她担忧的想法溜进了意识的褶皱：身体让她感到厌倦。她衣服才穿到一半就瞬间僵住了，像被催眠一般大声重复着："身体让我感到厌倦。"一定是这样的，这种情况已经有一段时间了，但直到这一刻她才清晰地意识到。当她在给人做按摩时，那种模糊的不安感可能就源于此，还有她面对那些年轻人完美的身体都不再有任何感觉时，心中的那种困惑也源于此。身体让她厌倦了。这说法一定没错。并不是冷淡，也不是抗拒，要不是她见过太多年轻人顺滑而有光泽的肌肤，她一定不会觉得厌倦。此时此刻，巴尔特那映在白色床单上的赤裸身影，正是那最后一块拼图。

西尔瓦娜没想到自己居然有这些念头。她紧紧地闭上眼睛，不让自己继续胡思乱想。身体、感官……这些是她所知道的通往情感的唯一途径。她不能就这么甩掉它们，它们是她工作所需的工具，她的生活和理想都建立在它们的基础之上。唉，最近她到底怎么了？她决绝地点了点头，赶走这些让人担忧的念头，同时将衣服的拉链拉到顶，保护住自己的脖子。这些不舒服的感觉是短暂的，会过去的。

西尔瓦娜跨了四大步，来到了阅读区。在坐进环绕式扶手椅之前，她全神贯注地做了每天早上都要进行的伸展和呼吸练习。她把这个过程称为"小肌肉归位"，那些人体中最小的肌肉总要替大肌肉的运动过量进行代偿运动，只有当她确认它们都苏醒了，而且都处在了正确的位置，她才会放心地开始新一天的生活。与此同时，一束感知的激流接收到了从她身体的各个角落发出的害羞信号，并将它们组合到一起，创造出了一种身体状态良好、充满力量的愉悦感。令她惊讶的是，她发现自己的身体对她而言仍具有吸引力，真是万幸，因为这是唯一一具能让她感兴趣的躯体了。

西尔瓦娜又在胡思乱想了。不知这些想法会不会毁了她一整天的好心情。她打开电子书，翻到树杈状的待阅清单。清单的传记书分支里，她已经读完了圣雄甘地和西格蒙德·弗洛伊德的传记，但她放弃了读阿尔伯特·爱因斯坦传记的念头，因为它过于技术向了，于是转而读了他妻子米列娃·马利奇的传记，作者是米列娃的同胞和同辈人德桑卡·特布霍维奇－古里奇。这个名字在清单的分支尽头闪烁着红色。她并不是因为爱因斯坦或者米列娃的经历而对这本传记产生兴趣的，真正吸引她的，是德桑卡的经历。这一位名不见经传的女性，为那位天才物理学家的妻子的人格魅力所感染，对后者肃然起敬，并写下了这本书，让她在历史上留下了印记。“历史”，这是个奇怪的表述，虽然能够明白其意思，但已经没有人用这个词了……如今已经没有“历史”一说了，只剩下自我记录着的数据流，那些具有批判性的个体都消失了，或者说，即便还有，我们也已经没能力去辨识他们了。或许如今仍然有爱因斯坦，可是无数个米列娃和德桑卡都已不复存在。而且随着她们一起成为“历史”的，还有一切“被写入历史”的可能性。她微微笑了一下。这句口号听起来更像是从巴尔塔萨嘴里说出来的。她脑中闪过了他躺在床上的画面，这又一次妨碍了她的思绪。面对身体时的厌倦感，其他女人也会有这种感觉吗？或者，这是不是一种当代情感，就像米列娃的自我克制和德桑卡对另一个人的仰慕一样，不可能穿越时间传递到今天？通过自我牺牲来成就别人的功业，这是一种在今天已经没有人能理解的行为了，连她都不能，而且她也没兴趣去把那种感觉找回来。不过，如果这种情感仍旧存在，那么还有一种至关重要的伴生情感，那就是对超乎常人的品格的崇拜……没有仰慕者，就不会有英雄。如果没有了辨识的能力和效法的欲望，所有方向都迷失了，那么回旋镖效应也就变得无可避免。

西尔瓦娜将目光从文字上移开，惊讶地发现自己居然把所有东西都联系到一起了。以这种方式找回“仰慕”这种情感，将会成为迈向他们共同追求的那座里程碑的关键一步。她需要找到证据说服意识形态委员会将更多资源投入她的情感研究中去。到目前为止，巴尔塔萨和小塞都还没有全力支持她，这两位的态度是成败的关键。虽然他们两个人并没有开诚布公地告诉她，但她其实已经注意到了。这是合乎逻辑的。她一生都在致力于让人们在身体上彼此更近一些，与那些使人们彼此疏远的电子设备做着斗争：拒绝虚拟工作，告别电子接触……不仅在社交和工作相关的领域如此，在最亲密的交往中也要如此。这就是康优公司的由来，也是巴尔塔萨在会议上用来鼓舞自己的追随者的主题思想，“我们要接触皮肤”，他会这样大喊，同样的话，他也在她耳边低语，他就这样点燃了她的心。她双眼紧闭，想要解除这个今天似乎纠缠着她的魔咒。她已经有好几年没想过这句话，尽管不合时宜，却直奔主题。弗洛伊德会说，潜意识总是躲在暗处，对表面上进行的游戏了如指掌。她用手捂住脸，想要收住所有这些脱缰的联想，并努力重新组织自己的思绪。她的大脑现在就像这本电子书一样，有粗枝、枝杈和细枝，各种各样的思绪会在这里或那里中断，但她依然想让它们继续前进，可是她还缺乏一些必要的工具。

她重新睁开眼，除了德桑卡外，她还看到了其他闪烁的标记：回忆录分类里的茨威格，书信分类里的弗洛伊德与卡尔·亚伯拉罕[①]，爱情小说分类里的福楼拜……她要做同样的事情。她在没读完的地方做一下标记，等下次有心情了再接着读。首先，她需要把注意力集中在“仰慕”之情上，将其作为“阻止回旋镖”的关键手段。其次，尽管身体上的距离对这种情感很重要，但从她参考过的那些传记作家和心理学家的描述来看，最终的结果反而是让人更加亲近了，这是一种截然不同的情感联结。这么说来，它与康优的目标并不那么遥远。最后一点对她来说比较困难，直到她想起那句关于皮肤的口号之后，她才得以将这两者联系起来——一方面她对这种由距离产生的感情很感兴趣，另一方面她对身体厌倦了，前者会不会正是后者的诱因？如果是这样的话，那委员会就有充分的理由否决，以避免它像传染病一样蔓延。但如果两者的实际关系刚好相反呢？也就是说，会不会正是这种轻微的不适感，让她不知不觉中对书上那些脱离了肉体却拥有比现世更强烈情感的男男女女感兴趣呢？

她真希望今天的这种不安与过去数个月的研究毫无关系，真希望明天醒来时，能再次对身体和肌肤充满热情，希望她能够回到过去那正常而充实的生活中去了，与此同时还能继续读书做研究……然而，心中的质疑实在太强烈，她觉得自己已经走火入魔了。就在她要放下书准备站起来时，巴尔塔萨走进了房间。他笨拙而温柔地把她的头发捋到脑后，亲吻了她的额头，然后就开始用充满疑问但仍睡意蒙眬的目光注视着她。

“我知道，我知道，”她说，“可我正读到一段非常有趣的地方，你刚才还在睡觉呢……”

---

① 德国精神病学家，弗洛伊德的学生与亲密的合作者。——编者注

“又在读那些古代领袖的著作吗？”他跪下来，看看她在读什么，“看来，我别无选择，只能与他们决斗了。瞧这一个个的，全都是杰出伟人的名字啊，简直是一座万神殿。这个叫德桑卡的家伙是谁？”

“她是个女人。”

“哇，那你可真让我为难了，我永远无法跟她决斗了。怎么能向女性发出挑战呢？”

“行了，别傻了。我们什么时候走？”

“别转移话题，告诉我，这个德桑卡哪一点吸引你了？”

“你自己读吧。”她把电子书掉转过来对着他，上面显示了她高亮标出的段落。

> 米列娃的性格在许多年前就引起了我的兴趣。她深邃的思想和情感打动了我……我开始写作，我要让她那对知识的渴望以及对最高价值的追求得到公正的对待……尽管她的丈夫夺走了公众的赞誉，但我不能让米列娃被历史遗忘。

巴尔塔萨惊讶地抬起头看着她：“现在你打算研究女权运动了？”

“没有。”西尔瓦娜用悦耳的嗓音发出了今天的第一声大笑。她突然感觉心情好多了。

“那个贪婪的丈夫是谁？”

“阿尔伯特·爱因斯坦。”

“我的天啊！这下你真把我搞糊涂了。你什么时候开始对科学感兴趣了？还有……这本传记想说明什么？相对论是他妻子发明的？”

“倒没有这么夸张，但她在其中似乎扮演了一个决定性的角色。是她写出了所有的数学公式。行了，行了，你别这么看着我，爱因斯坦获诺贝尔奖时也承认了她那一部分贡献。当时他们已经离婚了，他也再婚了，可他还是把奖金寄给了前妻，以示对她的认可。”

这句话刚一出口，她忽然意识到，一切都解释通了：受人钦佩的天才反过来成了仰慕者……在她看来，仰慕者的角色更加放大了他的伟大之处。很显然，爱因斯坦和德桑卡所崇敬的，是米列娃身上的两种不同品格，他们透过各自的滤镜，欣赏着自己所看到的东西。而如今的世界恰好缺乏足够的滤镜……

“我能看出你对这个课题很感兴趣。”巴尔塔萨仍旧跪在地上，观察她思考时的样子，“而且……这让我很不爽！”他突然站了起来，开始抚摸她的身体，亲吻她的脖子，还伸出舌头舔她的耳朵……

在被耳朵里那种湿嗒嗒的感觉融化之前，西尔瓦娜设法记下了最后那个词，“滤镜”，然后她就彻底失去了思考的能力，那幅白床单上的身体画面也随即从脑海中消失了。现在她能感觉到的只有他的舌头，以及那双温度永远适宜的手。

9

这是那位心理学家在西利娅离开诊所之前提出的最后一条建议了，卢对自己要说的话越来越心不在焉，因为她甚至不知道从哪里入手。什么别的孩子、游戏和糖果？如果像她这样，既不认识什么孩子，也对游戏兴致索然，光是在词汇表中看到“糖果”的定义就能让她犯恶心的话，那她怎么可能组织起一场一百年前的那种派对呢？要不是之前某天在健身房里遇到了一位有领养经验的母亲，她准会把这条建议彻底丢到脑后。那位母亲给她支招，“一定要去找康优公司”，那家公司专门组织各种老式庆祝活动，而且只要价钱合理，他们会替你搞定哪怕最微小的细节。

那位母亲是对的。举办派对那天，卢只要敞开家门，她的房子很快就不再是原来那个家了，而是变成一个千禧年时期风格的聚会场所。她那些漂亮的半球形吊椅和其他悬挂式家具都会被吊到天花板上，取而代之的是一堆没有形状的软椅子，遍布整个房间。整幢房子看不到一块屏幕或控制面板，因为它们都被隐藏在了一种西利娅从未见过的弹性材料后面，这种材料能模拟一片覆盖植被的室外景观。客厅的照明通常由墙壁负责，它们发出一种明亮而独特的黄光。可是现在，为了照明，他们不得不在房间的各处添加许多点状光源，并悬挂长长的彩色拉花来活跃气氛。当然，公司保证过，一旦派对结束，他们只需要剥掉那层弹性蒙皮，即一种室内使用的发泡材料，房子就能恢复原貌，不会造成任何混乱和损坏。

卢也不必操心西利娅的派对打扮，还有邀请那三个男孩和两个女孩准时赴约。她一开始还觉得那个特别高的黑人男孩年纪偏大，而那个亚洲长相的女孩看起来又太小，可是派对主持人明确表示，他们都是同龄人，而且都会成为她女儿的同学。

“您的女儿”。每次听到这个词，卢的心都会怦怦直跳。他们过于强调这个词了，好像他们无比尊重这个身份一样，可是她宁愿只把它视为一个标签。幸运的是，小女孩没有坚持要打电话给她妈妈。她说她已经有一个妈妈了，还说妈妈会经常找她聊天。可怜的小东西，她真的迷失了。或许他们在诊所里给卢的警告是对的，这个女孩已经长大了，所以更难适应新环境。昨晚，女孩叫她“姑姑”，她很难理解这居然是一种充满感情的称呼。据西利娅说，这个词是对祖母的女儿的称呼，然而，现今，很少有孙辈会跟他们的祖父母联系了，而孩子们跟那些不是自己母亲的“姑姑”就更少联络了。真是复杂，当然，也很多余。

卢觉得很无聊，因为他们把她撂在角落里，这样不必她参与，聚会就能顺利进行。孩子们正在做的事卢全无兴趣，只有那个叫姬丝的金发小女孩看起来挺有趣，姬丝头扎一条蓝丝带，脚穿一双颜色很搭的尖头鞋。卢突然意识到，西利娅正在看着自己。卢以为自己躲在角落里，其实这段时间里，西利娅可能一直在盯着她呢。卢实在受不了西利娅总这么监视着自己，仿佛任何事都不能让西利娅忙起来。她心想西利娅如果能跟其他孩子一样，把注意力放在年轻的主持人身上就好了。主持人正在将五把椅子搬到房间的中央，提议大家做一个很简单的游戏，好让孩子们彼此熟络起来，顺便决定他们各自坐在哪把椅子上。她简单讲解了一下规则后，孩子们开始跑动：孩子们绕椅子跑两圈，跑第三圈时一起坐下。姬丝抢到了一把椅子，她把椅子拖到房间的一头。那个亚洲女孩有样学样，把自己的椅子拖到了房间的另一头。西利娅跑了一会儿，停下来，盯着主持人看，卢从她的表情看出，她并不理解这是在干什么。就因为她刚才在分心观察自己，而现在游戏又得重新开始了。

可是那个已经坐下的男孩拒绝站起来，姬丝也不想放弃自己的椅子。他们已经占到位子，该让没抢到椅子的孩子继续玩下去。这很合理，可是主持人坚持要重玩，她一定是在努力让孩子们明白，这是西利娅的派对，如果西利娅犯了错，那所有人都必须假装什么都没发生，可是说服工作十分艰难。现在这个男孩说什么都不肯从命，最后主持人不得不让他连接到他自己的游戏频道去了。姬丝则把软座椅捏成了各种不同的形状以此取乐。剩下四个孩子按照新的指示，重新开始游戏，但现在只剩下三个座位了。

他们重新围着椅子跑起来，然后听到主持人“啊！”地尖叫了一声。卢就知道最后一定会出什么事。西利娅撞上了那个黑人男孩，又从他身上弹回来，跌坐在了地上。男孩生气地瞪了她一眼。卢觉得这下自己不介入不行了。

“我的小公主受伤了吗？”她张开双臂走上前去，好让西利娅在这陌生的环境里有安全感。

“没有啊，怎么了？”西利娅不解地躲开了卢那泛滥的关爱。

“那个混蛋把你撞倒了。难道没人教过他不能欺负女孩子吗？”

“可这是我的错，是我坐下时推了他。他并没有碰我，”西利娅难为情地说，“真的，他只是没让我把他推开而已。”

那男孩看起来还没消气。

“大家都冷静一下，”主持人上前一步，以消除卢的干预带来的不快，“刚才大家都做得很好，游戏就是这么玩的。只要我一发出信号，你们就要尽快坐下来。每次总得有人被淘汰，”她对男孩说，“孩子，这就是游戏规则。”

“她作弊了。我有权继续玩下去。”

“我想你肯定知道些平和一点的游戏吧？”卢用自认为最具威严的表情和口气说道。

“当然知道，女士。吃过点心后，我们会玩‘20个问题’①，然后做‘钉起驴尾巴’②，最后我们会唱卡拉OK。但孩子往往不容易学会如何轮流参与游戏，而身体类游戏可以帮助他们增加参与感，因为他

① 一种口头推理游戏。——编者注

② 一种西方孩子常玩的集体游戏。这个游戏和“20个问题”都要求游戏者按顺序参与进来。——编者注

们可以同时成为游戏的主角。”

“啊，不行，这绝对不行，这里唯一的主角是我的女儿。这是她的派对。你应该先问问她想玩什么。”

西利娅这才突然意识到，尽管没有人在看她，可是实际上自己就是众人关注的焦点。她觉得自己有责任做出一个让所有人都满意的选择。

“我们跳舞吧？我们刚好有三个男孩和三个女孩，还有卡拉 OK 音乐……”

“可是，亲爱的，他们都不会跳舞啊。”主持人又转过身来对卢说，“康优公司有舞蹈课程，如果她想跳，为了以后的派对，我们可以教他们……”

“可我们不必跳得很好啊，非得搂着对方摆姿势什么的。”西利娅不想放弃这个她还算可以接受的主意，“我们可以播放音乐，大家都想怎么跳就怎么跳。这是一种身体游戏，每个人都能同时参加……而且不分输赢。”

卢和主持人又争论了一会儿后，他们才达成一致意见：“好吧，孩子们，我们稍后再讨论这个。我的同事刚告诉我，吃的已经准备好了。”

***

嗨，妈妈，你能看见我吗？今天我有太多事想跟你说了，不知道它们能不能钻过这么小的一个洞。卢为我组织了一场惊喜派对。过去十五天我谁都没见着，今天，突然一下子，五个孩子和两个派对主持人就冒出来了。其中最友好的人是姬丝。一开始，她还在角落里生闷气，但是吃点心的时候我们开始聊天，她告诉了我很多关于我要去的那所学校的事。就像你说的，那真的是一次冒险。显然，学校里没有课桌，甚至没有教室。同学们都是凭喜好从一个地方跑到另一个地方上课，当然，他们是按不同水平来分班的。老师不会对学生发号施令，只会给他们提建议。你能想象吗！姬丝还说，学校有很多小工具，用起来都很好玩。在这里你不用学习，只要做实验和回答问题。这让我想起我们和爸爸一起去的那个博物馆，你还记得吗？你可以摸任何东西，他喜欢跟我解释肋骨、肝脏、胃都在哪儿……他说："我会把你介绍给我的同事。"然后我们哈哈大笑。他还叫我把那块大石头抬起来，如果它砸在我身上，会把我压扁的，可是，多亏了那些滑轮，让石头几乎没有分量。博物馆里展示了一些物理学的奇迹，但我们想知道的是，是否所有奇迹都能用物理学来解释。我距离你们那么远，每天都会想很多这种事，也许我会找到让时光倒流的办法，这样就能跟你们团聚了。

西利娅一时说不出话来，她手中捏着那枚戒指，满眼泪花。但她不想哭。今天，她要让自己坚强起来，要让妈妈看到自己快乐的样子，哪怕只有这一次。她一定要利用好那些她想告诉妈妈的美好事物。

我还没讲到最精彩的部分呢。派对结束时，卢送给我一台属于我的机器人。是的，一台机器人，我知道你会很难想象。但你可以这么想：有点儿像《星球大战》里的那些机器人，只是，它除了有腿，还有四个轮子，这是在它需要快速移动的时候用的。它没有脸，嗯，也可以说有一个没有鼻子、嘴巴和耳朵的脑袋，只有两个摄像头，胸部还有一块屏幕。它名字叫 ROBbie，虽说它已经能独立完成许多事情，但我还是必须学会使用它。它会形影不离地跟着我。第一步就是我们明天会一起去上学。我本来还不知道，但我发现这里每个人都有自己的机器人，这就像我们那时候每个人都有一个钱包或是一台日历一样，只是它要精细复杂得多，因为它有很大的内存，能帮你解决许多问题。卢的机器人名叫 ROBul，起初他们把它藏起来了，说是怕吓到我。我不明白他们为什么会这么想。比起 ROBbie，反倒是那些孩子，甚至是卢做的一些事情更让我震惊。至于那些机器人，它们做任何事都有规律可循，所以它们做的事情再离谱都不会让我惊讶。我等不及要测试 ROBbie 了。现在，我要它帮我找 Shins 和 Arcade Fire[①]的歌。

唉，妈妈，这里的生活就像是一场场表演，而我是唯一一个活生生的人。其他人就像纸板、石头……或者机器，像 ROBbie。如果这里没人关心我，我又过得很不开心，那我来这里干什么呢？有时候我觉得很孤独，简直害怕得要命。我还想过放弃，自杀算了。如果我没这么做，那也是为了你和爸爸。我对自己说，也许这是因为我对这个地方还不了解，所以我努力让自己平静下来。谁知道呢，这可能只是一场噩梦，你们随时都可能会出现。有些梦就像真的一样。你们为什么不问一声，就替我做了这个选择？我不明白，妈妈，你以前总是什么事都告诉我的！

可是这些想法是从哪儿来的呢？西利娅又在不自觉地胡思乱想了。她曾经那么积极乐观，可是……她必须把这些想法从脑子里赶走，否则她以后会更加沮丧，而且再也打消不掉那些消极念头了。幸好，她还有这枚戒指，至少这东西是真实存在的。她再一次把戒指举过头顶。

---

① Shins和Arcade Fire 分别是美国和加拿大的独立摇滚乐队。——编者注

忘了我刚才说的吧，妈妈。我不知道是怎么回事，但肯定不是坏事，我是认真的。有你在天上看着我，给我力量，我相信我会挺过去的。也许，最终我会明白为什么你们要把我送到这里来。

亲你和爸爸很多很多很多下。

2

除夕之夜

10

为庆祝克拉夫特机器人公司成立 25 周年，公司决定将今年的传统新年大会办成一次盛况空前的大型活动。仅仅是为了确保这一晚的照明需求，公司就购置了 100 台发电机来保障电力供应。除了常规的感官展台、环绕曲面屏幕和个性化的音响系统外，他们还安装了以往历届大会上使用过的激光和扬声器作为展示，以彰显公司的悠久历史，并将这个认知继续向前推进一步，彰显公司的永恒生命。公司员工纷纷盛装打扮，面带微笑地前来出席这场不容错过的盛会，“我们是最好的，我们没有对手。”这一信念已经通过一切可能的潜意识途径深入了他们每个人的心。

利奥感觉自己是精英中的翘楚。盖图先生钦点了他，而且只有他代表公司的中欧总部参加“产品 2111”竞赛——今天晚会的核心焦点。他知道自己的感知转化台会给盖图留下好印象，但他做梦也没想到，自己会有机会在包括克拉夫特博士在内的公司最高层的面前展示自己的技术。他踱来踱去，既忐忑又兴奋，并且穿着这身晚礼服让他感觉有些不自在，因为这是今晚参赛者的装扮。在上台演示前，利奥还有几小时的时间来享受各种不同的氛围。在主舞台上，人们分别向在公司工作了 20 年和 10 年的老员工颁发奖项并致以敬意；而他却满怀敬意地在“灾难”展台前找乐子。人们平常会在这里尽情取笑竞争对手的那些最糟糕的发明。在前两次除夕晚会上，利奥正是从这个体验台上得到了重大的启发，并开始慢慢相信：有时候，一个小小错误会比成千上万次成功更有用处。我们能从一个完成的设计中学到什么？什么也学不到。另外，一次失败的尝试往往是一种挑战、一份想要进入未知领域的渴望、一场宝贵建议的大轰炸，而且，准确地说，有一枚导弹刚刚命中了他。不知是什么把他吸引到这个逼真的机械婴儿展台来的，到底是因为那古怪的表情，那块它并不需要的尿布，还是因为它身上那个贝特公司的标志？起初，他们只是设计了一些不用大小便的宠物小狗，接着开始模仿设计更有野性的动物，最后，他们开始制造仿真人类了。有哪个女人能抵挡得住宝宝的诱惑呢？你逗宝宝时，宝宝会露出动人微笑；你看最爱的节目时，可以随心所欲地怀抱宝宝；宝宝还能识别你的声音，跟着你满地爬，发出可爱的叫声；最妙的是，如果它哭闹，你还可以把它关掉，或者锁到机器人充电柜里去。然而，这个产品失败了，几乎可以肯定是因为它太像真宝宝了。这种感觉似曾相识。

今年的晚会，他不得不把 ROBco 留在充电柜里。他给它打了个电话，让它帮忙联络贝特。

没有机器人在身边实在是不方便。以往的晚会，ROBco 都会对晚会评论一番，还能记录他们的一切所思所想，同时，他还能轻易地随时联系上任何人。可现在，公司领导有令在先：他们希望所有员工把他们的伴侣、朋友，或者邻居带到晚会上来，就好像公司很关心他们似的。实际上，公司只是想利用庆祝活动来扩大新的潜在客户群，把竞争对手的用户吸引过来。盖图先生曾坚持要带贝特来，可是贝特拒绝了，因为贝特怕自己会因此被公司解雇。实际上，大多数人都和利奥一样是独自前来的，他们都很想念过去几届晚会有机器人做伴的时光。

尽管利奥做好了心理准备，电话那头的女高音大嗓门还是吓了他一跳：“嘿，利奥，晚会怎么样？他们公布年终业绩了吗？”贝特总是这么开门见山。

“据我所知还没有，而且我不在主舞台那里，也没有实时收听那里的情况。”

“你真是无可救药。到时候你一定要放得开啊，利奥尼克斯，今天可是你的大日子。我们公司的业绩增长了 23.92%，在年度创新排行榜上排第三位，在技术榜上排第七位。”

“很高兴听到这消息，听得出来你很开心。”

“这还不包括仲裁议会可能给我们的评分呢……我们甚至可能上升到第五位……你能想象吗？第五名啊，利奥尼克斯。”

“太好了，真不错。刚才 ROBco 提醒我，我们的总裁就要发表演讲了，我得仔细听他演讲，我得挂电话了，等他讲完我再打给你。”

克拉夫特博士上场了，他身着黑色礼服，演说声情并茂，现场所有的环绕屏幕、虚拟氛围和液态镜面共同映衬着他的形象，博取了全场员工的关注。此时的利奥正坐在一台章鱼形按摩机里等待着新年致辞，一根触手将他的脊椎从底部到颈部一节节地摆正，两根触手缠绕在他的双腿上，还有一根触手在轻柔地摩擦他的肘部和手腕，唯独他的大脑没有被触手按摩，因为他的大脑被眼前的总裁牢牢地吸引住了。

“克拉夫特公司的全体员工，我们成功了，我们是第一名，”克拉夫特博士伸出双臂，做出胜利的姿势，“不仅是在我们的领域……而且是在所有领域！”人群爆发出热烈的欢呼声，屏幕上，欣喜若狂的人群影像叠加在了博士身上。“我们的产品完全没有竞争对手。我们在大多数类别的排行中都取得了最好的成绩，竞争对手根本挡不住我们。在这一年中，他们做了各种各样的尝试：从我们这里抢走供应商，诋毁我们的经销商，贬低我们的售后服务，甚至企图用高薪把我们最优秀的员工挖走。可是，没有人想离开克拉夫特，因为很明显我们是唯一能保证你的未来的公司。”他停顿了一下，屏幕上再次充满了互相交叠的图像并发出令人难以理解的尖叫声和欢呼声。“我保证，明年公司会更加辉煌。我们有一些项目甚至会让你们中最大胆的人感到惊讶，我知道，那些年轻人就在你们当中，你们对自己的发明有着执着的信念，因此只愿意接受不可追溯性合同……”

利奥有一种奇怪的感觉：好像克拉夫特博士是在跟他说话……但这根本不可能，他都不认识克拉夫特博士。这一定是交流评估器的功劳，现在这东西比以前更精于调整用语和遣词造句了，这样就能使每个人都以为说话者是在同自己讲话：对每个听众而言，只要说话的内容有那么一丁点相关性，那么接下来的内容就会被赋予独有的意义。音源只有一个，可是其中蕴含的意义却和听众的人数一样多。

“……那也没关系，你们想怎样就怎样。但是，若以后你们跑到我这里来求我续约，我会对你们说……”

博士这是在威胁他吗？

“欢迎来到克拉夫特公司！我喜欢野心勃勃的人，而且我为你们认同公司而感到骄傲。”

开场不错啊，总裁。利奥以前从没听过博士说话，并发现他比自己预想的更有智慧。此时，台上正在宣布接下来将有一轮现场直播连线，他浑身的肌肉在章鱼按摩机里获得了新生，就从按摩机里爬出来，直奔为“产品2111”参赛者预留的准备区而去。仅用了短短几分钟，他的感知舱设备就已准备就绪。尽管越来越焦虑，但利奥还是耐着性子看着竞争对手们的演讲。他要是能赢该多好啊！那样他就能放开手脚开发他的创意项目，并且确保它能成功。他需要的只有资源，大量的资源。只要有克拉夫特公司这个强大后盾，资源就不在话下。一个值得调用公司所有资源的梦想，难怪博士对他这么满意。博士刚才还透露有些惊为天人的项目正在酝酿之中，可谁知道博士是在暗示什么呢。不过，现在还不是沾沾自喜的时候，利奥现在必须把全部注意力集中在这次演讲上，最终努力使总裁相信，只要选择了他的产品，就能为公司赢来最多的利益和声誉。利奥的胜算不低，连博士自己都承认，有抱负的年轻人是他的软肋……而利奥正是最年轻的参赛者。

接下来，盖图先生上台宣布，这次竞赛采用突然死亡规则，将由观众来决定演讲的时限。只要观众中的2/3断开连接，演示就会被强制终止。利奥这才注意到，周围的男男女女都已经进入了被动模式，反正他们是铁了心要在克拉夫特公司贡献自己的一辈子了。至少从他的角度来看是这样。他当即问自己，如何才能确保这群傀儡中有超过1/3的人会把注意力聚焦在他身上。可就在他思索这个难题时，盖图又明确了一点：获胜者将由总裁亲自选出。也就是说，他不必去担心周围这些人的想法了。

可是一分钟后，利奥就意识到了自己犯了天真的错误：如果观众不给他足够的演示时间，他就无法说服博士。看来，公司早就什么都想到了，这群老狐狸。想要得到那位唯一有话语权的人物的垂青，你必须先过大众这一关。在介绍的过程中，利奥在向裁判阐释他的天才发明的同时，还不得不用噱头和精彩的悬念来取悦观众。他只能放弃让博士亲自体验这台机器的打算，毕竟，这样一台单人用具在演示时必然会把观众撂在一边，既然没有参与机会，他们一定会感到羡慕和不解，这样就无异于自我放弃了。因此，无论是博士本人还是其他人都不能亲身试用它，要让在场所有人都看到它是如何运作的。在事先准备的演示目录里，利奥选了盖图先生的那段演示录像，盖图化身迈克尔·乔丹完成那些精彩绝伦的运球、跳跃和投篮动作，这就足够吸引住观众一段时间了。不管人们的反应是惊讶还是嘲笑，在看到这位亲自体验了感知转化的经理的热烈反应后，他们都会被折服的，毕竟这个设备不仅能保证大众玩得过瘾，还有来自博士得力干将的倾情推荐。所有人都会迫不及待地想要体验一下他的发明，到了那时他就能选出一个观众上台来亲自体验设备，以便赢得更多的宝贵时间，而在这段时间里，他则会讲解其中的精湛技术，以及最重要的部分：向观众描绘他能让人类实现无线感知转化这一 美好未来。

每当有一位新选手上台，利奥的自信就增加一分。在台上坚持最久的人也只来得及释放 4 粒“空间感光尘埃”，就被那 2/3 的人数阈值淘汰了。这个人的发明能将人的感知延伸到一种飘浮的传感器上，使人能够到达那些原本只有灰尘才可能进入的未知角落。这个想法似乎有一定的启发性，但观众们甚至都没打算给他阐述其应用价值的机会。如今群众的口味很挑剔，一旦放松警惕，他们就会干脆利索地收回他们的支持。他一定得小心。

排在利奥前面的那位在台上已经紧张得浑身发软了，那个人还没来得及解释他的“万变机器人”和普通的可重构机器人有什么区别就被赶下了台。

现在轮到利奥了。

利奥毫不迟疑地站到了盖图的身边，瞬间就将盖图变成了自己在中欧总部研发的那款新产品的联合推广人。盖图是第一个对这款产品抱有信心并亲自试用的人，也是最有资格参与这次演示的人。这位经理骄傲地微笑着，而利奥则感受到了博士那极具压迫感的目光。有那么几秒钟，利奥仿佛得到了来自博士的祝福。利奥必须好好珍惜这份祝福。他在感知舱内外进进出出，放大嗓门讲解着，一会儿摆弄那些三维影像，一会儿疯狂地打着各种手势，还在介绍过程中增添一些喜剧元素：他站出来正面对抗那些高大的篮球选手，趁机表达对"突防者盖图"的仰慕之情，而后者正目瞪口呆地根本不知该往哪儿看了。克拉夫特博士觉得利奥的精力旺盛过头了，宣传片也华而不实，于是恶狠狠地一笑，利奥见状顿时乱了阵脚，他发现自己的动作只要一停，观众的注意力就瞬间下降了 10 点，因此，他无暇再去瞥博士的脸了，当务之急是集中精力控制住自己，再次投入演讲。

利奥设法在台上坚持了 12 分 15 秒，这是相当了不起的成绩。走下台时，他趁机又望了博士一眼，在博士那咄咄逼人的目光的注视下，他们的目光相遇了。博士紧盯着他，直到他走出博士的视线。那感觉就像触碰到了剑刃，利奥不清楚自己是受到了致命伤，还是被选中去完成最高的使命，但他知道，等待最终判决的那几分钟简直长得难以忍受。

盖图先生突然毫无征兆地来到他眼前，并表示总裁想见他。利奥的心顿时提到了嗓子眼儿，他甚至已经无法问自己那个令他窒息的问题了：自己赢了吗？他一边跟着经理走，一边已经开始接受这个念头了，一阵狂喜让他感到飘飘然。等他告诉贝特时，她的表情会是……她总抱怨他搞那些"发明"是在浪费时间，并劝他说，只要他还在做这种个人项目，就永远不可能在公司里得到晋升……可现在，转眼之间，他居然已经来到了人生之巅，克拉夫特公司将帮助他实现无线感知转化的梦想。他所有的努力都得到了回报。

利奥不知道他们是怎么到那里的，也不知走了多长时间，但现在他正站在大名鼎鼎的阿尔法 + 面前。它是机器人技术的分水岭，他真想在它身上做点实验。真是遗憾，好不容易能与它只有咫尺之遥，时机却不对。

上午 12：25。“克拉夫特博士希望与你进行一次简短的私人会面，在此期间，没人能联系你，这次会面也不会被以任何方式记录下来，你同意吗？”

利奥怎么会拒绝这个千载难逢的机会呢？就算让他光着身子去，他也同意。在接受了简短的盘问并切断了与 ROBco 的联络后，他被带进了一个狭小而明亮的房间，这里除了他、四面墙和两把透明扶手椅外，别无他物。如此封闭而局促的空间让他有点不自在，他不喜欢这种压力游戏。

博士的到来比利奥预想的更具震撼力。这并不是因为博士的外表，毕竟利奥已经很熟悉他的长相了；也不是因为他的步态比利奥预想的还要不稳。令他浑身一凛的是博士那居高临下的目光，这目光仿佛是要夺走他的一切反抗意志，以前从来没有人这样盯着他看过。

“你知道我为什么在这么特殊的情况下叫你来吗？”博士坐下来，眼睛始终盯着利奥，利奥也盯着博士，还以颜色。

“我不太确定。”利奥发现说话有助于消除他的恐惧。

“你赢得的观众最多，但你觉得你赢了吗？”

利奥怀疑这种必胜的心态对自己并没有什么好处。

“这不仅取决于观众，我更需要得到的是你的认可。我成功了吗？”利奥坚持认为他俩对技术有着相同的品位。

“成功了，但也没有成功。我选择的是你，而不是你的产品。”

“看来我还没有赢。”沮丧让他再次冲动了起来。

“我说了，我选择了你，你还不明白吗？”博士的一字眉拧成一个尖尖的V字形，利奥觉得那就像一支射过来的箭，“我要给你提供更合适的项目，而不是‘2111’这种垃圾产品。你将要做的是一套‘创新义体’，所谓的‘创新义体’就是它的字面意思。”

“义体？汉迪卡残障公司比克拉夫特公司更合适做这个吧？而且，你这么注重保密……我必须在公司之外开发吗？”

“我很欣赏你奔放的思路，但你并不完全正确。这项研究必须在严格保密的情况下才能进行，除了你和我，只有盖图先生知道。至于义体……虽然我这么叫它，但它和竞争对手的那些产品并没有太多共同之处，它的作用不是增强生理功能，而是增强心理功能。这么说吧，它会是纯软件的，一个会不断挑战其主人的程序，以此来激发这个人的创造力，使他免于陷入平庸的思维定式里。算是一种批判意识吧。”

“听起来很不错，可我现在正在做的项目怎么办？”

“我们会指派别人来负责。”

“这都已经敲定了吗？如果我不同意呢？”

“这当然取决于你了。如果你与克拉夫特公司为敌，那你就可以打消那个无线感知转化设备的念头了。”

对方再次摆出威胁姿态，但利奥豁出去了：“你觉得那项目有戏吗？”

“在创新义体的项目成功后，谁知道呢，没准儿它就成了‘2112’或者‘2113’号项目。”

“为什么不是‘2111’呢？到底谁赢了？”

“零维护机器人赢了。”

“那个用废金属来修理自己的机器人？但是台下根本没人感兴趣，

他连两分钟都不到就下台了。”利奥完全糊涂了，“你真觉得他的产品比我的好吗？”

“孩子，你还是没明白。我根本不在乎什么产品，我只想让你来为我做义体。”

“所以就算我比任何人都坚持得久，你也非要让我输掉比赛吗？这不公平！”

“公平与否是由有决定权的人来定义的，其他人说什么都没用。”

“我的设备很有潜力，你是知道的。”利奥对他们的作弊行为感到怒不可遏，自己为演示所付出的那么多努力统统白费了，居然真被贝特说着了。

“听着，利奥，你是叫这个名字，对吧？我根本不在乎你的产品，因为我想要将自己转化成的那种东西，这世界上还不存在。”博士若有所思地停顿了一下，“但是，有了义体，我们就会离成功更近一步。我给了你每个克拉夫特员工都梦寐以求的机会，你应该对我感恩戴德才对。”

“是吗？我能从中得到什么呢？”利奥意识到自己过于直率，便立即改口说，“我是说，我的工作会有什么变化？”

“我们会把你的机器人升级到阿尔法+版本，包括学习模块、神经加速器……行了，还要我说下去吗？到时候，你的心灵和身体都会得到解放。”

“我是只能在工作中使用它，还是在家里也能用？”

“你很清楚这是违反规定的。”

“可这个项目本身就是惊世骇俗的……”

“你说得对，这种时候，规则就是用来打破的。”博士让自己恢复到利奥一样的冷静，“你拥有全天候的使用权限，我唯一的要求是你要谨慎地使用它。而且，如果我很满意你做的义体，你以后不必签署可追溯性合同就能领到全额工资。”

“噢，你听说了。”

“是的，看在上帝的分上，你能不能帮我个忙，把你在公共登记网站上注册的所有内容都撤下来。如果你能按我所希望的方式工作，我们很快就能谈合同的事。现在你去签协议吧，按照盖图先生说的去做。”

“什么协议？我还什么都没答应呢。”

“你以为你是谁？你比那个金属垃圾更没用。”博士站起来转身准备离开，“让盖图先生请下一个进来。”

“我接受，我接受！”利奥大喊着哀求道。

“第一条规矩：只要你为我工作，那么除了你拼死也要坚持的原则外，不许冒任何风险。如果再像刚才那样胡闹，你就给我滚出公司，明白了吗？”

这一回，尽管利奥并没有去看那两条眉毛，这支箭还是正中了他的要害。当他回到现实中，回到新年晚会和滑稽的比赛中时，他唯一想要的，就是直面未来的挑战。他一定要让自己的内心足够强大，绝不再屈服于刚才那样的威胁，尽管那威胁仍在耳边嗡嗡作响。

11

西尔瓦娜挽着巴尔塔萨的手臂，汇入了前往康优公司大堂的人流，但很快，她就不得不放开巴尔塔萨去和一堆熟人打招呼。她与他们拥抱、亲吻、握手，并送上对未来的美好祝愿，一切都跟去年一模一样，但是这一次，她觉得这些东西已经陈旧过时，她已经感受不到温暖和幸福了。这种冷漠的感觉令她不寒而栗，无论是在工作时间之外还是之内，皮肤和身体的接触都不再能够给她带来刺激了，或许是因为她太沉迷于那些研究了。她使劲摇摇头以消除这种担忧，重新挽起巴尔特的胳膊，迎上去与今年的庆祝活动组织者们一一问好。

杨和孙是康优的两名老成员，两人此刻都穿着传统韩服站在门口欢迎他们，鞠躬和屈膝行礼之后，杨和孙请他们去换装，并告诉他们，人们在这一天的外表和态度会为新一年确立一个主题，因而，最好选择色彩鲜艳的服装，这样未来就能一片光明。在可供选择的丝绸服装中，夺目的暖色调占了相当大的一部分，西尔瓦娜选了一件红色连衣裙，领口和袖口都是黑色的蝴蝶结。巴尔塔萨打量着她，表情里充满了蠢蠢欲动的渴望，他那一身闪亮的蓝色礼服和那顶尖顶礼帽使他显得越发高挑。派对主办者称赞了他们的着装选择，同时提醒他们，他们今天将开启一个先例：要像过去一样，家长们应该责令孩子收敛一点，这样大家就不用在即将到来的新年里忍受他们的哭闹了。

穿过门帘进入大厅时，他们被眼前的一切惊得哑口无言，这里已经被改造得面目全非了。这个他们曾度过了无数个日夜、参加了不计其数的会议和活动的地方，现在他们竟完全认不出来了：那些坡道，那些画着各种人物的折叠屏风，那些植物花园，那些垂挂起来、用黑墨写上了汉字的红纸条幅，那些用竹子、丝绸和纸板制成的龙塑像，还有那些挂满了整个天花板的灯笼，它们在四溢的熏香气味中散发出淡黄色的光芒。他们仿佛来到了另一个世界。正如计划的那样，一切都没有使用任何虚拟技术。这种传统的复苏，标志着这一年来的变革颇有成效，每年都比上一年的变化更加显著，进步喜人。

“你还记得罗马主题的那次吗？”巴尔塔萨对着她耳语道，她笑了。她想起当年他俩是如何辛苦地钻进同一件戏服里扮演雅努斯[①]的——那个古罗马的双面神，他的名字正是英文中一月的由来，因为这位神明能同时向前和向后看。他小心翼翼地用胳膊搂住西尔瓦娜的腰，以免弄皱她的裙子。接着，他直视着她的眼睛，给了她一个甜蜜的吻。“我这是在为我们的未来做保证。”巴尔塔萨稍稍退后了一步，以此强调衣服造成的隔阂，“不过，还是扮成雅努斯的时候更好玩。”

这是他们俩在整场庆祝活动中最后一段独处时光了。很快，朋友们就把他们拉到一个地方，他们要在那里向他们的祖先致敬。那里有一张高高的桌子，上面摆放着一道道菜肴，这些菜肴按不同颜色排列，形成了一道奇特的“彩虹”。左边摆着红色的水果、肉、西红柿、枣子、坚果、蔬菜和汤，最右边是米饭、鱼和一种白色的液体。人群中有一些亚裔年轻人，肯定是来参观的，因为西尔瓦娜和巴尔塔萨以前从未见过这些人。这些年轻人正在鼓励参与者在一面大墙上写下过世的家人的名字，并告知后者上半部分是留给曾曾祖父母的，下半部分是留给父母的。

结果，只有墙的底部有了一些名字，西尔瓦娜很懊恼自己没法在上半部分做出贡献。她的母亲从未跟她提过她的身世，实际上，西尔瓦娜虽然现在被过去所吸引，但当年并没对此表现出什么兴趣。一个留着长长白胡子的韩国男子站在供桌前，深深地鞠了两个躬，额头几乎触到地板。在他左右各有一位年长的随从向观众示意，让大家低下头并保持安静。司仪将酒倒入杯中，对着墙举起酒杯，与此同时，其

① 雅努斯是罗马人的门神，也是开端与结束之神。——编者注

他韩国人迅速将勺子和筷子分别放在盛着食物的碗里。西尔瓦娜背后有人低声说，现在要做的是从中选出自己的祖先在世时最喜爱的食物，将它奉给祖先以示尊敬。

远处传来的孩子们的阵阵喧闹声让一些参与者有些分心，但西尔瓦娜没有，她正全神贯注地重温着人们在过去举行这种仪式时的感受。环境中回荡的那种异样的气氛、熏香的香味和沉默激发了她的想象，她意识到自己体内有一种未知的灵感火花，不禁浑身一颤。巴尔塔萨总是那么体贴入微，问她还好吗，她轻轻答了一声，以免打断自己内心可能已经开始的某个情绪酝酿的过程。她知道，这种对祖先无差别的尊重并不是她在寻觅的东西，这其中没有任何筛选机制……但已经十分接近了。而且，谁知道呢，或许有了正确的刺激物后，她就能发现其中蕴藏的情感，就像笑声带来的是快乐，而不是痛苦。

随着祭奠的歌声渐渐淡出，带着供品走向供桌的人也越来越少，整场祭奠活动以司仪副手的两个深深的鞠躬告一段落。在一片醉人的寂静中，他们拜倒在了长胡子老人的脚下，西尔瓦娜感到一股寒意传遍她的脊背，她被眼前这种从未见过也从未想象过的体态所触动，这种感觉几乎令她头发直立。这一次，巴尔塔萨的关切眼神并没有得到回应。

在死人得到了应有的尊敬后，现在就轮到活着的人了，长者优先。一位副手将一个杯子和一个碗交给司仪，另一位则开始鼓励每个参与者向比他们年长的人献上食物和饮料，然后再接受比他们年轻的人的供奉。于是，一张张焦虑的面孔四下张望，企图猜出别人的年龄，结果发现大家的表情带着同样的困惑。幸好，一阵欢快的节日音乐打破了这种尴尬的严肃气氛，人们才终于得以在放松下来的环境里自由活动开来。

巴尔塔萨和西尔瓦娜还没来到桌边，塞巴斯蒂安就已经端着一碗汤走了过来，汤里漂着一些白色的小方块，还有肉、蔬菜和一片薄薄的煎蛋。他告诉二人，这是一种叫“年糕汤”的传统食物，他的另一只手还拿着两根小棍子和一大杯酒。

“对不起，年轻的小姐，把它直接递给你是很失礼的。”塞巴斯蒂安说着，嘴唇轻吻她的脸颊，然后把碗和杯子递给巴尔塔萨。

“得了吧，你这个笨蛋，尽情享受这场派对吧！”西尔瓦娜用古怪的玩笑口吻喊道，“今天说别人年老不算是侮辱，恰恰相反，算恭维，你还不明白吗？”

“对不起，女士，”他捧起她的双手吻了吻说，“你穿着这么年轻的衣服，我都差点儿忘了站在我面前的是一位曾曾曾曾祖母啊。”他从巴尔塔萨手里接过碗，递给她。

“你这是随口现编的，还是早就打算这么叫我了？”

塞巴斯蒂安刚要接话，巴尔塔萨就插嘴了：“既然你们俩斗嘴斗得这么高兴——”他用胳膊搂住他们俩的肩膀，轻轻地把他们推到一个角落里，让他们坐下来吃饭，“我要趁机去上供，顺便挖些有用的信息。你不介意吧？”他微笑着对西尔瓦娜说，吻了她一下，双臂仍然搭在他俩的肩上。

他起身走向供桌，二人沉默着，观察着那些前来向他打招呼的人。

“也许我也该去参与那场仪式，你说呢？”

塞巴斯蒂安把西尔瓦娜拉回到椅子上。“算了吧，亲爱的，没必要对这种事那么上心。再说，你已经在为我呈上供品了，毕竟我比你大……所以嘛，也更睿智！”他对她眨眨眼，想要回到他们之前的话题上，“我给你讲个故事，你肯定喜欢。”

“洗耳恭听。”

“先尝尝食物。”他递给她一双筷子，“看上去很好吃，对吧？”

几番笨拙的尝试之后，她决定用手抓起一块白色方块。

“嗯，真好吃，这口感像是……米做的吗？”

“不错嘛。或许你真能使我相信你那著名的感官刺激项目卓有成效了。很少有人能猜出来的。”他盯着她，想引起她的注意，“如果一位韩国人现在来问你，‘你吃过几次年糕汤’，你会怎么回答？”

“这个问题里有什么陷阱吗？如果我答错了，你就不再相信刺激项目了？”

“你想多了，女士，大胆回答吧。”

“好像就一次吧……也可能从没吃过，刚才是我第一次吃。”

“无论你是在回答谁，他都会笑得人仰马翻的。也可能他会觉得你是在取笑他们，因而感觉受到冒犯。其实，他们是在问你的年龄，而你却告诉他们你只有一岁……甚至更小！”塞巴斯蒂安忍不住大笑起来，“抱歉，这让我想起了那位游客的笑话。一个游客吹嘘自己曾登顶珠峰 10 次或 12 次，而他那个朋友为了争个面子，说自己也登过顶，只是他不记得登过 1 次还是……0 次了。”

西尔瓦娜一点都不觉得好笑。

“你能告诉我年龄跟这有什么关系吗？”

“我正想跟你解释呢。”他做出一副严肃的表情以示歉意，“人们只会在除夕夜吃年糕汤，因此，问一个人吃过几次年糕汤，就成了询问年龄比较礼貌的方式。这是刚才我去取年糕汤的时候，有人告诉我的，不要认为我有那么博学。总之，我只知道韩国人会在今天晚上聚在一起庆祝自己的生日，那就……祝你生日快乐吧！”他举起酒杯，举到她嘴边让她喝。

她只呷了一小口，嘴里的那股灼烧感却持续了很久：“我喝不出这玩意儿是用什么做的。”

“别担心，你有好几年的时间来研究它。”

“你又来了！你已经走火入魔了吧？你真的那么在意时间流逝吗？还是因为今天刚好特别适合讨论这个问题，你就又拿出你那些陈词滥调了，像什么我们年龄越大，时间就流逝得越快……”

“不管是不是陈词滥调，真理就是真理。”

“肯定是因为人们对事物越来越不容易厌倦了。”这句话一说出口，她脑中就闪过了那个一直在困扰着她的念头：她对身体和肌肤已经厌倦了。不过，说不定从现在起一切都会不一样了，谁知道呢。或许她是不会这么轻易被改变的。

“你和你那些理论啊，”塞巴斯蒂安吃起了同一个碗里的东西，“在我看来，我们年轻的时候，总是迫不及待地想要达到这个或那个目标，可感觉好像我们永远都不会得偿所愿……”

“你已经得到你想要的一切了吗？我现在还是迫不及待……”

“你明白我的意思，这个不一样。这么说吧：感觉日子过得飞快是因为我们已经对生活的每个角落都了如指掌了，我们不必费心关注它们就能自由行动。就好比你走一条熟悉的老路，每一次走都感觉它在变短。”

“你瞧，在这方面我们还是有共识的。”对身体的每个角落都了如指掌确实有助于她在脑海中自动描绘那些画面，“日常琐事会让我们忽略日复一日的平淡和人来人往的无聊，生活就这样从我们身边不知不觉地过去了。因此，摆脱那些日常琐事是很重要的。”

他们的那碗年糕汤早已经喝完了，前来收空碗的侍者提醒西尔瓦娜和塞巴斯蒂安让出这片区域，因为舞龙和舞狮表演马上就要开始了，龙和狮子能赶走所有妖魔鬼怪，并且要确保妖怪逃跑的路径畅通无阻。

“我猜你一定没耐心再陪我聊下去了，但对我来说……”他用手臂搂住她，在决定他们接下去该去哪儿之前，吻了一下她的乳沟，她的乳沟在这件丝绸连衣裙的衬托下格外夺目。

西尔瓦娜被这出人意料的举动吓了一跳，但是渐渐地，一丝微笑掠过了她的唇间。她或许真的厌倦了身体，但对于某些身体的接触还是很敏感的。

两人搂抱着朝喧闹声传来的方向走去。他们到现在都还没见到一个孩子，因为孩子们都在全神贯注地放着风筝。那些年轻人显然是打定主意要在康优公司外面进行这场派对了。艺术画作在半透明的天花板上勾勒出丰富的形状，月光透过它们映出美妙的色彩，这一切都与下面的混乱场面形成了鲜明的对比：各个年龄段的孩子都紧紧地攥着自己的风筝线，想方设法把别人的风筝弄下来。现在是最终决战的时刻，西尔瓦娜惊讶地发现其中一些孩子甚至在风筝上粘了玻璃和金属碎片以提高攻击的效率，而且，她低头看去，真有不少风筝被干掉了。

有人拍了拍她的肩膀，她抬起头，发现是贾丝廷娜。她是刺激课程的明星学生，现在正负责组织孩子们的派对活动。

“简直难以置信，”西尔瓦娜质问她，“你怎么能允许他们玩这么暴力的游戏？这是违反规定的。”

“连你都不理解……从提出这个游戏以来，我听到的都是反对和质疑。如果我们想找回某种传统，那么我们就必须完整地重现它，不是吗？”

“也许你应该换个别的……”

“情况不同了，孩子们已经跟几年前不一样了。”这话题让贾丝廷娜激动不已，满脸通红，“瞧瞧他们，在我看来，这种互相攻击要比互相无视健康得多，这是他们正在好转的迹象。”

“你这话是什么意思？”西尔瓦娜认真起来，放开了搂着的塞巴斯蒂安，塞巴斯蒂安的注意力全被风筝吸引了，对她们的话题全无兴趣。

“前几天，在一个跨世纪领养派对上，我实在拿那些孩子没办法，他们只知道各顾各地玩，怎么都不愿玩到一起。类似的情况我以前也见过，但都没有那天那么糟糕。他们都不看对方一眼！”

“仔细跟我说说吧。我每天都在想办法让年轻人从自己的世界里走出来，但至少到目前还没有遇到过这么不配合的孩子啊。”

“对婴儿或许不会，可我那天遇到的孩子……”

“他们多大了？”

“当然，他们是要大一些。”女学生松了口气说，“13岁了。”

“你是说，他们解冻了一个13岁的男孩？”

“是女孩。”

“这帮禽兽！”话一出口，西尔瓦娜脑中就冒出一个念头，“听着，我想见见那个女孩。我怎么才能联系上她？”

“我不知道你对解冻的孩子感兴趣……早知道……当时女孩的妈妈让我给她推荐一位心理学家，于是我让她去找阿玛莉亚了。当然，如果你想……”两个小家伙挥舞着风筝线叫贾丝廷娜过去。

“我自己会去找她谈的，谢谢。另外，如果你还听说了其他解冻的孩子……”

“放心吧，我会让你知道的。”她几乎是大喊着说出这句话的，因为此刻她已经被那些她要照顾的孩子带远了。这时西尔瓦娜才发现巴尔塔萨已经站在她和塞巴斯蒂安之间了，巴尔塔萨刚才一定在耐心地等待着她们结束对话。现在，他又一边一个搂住他们两个，就和离开前一样。

“我的任务完成了！西尔瓦娜，我要送你一份礼物：明年除夕，我们要举办一个希伯来式的晚会。既然你最近对那些杰出的犹太人那么感兴趣，那么我猜你一定会很喜欢的……”

她感觉很不自在，塞巴斯蒂安更是如此，可是二人还是任凭自己被巴尔塔萨拖着走，很快，他们来到了一扇巨大的窗户前，从这里向外看，迎接新年的烟花表演尽收眼底。在这新的一年里，“阻止回旋镖”运动志在必得。

12

卢选择在体育馆里过除夕，但她已经回绝了两场比赛，一场是身材评选的；另一场比的是肌肉量和体脂含量。说后悔是有那么一点的，毕竟去年她都已经进入总决赛了。今年，随着年龄分组的变化，她觉得自己拿第一的可能性很大。可她一直把女儿放在首位，不仅要陪在女儿身边，还要把女儿介绍给所有人，听听人们对领养这个女儿有什么看法，尤其是菲的看法。

她们一进体育馆，卢就吩咐 ROBul 去为她们两人两机器人找位子。“要尽量找靠近裁判席的。”她这样吩咐道。卢不想打断女孩和她的机器人之间的游戏，真是万幸，她和机器人相处得居然如此融洽。卢东张西望，寻找熟悉的面孔，今年来的人比往年多了不少。她注意到一个金发小女孩，长得非常漂亮，之前一定在哪儿见过，这女孩和西利娅一般大，也许是在学校见过。不对，她想起来了：这女孩就是那个在欢迎派对上的小洋娃娃，卢当时就喜欢上她了。事实上，这女孩是那次派对上卢唯一看得上眼的东西。

她还是打断了女儿和机器人的游戏，想让她看看自己发现了谁。她为西利娅指出那女孩的准确位置，这才注意到那个女孩身边的人，她简直不敢相信，竟然是菲！菲是怎么做到的？她本来都已经万念俱灰，差点儿就去求别人把女儿借她用一下了，可是谁会在今天这样的日子出借女儿呢？

卢一直盯着菲看，很快，菲也注意到了她，从菲朝这边挥舞手臂的手势来看，菲是在和她说话。可是 ROBul 还没回来！她把西利娅撂在一边，直接跟女孩的机器人说：

“ROBbie，你总算能派上用场了。帮我识别一下那个女人在对我说什么。”

ROBbie 上下左右地转动了几下脑袋，盯准那个女人，然后开始回放她说的话：“我派我的机器人去找你的机器人了，本想让它们一起帮咱们找座位，咱们就能坐在一块儿了。它们联系你了吗？”播完，机器人停顿了一下，转过身来，用它自己的合成音说，“ROBul 刚刚给我发了信号，为我标出了它们的位置。”

西利娅目瞪口呆地看着眼前这一幕，她不明白机器人怎么能从这么嘈杂的环境和众多对话中分辨出那个女人在说什么。但她把这个问题留在了心里，想等自己和 ROBbie 独处时再问个究竟，现在她得乖乖地和卢在一起。卢先命令机器人带路，把她们领到座位上去，然后边走边拉起了西利娅的手，不停地整理西利娅的头发和衣服，还时不时深情地抚摸她。即便这样，卢也没忘记一面跟走近她们的每个人打招呼，一面把女儿介绍给他们。最后，她向西利娅问起了那个金发女孩："那次派对后你见过她吗？"卢竭力掩饰自己的焦虑。

西利娅似乎没明白这话的意思。

"见过啊，在学校每天都见得到，她还是我最好的朋友呢。"

"那你怎么从来没告诉过我呢？"

卢紧紧地攥着西利娅的手，都把她攥疼了，这让西利娅越发糊涂了："我经常跟你聊起姬丝啊。你不记得了吗？"

"啊，是的，对不起。"卢试图缓和这紧张气氛，说道，"我只是不知道她和来咱们家玩的那个姬丝是同一个人。她妈妈是谁？"

"不知道，我从没见过她妈妈。"

机器人领她们去的座位真是太好了，竟然就在赛场的旁边，整个场馆都一览无遗。她们来到座位后不久，菲也到了，开始夸 ROBul 立了大功。由于被无视了，卢的脸色顿时阴沉下来，为了让女儿重新成为大家关注的焦点，卢抓着女儿的肩膀，轻柔地把她推到了菲的跟前。

"这就是我女儿。"她几乎用挑衅的口气说道。

"嗯，我看得见。你好啊，亲爱的。"菲几乎都没看她一眼，就转向身边那个女孩说，"她是姬丝。我本打算等我跟你妈妈比赛的时候，你们俩可以结伴一起玩。我猜你还不太习惯跟机器人一起玩吧。"为了不被卢的抗议淹没，菲的最后几个字是喊出来的。卢是想让菲别提西利娅不明白的事情，比如这场比赛。此时姬丝也大声抱怨起来，她想参加比赛，不想充当任何人的机器人伙伴。

随着双方嗓音的不断提高，她们各自的机器人都警觉地前进了一步，以便随时介入这场争执。

"我们在学校就认识了，"西利娅澄清道，她对这场问候大感吃惊，当然，最让她吃惊的还是卢和菲之间的那种敌意，"别担心我，我跟 ROBbie 相处得很好。"

尽管委员会对更改年龄分组保留意见，但姬丝还是如愿以偿地从菲手里拿到了她的报名表，接着她就跟她的机器人 ROBix 一起高高兴兴地去更衣室做准备了。西利娅看着她，期待她会回过头做个什么告别的手势。

“还是让她去吧。今天早上她给她妈妈惹的麻烦已经够多了。”菲接受了无法参赛的现实，躺在卢身边的吊床上，启动了一款和卢所选择的一样的放松程序。

“你认识她妈妈吗？”卢问道。那小女孩已经走远了，趁着等待节目开始的这个空当，正好可以弄清一些问题。

“她妈妈叫苏斯·凯尔文，在克拉夫特公司上班。我跟你提过他们公司那个不可一世的总裁跟赫格比赛猜谜的事吧？”

“说过，可是她为什么……”

“凯尔文得陪一位显赫的富豪去参加他们的大会，肯定不能带上女儿。可她今年已经答应过女儿不会离开她的，所以那孩子就发脾气了……”

怪不得她刚才的行为那么古怪，西利娅心想。为了好好听另外两人的对话，她就先忍住没问 ROBbie 它是怎么识别出菲的声音的。

“那赫格也去了？”

“去才怪了！他可不想掺和到克拉夫特博士的生意里去。赫格说，如果克拉夫特像玩谜题决斗时那么咄咄逼人的话……他现在去决斗俱乐部了，想换个环境，然后他就来接我们。”菲突然想到他们最后一次见到博士时的情形，“你知道你老了以后会长得像哪一种狗吗？”

“你在胡说八道些什么啊？”

“前几天，博士吓了我们一大跳。当时我在照镜子，突然看到自己变成了一条贵宾犬。我发誓，那贵宾犬的脸真的和我很像，连动作都跟我一模一样。我身边的赫格则变成了一条拳师犬。行啊，你就笑吧，我倒是想看看你浑身长毛、满脸皱纹、眼睛光秃秃没睫毛的样子。太吓人了。就因为博士掌握的技术比别人先进，就能这么肆意欺负人吗？他的幽默感太变态了，简直就是个虐待狂。"

西利娅并没觉得这算虐待狂，也许是因为狗？仔细想来，她苏醒后的确只见过狗的虚拟影像和机械狗。人们肯定对那些有血有肉的真狗做了什么吧？

"说到皱纹，"卢抓住了出现在她脑海中的第一个念头，以免对"虐待狂"有进一步的联想，"你听说过那种消除皱纹的新疗法吗？"

"你关心这干吗？你又没有皱纹！"

"可是你有啊。因为你在康优公司上过那些课……"

"用不着你提醒我！你要知道，所有那些夸张的情绪表达都会让人长皱纹……然后有人提出要消除它们。这里面肯定有阴谋。"

"别胡扯了，事实正相反。"

"你太天真了。你刚才说的新疗法是不是指 IFC？"

"好像是叫这个，没错。"

"那么我觉得你应该知道，IFC 代表'面部逆向调节'。这不是化妆，也不是整容手术，更不是什么小工具，这纯粹是心理疗法！你没发现他们完全走错方向了吗？我还是继续我的皮下注射吧，多谢你的提议。"

西利娅对她们聊的内容要么感到不知所云，要么听懂了却感到无聊，她受够了。她问 ROBbie 能不能一起去逛逛。此时，菲正在展开全面反击，向卢抛出了一连串的问题。譬如，为什么她会领养一个这么大的女孩，要是她怀孕了怎么办，要是他们给她做过绝育手术了呢？经期会是个大麻烦，她是不是已经有月经了？

卢根本没想回答，她只是命令 ROBul 关闭它的听觉眼睑，并在它的序列中添加了一些镇静指令。她知道她的这位朋友也很想收养一个孩子，可她太怯弱，不敢跨出这一步。只是卢完全没想到菲已经嫉妒到了如此地步。

和那两个女人拉开了一段距离后，西利娅开始向 ROBbie 提问："你是如何在周围这么吵的情况下分辨出菲在说什么的？"

"**信息：**我安装有音源分离程序。"

"银圆？"她不明白钱币和这一切有什么关系。

"**定义：**声音发射者。"

"哦，我明白了，你是说声音的来源。这个程序能让你从一片嘈杂中区分出每一种声音吗？"

"**正确。**"

"它是什么原理？"

"**访问被拒绝：**我无法提供这一信息。"

"是你不能说，还是你不知道？"

"**无法理解：**此二选项意思相同。"

"当然有区别啦，ROBbie，我前几天跟你说过的。"

"**调取前几天的记录：**我的回答和当时一样，除了你，我没有别的主人。"

"可是也有可能是你不想告诉我。"

"**不可能：**如果你想知道，而我知道答案，我肯定会告诉你的。"

西利娅愣了一下，她被这句话感动了。她望着它的眼睛：从来没有哪个朋友像它这样真切地表达过自己的忠诚，可那两个"黑窟窿"把她带回了现实，不过，那好感还在。他们继续前行，一路上，她用余光打量着机器人，它走路的姿态稳重威严，强壮的双臂温柔地摆动着，闪闪发光。和它一起走路的感觉真好，西利娅感到很安全，它值得信任。它没有眼睛又有什么关系呢，反正人们再也不注视对方了。

“**建议：**你为什么不问问我，我能分离多少种声音，或者能从多远的地方把声音甄别出来？或者，干脆直接用我来监听你感兴趣的人？你会喜欢这项功能的。”

“我想监听的人太遥远了。你听不见他们说话的。”

“**信息：**我的监听距离是 45 米。想不想试试？”

西利娅脸上掠过一丝悲伤的微笑，回应道：“算了吧，ROBbie。”

“**建议：**别生气。虽然我做得到很多事，可我不知道如何跟你解释。这就像你会单脚站立，前几天我见过你那样做，我敢打赌你肯定说不出你用到的是哪些肌肉。”

“这个例子真好，你说得没错。那你知道如何保持平衡吗？”

“**否定：**我无法单腿站立，所以我会感到惊讶。”

“嗯，我是不知道用到了哪块肌肉，但我可以教你做。”

“**注意：**我明白你的意思，但这不一样。你缺乏必要的分辨器官。”

“如果你不清楚其中的运转机制，你怎么知道不一样呢？”

“**类比：**因为你也不能把眼睛作为望远镜使用，而其中的原理都是一样的：不论是声音还是视觉，都可以区隔出一小块区域并将其放大。”

“这么说，你对它还是有所了解的。我以为你有一块像声音磁铁一样的东西，只吸引你想听的声音，但现在你告诉我，你其实是捕捉了所有的背景声音，然后提取出你想要的声音。是这样吗？”

“**重复：**我不知道。并且，我不知道你为什么想知道这些，我能替你做这些事。”

“ROBbie，相信我，我很高兴有你在。只是，从我很小的时候起，我的父亲就教育我，我必须能自己照顾自己，不要依赖任何东西或任何人。在女童子军里，我们的战斗口号就是‘自主与责任’，你能理解吗？不过，也可能是我过度解读了，毕竟我永远无法成为望远镜。”

她想等着看看对方会不会有被逗乐的迹象。她放弃了。她不愿意相信机器人永远不会有幽默感，因此，她把它的无动于衷视作它还没能理解这类笑话的表现。至少到目前为止，她还没能让卢、姬丝或其他任何人发笑。

“**提议：**我有变焦装置，它可以像望远镜一样把东西放大。你想让我把焦点集中在谁身上？”

“侵犯他人隐私是不对的。”

“**辩护：**这正是人们参加这种聚会的目的。否则，每个人都只会待在家里。”

“你是说，他们来这里就是为了偷听别人和被别人监视？”

“没错。”

“台下的人跟台上的那些人一样都有暴露倾向？连卢和菲也是？她俩看起来很爱聊天。”

“**信息：**不愿被人监听的人会使用加密电子通信技术来交流。”

“那现在我和你呢？”

“**承认：**可能有人正在听我们说话。”

“听我们说话？谁？”这大大出乎西利娅的意料。

“**访问被拒绝：**无法知悉。比如，有可能是ROBul，如果卢要它这么做的话。”

顿时，不安感袭遍了西利娅的全身。

“你呢，她有没有让你把我们的谈话内容告诉她？”

“**不可能：**她知道我只听从你的命令。”

这个回答很有说服力，但这并没让西利娅感觉好多少。她和机器人一回到卢身边，西利娅就迫不及待地提起了这件事：“真的可以偷听别人的谈话吗？”面对卢困惑的表情，西利娅解释道，“我不是说刚才菲和你的那种谈话，而是指随便偷听别人的谈话，哪怕他们根本不是在跟你说话。”

“哦，你喜欢偷听别人的谈话？那当然了，亲爱的，如果你喜欢，当然可以啊。”

西利娅本想告诉卢，是卢误会了，自己并不喜欢偷听陌生人说话。事实上，这会让西利娅很不舒服，因为她会觉得自己在干坏事。她本想知道卢是否也这么想以及如果她这么做了……不过无所谓了，卢刚才的反应已经说明了一切，也回答了她的那两个问题，还有其他许许多多的问题。假如说让她快乐的事就是好事，那么让她悲伤的事就是坏事？这感觉就像是一个小沙漠出现在了一个更大的沙漠之中，或者，一个小岛从一座更大孤岛上的一片死水中冒出来。西利娅感到孤独，这种因格格不入和巨大差异所引起的新的孤独，叠加在了她刚来到这个新世纪时就已经体验到的孤独之上。

3

创新义体

13

自从在博士的监督下开始负责电子创新项目起，利奥就被分配到了克拉夫特公司最封闭的一片区域中一间单独的隔间里工作。他以前就听说过许多关于公司大楼里这块神秘区域的传闻。一些前同事为了掩饰他们的嫉妒，还造谣说那里想进去很难，想出来就更难了，说得好像真有人在高升之后还想回到原来的职位似的。每当他们像抓着救命稻草一样，找各种借口，来无视那些显而易见的证据时，利奥总是加以反驳。如果有人愿意连续几星期都不从那里面出来，那一定是因为里面的舒适度和回报都是外面无法比拟的。而且项目完成后，他们离开了公司，那往往意味着他们会得到更理想的工作。至于那些声称留在里面的人会被逼疯、一旦失去了利用价值就会像废物一样被扔出去的传言，他更是嗤之以鼻，连听都不愿意听。

现在利奥有机会去证实自己的猜测了。他已好几天彻夜不归，甚至都没合过眼。不过，如果在这里就能得到生活所需的一切，而且工作愉快，那他还有什么必要离开呢？当然，离开的理由还是有的，比如贝特，还有象棋比赛。他还不太明白自己为什么那么着迷于与对手面对面地对决。在远程比赛中，他总是输给那些自己曾战胜过的对手，更糟的是，他还感受不到胜利的喜悦，就好像远程对弈与他以往为之兴奋的比赛完全不是一回事。

先是回忆那些老同事，接着又满脑子是贝特，现在又在想下棋……为什么他今天总是不能集中精神？照这样下去，他连昨晚已经差不多写完了的那个程序都完成不了。一定是因为想到很快就要离开这个隔间而感到惴惴不安。他很清楚，不论自己喜不喜欢，如果被淘汰，离开这个地方，那他头脑中所有关于义体的信息都会被抹去，而这也是他心神不宁的另一个原因。克拉夫特博士向他保证过，除了这段记忆会缺失外，他不会注意到其他任何变化。事实上，合同里的这项条款把他吓坏了，就在他犹豫要不要改变主意时，博士给他做了个消除记忆的演示。博士称它为“暂停”按钮，这是个相当复杂的系统，安装在隔间里的只是它的简化版本，但足以体现其威力了。在利奥的脑海中，他可以清晰地看到博士自豪地向他展示的那张决斗桌：那木质边框上插着几把利剑，桌子中央是一块巨大的触摸屏。他明明记得那上面冒出过一道谜题，他还读了一遍，而且觉得非常有意思，可他一按下那个按钮，这谜题不但从屏幕上消失了，竟从他的记忆里也消失了。尽管事关重大，他也无法解释其中的运作原理。

利奥已查证，植入大脑的加密波是无害的。植入时和植入后都不会有任何副作用，所以从这个意义上说，他并不担心。他之所以不安是因为他受制于一个自己完全不了解的机制。尽管博士向他简单解释过这个机制的基本思路，也暗示过他可以自己找出答案，可是他无论怎么努力都无法探其究竟，最终他确信是自己上了当。毕竟，谁会泄露那些使自己占据优势的秘密呢？克拉夫特公司的总裁不会，他认识的大部分熟人也不会，尤其是贝特。在公司警告他把自己的发明从网上撤下来之前，贝特就不止一次提醒过他这么做了。要问有哪个傻瓜会因为自己的发明遭到泄露而欢天喜地，那非他自己莫属了，这就像下象棋时非得让对手和自己面对面的习惯一样荒诞。如果他能有一张博士那样的桌子，他就能搞清楚每个组件是什么原理了。

可利奥还是不明白为什么他们把这个系统称为“暂停”，它只是产生一段无法回忆起来的时间而已，而这种情况并不少见。说不定它是指决斗因推迟而“暂停”，但这不是针对决斗者本人的。针对人的“暂停”是一种还没发明出来的东西，而且他会喜欢的：世界仍然正常发展，但他能随时暂停自己的时间，等那些伟大的技术幻想一一实现之后，再恢复自己的时间，这样他就能充分地利用那些在此期间发展成熟的新技术了。甚至反过来也挺好：先让整个世界暂停，这样他就能去窥视其他的实验室和研究中心正在做什么，不会有任何人阻止甚至哪怕是发现他，因为相对于那些被暂停的可怜人来说，他是在以无限大的速度行动。

起初，他还以为博士的设备会有助于实现他的无线转化创意。他猜测，当一个人被注入了另一个人的脑电图记录时，前者的记忆就会被清空，或者说，就算不被清空，这些记忆也会被屏蔽以避免相互干扰。但是他很快就意识到，它的工作原理并不是那样的，“暂停”装置并不会真的抹去记忆，它更像是在添加记忆：它发出加密波，与一个人阅读谜题或执行任何其他活动时产生的记忆叠加。要想抹去这部分记忆，你只需关掉加密发射器即可。一旦被解除了这套加密基础，先前的大脑信号即使再平常无奇，也都会变成无法识别的噪声。几小时后，当他离开隔间去接贝特时，隔间里的记忆还会继续存在，只是他没有解密的钥匙罢了。

利奥陷入了沉思，完全没意识到 ROBco 已经控制了环绕屏幕。这块屏幕被机器人拉伸到最大限度，覆盖了整个隔间的四面墙壁，当它请求解除全息墙功能时，利奥吓得差点儿从座椅上跳起来。今天早上布置给它的比对任务已经有结果了。它可不像他，不会因为马上要去郊游就走神。这自控力真是差劲啊，他自嘲着，而眼前这个有着神经学习能力的机器笨蛋，居然还没学会在他像个傻子一样胡思乱想浪费时间的时候打断他。利奥抬起头来，看着监控摄像机那时刻盯着他的电子眼，心想自己真是幸运，起码它们无法读到他的心思。接着，他脑海中闪过这样一个想法：他梦想的感知转化说不定真能让思想监控成为可能，不过他并不打算顺着这个思路想下去。

在他面前展开的是一个尖端义体生成器的架构图，以及他一直在研究的想象力算法。这套算法是他故意在对生成器不做任何了解的前提下开发出来的，这样一来，他就能以后验方式将它们进行比较，并提取各自的优点。

正如他所料，生成器遵循着一种演进模式，它不断将随机产生的突变用到同一个构想上，并从中选出最佳的变种。就好像盲目的达尔文式的演化过程可以成为创造力的前沿！他永远不会让运气来替他工作，毕竟有强大的自动推理工具来引导可能性的选择。多亏了这些工具，他的算法把创造的过程机械化了，这就避免了一切随意性和主观评估。他对此很满意。但他不得不承认，它的作用范围有限且固定不变。如果能从生成器中引入一些随机但可控的数据，他就有可能增强它的能力。

在数据详尽的图表的帮助下，他很快就得到了一张全球图像，但是准确地分析出哪些机制值得导入它的算法则须耗费数小时。何况他现在没这个心情，哪怕 ROBco 就在他身边随时待命。

“如果我要马上离开，那就没必要现在开始。”他发现 ROBco 还在盯着他，只好提醒道，“我告诉过你，我无法像你一样，能够事做到一半就关机，重启后还能继续关机前停下的工作。你可以试试把它构建到你的模型里去。”

“**确认：**此功能已运行 17 天 4 小时 13……”

“停下，闭嘴，闭……我说过多少次了，没必要那么精确。既然你知道我的局限，那你干吗还要坚持让我现在就开始工作？”

“**回放：**你刚才说‘我要马上离开’。**提问：**为什么？”

“我明白了，是我忘了告诉你，我今天要和贝特出去郊游。好吧，你不需要纠正什么，是我的错。”

“**请求：**需要我为你们准备什么？”

“我们需要一辆飞行车。博士保证过我会有一辆专车的。”

“**接受：**我会检查车是否已备好。**询问：**还有其他任务吗？”

“有。你应该提前为工作做一些准备。下一步就是给这种形式主义填充一些内容。”他对着墙上的图表一挥手，说道，“尽量多收集从事创造性工作的人的大脑记录：艺术家、设计师、发明家以及证明定理的数学家和物理学家，以此验证我的猜想是否正确。我认为他们之间有相似性。其中天才的数量要与普通人样本数一样多。最重要的是，我们需要大量的数据来处理并提取相关性。要是这些记录中还有反思性评注就最好了。”

“**接受任务。**有关于候选人的选择标准吗？”

“避免统计正态性很重要。或许应该把一个精神病患者纳入这个丰富多样的统计全集，但这个群体的主流必须是没有成见、不受任何规则限制、讨厌按部就班、反感机械重复的人。记住，创意灵感的火花不仅取决于个人因素，还深受文化、环境和传统的影响。要去找那些被转移到全新环境的人，无论转移的原因是什么。都说天才是不断向前看的人，他们的视野超越了他们的时代。”

“**提问：**我是必须在网上搜索，还是要去一些数据中心查阅？”

“就从网络开始吧。要是以后我需要给你……”突然，他脑中念头一闪，“你现在能把屏幕上的所有东西都保存到绝对内存里去吗？”

“**拒绝：**这是被禁止的行为。我以为你知道。”

“那你能把它保存在一个永久存储设备中吗？或者是一个兼容的外部设备中？”

“**拒绝：**属于克拉夫特公司的信息不能复制到外部存储设备。你为什么保存它？”

利奥本能地抬头看了看监控摄像头，却没意识到这个动作加上刚才 ROBco 说的话，已经触发了隐患警报。

仅仅 10 分钟后，一个虚拟的博士图像就出现在了他的面前。

“你好，利奥。明天的初步版本义体演示你准备好了吗？”

“下午好，克拉夫特博士。”他想掩饰自己的惊讶，因为博士的这次访问并没有列入控制日程，“演示还没准备好，但我已经完成了机制图解。你想看看吗？”

“不用费力跟我讲空话，我要的是结果。要按层次开发，并为每个层次制作演示。之前我已经说得够清楚了，不是吗？”

“是的，先生，但是不准备好整体方案，我没办法添加内容。”

“我可不会等你完成整个项目之后才确定你是否对我有价值。”

“可是增量式的设计确实更费时间，最终产品往往也不完善。”

“别跟我高谈阔论，别人都已经提交了设计原型，虽然性能有限，但对我还是有用的。”

“别人？你是说还有其他人在做这个项目？”

“你觉得呢？你以为自己是救世主吗？无敌神童？”

利奥总是那么天真。如果贝特在这里，她肯定会把他臭骂一顿。他永远不会把这件事告诉她。

“如果你想开除我，那就开除我吧。”他鼓起勇气说，“如果你看一下我的整体设计，就不会想看毫无意义的演示了，何况做个演示还会拖慢义体的研发速度。”

“别以为我不知道，你太喜欢自己的设计了，竟然想把它从克拉夫特公司偷出去。”

利奥的脸涨得通红，于是他将目光从屏幕上挪到了地上。

“那只是个一闪而过的念头，我一开始绝对没有这么预谋。”

“所以我才没有开掉你。我不在乎你会不会违反规定，有创造力的脑子常这么干。让我无法忍受的是，你居然把时间浪费在这种没用的事情上。你给我记住了，‘暂停’装置是我亲自监督的项目之一。”

屏幕里，博士那箭头形状的眉毛看起来很模糊，不像面对面时那么咄咄逼人。他的语气也一样，听起来也和气了些。他居然承认利奥有一颗富于创造力的头脑，这是你能想象的出自克拉夫特博士本人之口的最高赞美。人真是善变啊！博士先是把他逮个正着，然后在呵斥他的同时，居然表扬了他一番。于是利奥被放到了一个任人摆布的境地，他想都没想就已经同意为十天后的进展控制会议制作一个演示了。

现在，比较明智的做法是立即取消郊游计划并开始工作，但是这样做的话，贝特绝不会原谅他。她坚持认为利奥故意对她隐瞒这个项目，这已经够让人头疼了。其实并不是他不想跟她解释，而是只要出了克拉夫特公司，他就不记得自己在公司里做过什么了，可他很难让贝特明白这一点。利奥希望至少还能跟贝特分享一些日常工作琐事，让她高兴高兴，因为博士跟他保证过，失忆只局限于这个项目的相关内容。

利奥迈步走出隔间，同时前所未有地关注着自己的内心状态。他动作缓慢，忐忑不安，对四周的一切都不做理会，然后闭起眼睛，倾听着自己的内心，关注着每一种微妙的感觉，感受着脉搏每一次不安的跳动。他担心自己的脑袋会炸裂，担心自己无法控制思绪，担心会认不出自己……他不清楚自己到底应该担心什么，应该把怀疑的焦点放在哪里。紧接着，他已经来到隔间外边了，却并没察觉到什么异样。他低头看看腿和脚，感受着自己的手臂，寻觅着身体上某种未曾注意到的变化。

只有当利奥在脑海中搜索自己正在研发的项目的细节时，他才会发现记忆中有一片无法穿透的虚无空间，这个空间的存在足以证明博士没有耍他。具有讽刺意味的是，那片曾令他不安的空白现在反而成了一种解脱，他感觉更放松了，于是走向 ROBco 和飞行车所在的平台。

眼前是一辆超豪华的双座飞行车，很有克拉夫特公司的风度，外观时尚大方，内部宽敞明亮，还有为每位乘客的机器人准备的空槽，贝特见到了一定会喜出望外的。

他没猜错。接贝特上车时，利奥很荣幸地看到了她脸上有史以来最灿烂的笑容，一时间，他甚至考虑还要不要为了加班制作演示而缩短他俩的郊游假期。利奥紧握着她的双手，扶她坐到前排座位上，这样他们就能面对面地商量相处时的安排了。他们一贯如此，这也正是他们爱情成功的秘诀：总是开诚布公地根据双方当前的心情来做决定，而不是拘泥于事先定好的安排。

“你今天的欲望如何？”这是两人的标准开场，因为欲望的确能影响其他东西。

“今天早上我的欲望值是 6.7，我觉得下降了些。你呢？”

“我的也不高。今天就别去保健俱乐部了吧，好吗？”

“好的好的，我想好好玩玩这辆奇妙的飞行车。它能干些什么？”

“我不知道，平时都是 ROBco 驾驶的。”

“**信息：**我总共驾驶了 95 分钟，因此我只掌握了基本的驾驶要领。”

“哦……”贝特不仅毫不掩饰自己的失望，反而表现得很夸张。

“要不咱们今天来一趟短途飞行，然后把全部飞行经验都留到下次再用，怎么样？我肯定 ROBco 会百分之百专心飞行的。”

“可我今天就想飞。何况你的机器人不是正忙于那个绝密计划抽不开身吗？”

“你别那么刻薄。”

“我只是告诉你我的想法和感受，这是我们之前就达成一致的，对吧？”

“好吧，那我也跟你说说我的真实想法，”既然她也决定不保留任何想法，“总裁刚布置了一个演示任务给我，我得赶快回去。”

“你怎么不事先告诉我？”

“事先告诉你的话，你就会把我从联系人列表里永久性删除。”

“要是你不告诉我那是个什么项目，我现在就删。”

“我真的不记得，每次我离开公司，他们都会让我走过一个装置，那东西能擦除我的记忆。”

“别耍我，利奥尼克斯，这是我们俩共同的项目。”她的表情与其说是生气，不如说是严肃，就像在怀疑她的伴侣是否还神志正常。

“共同？”一阵强烈的怀疑涌起，让利奥大感震惊，他机械地重复着这个词。随之而来的是对“暂停”机制的恐慌，他都分不清贝特到底是在和他谈论哪个项目了。

“别这么瞪着我！你吓着我了。你不记得咱们的项目了吗？他们连那部分也擦掉了？就是那个选择性记忆丧失的项目。”看到自己的话让利奥恢复正常后，贝特继续说道，“你给它起名叫‘幸福应用’，想起来了吗？”她朝他步步逼近，眼神调皮而警觉，“通过在我们还记得的和遗忘的记忆之间调节过滤器，我们能为自己创造一段快乐的过去。你还说过要再进一步，引入虚拟的美好记忆……”

“这个我当然记得。”利奥已经被“暂停”机制吓得六神无主了，都没想过她可能是在说另一个项目。现在他如释重负：他清楚地记得那个应用的一切，对自己一直在完善的那些细节如数家珍，“可是这跟克拉夫特的保护系统没关系啊。”

“没关系？你不是说他们抹去了你的一部分记忆吗？”

“你这么说也没错，但那是两回事。他们能删除记忆，是因为这部分记忆被以一种特殊方式存储起来，是经过加密的。而我们的应用野心更大，它必须能够在不干预录制过程的情况下删除其内容，比如很久以前发生的事情。”

“你是说，你没把我们的设计给他们？”

“当然没有，亲爱的，那是另一个项目，他们在雇用我之前就在开发了。”

“那你怎么能确定他们没有抹去这部分记忆呢？”

“因为在我替他们工作之前，他们给我演示过这个安全机制。”

“说不定他们已经抢先一步，知道怎么引入虚拟记忆了呢。”

“你怎么总是那么疑神疑鬼？那又怎样？难道他们会抄袭我们不成？”

“你瞧，我替你担心，你却生气了。这种侵入式保护系统肯定是非法的。马斯科特机器人公司也有一个类似的机制，但它至少没有侵犯员工的权益。”

“你怎么知道他们是怎么做独家项目的？”

“哦，看来你有话要说。”

“没错，你知道吗，我更喜欢不断向前，而不是原地踏步。有话不说只会妨碍你取得成就。你看，”他瞥了一眼外面说，“这辆车一直待在原地，都没有绕着街区转一圈。”

“今天我们就不应该见面，就这么简单。”她起身下车，“既然你急着去干活，那我们就没有什么可聊的了。下次你要是忙就提前告诉我一声，我们另找时间。”

利奥保持了一贯的绅士风度，扶她下了车。刚才她上车时的微笑确实让他怀疑过自己的意愿，但是现在，再没有什么东西能阻止他全身心地投入为演示所做的准备了。

14

距西尔瓦娜上次离开康优已经好几年了，故而一切都变得几乎认不出来也就不奇怪了。好在塞巴斯蒂安已经将这次访问登记为中心的一项服务，安排了一名司机给她，否则她准会迷路。以前，能容纳飞行车在内部飞行的建筑物屈指可数，除了综合医院和多层停车场外就没别的了。可是如今，按照规则，在户外飞行反倒成了破例行为。或许这对她来说是好事，因为室外刺眼的亮光让她很不舒服。当然，头顶上的车顶棚会加强被囚禁的感觉，加上数不清的车辆和着陆平台，这一切都让人感到另一种幽闭恐怖。

尽管近在咫尺，但西尔瓦娜没意识到这些建筑物加高了好几层，增加的都是住宅，它们塑造了这些约 800 米长街区的形态。如果看到它们连西尔瓦娜都感到震惊，那个可怜的小女孩有何感受就可想而知了。虽然她还没能跟女孩的母亲建立什么稳固的关系，但她对今天能见到女孩依然充满信心。重点是，她一定要记住自己是作为治疗师被雇用的，她必须将自己对女孩身上的那种古代情感的兴趣埋藏起来，整个谈话过程都绝不能透露出这方面的意思。

正如她所料，这所房子位于富人区。司机指给她看的那个住宅入口是附近最漂亮的一个：它还带有私人停车平台。西尔瓦娜与房主的机器人取得联系，获得了免费停靠证，她可以把飞行车停在那里，直到离开。

西尔瓦娜很不习惯像这样登门拜访，所以她走向住宅时有些不自信，也不知道怎么和衣着得体、在门口相迎的客户打招呼。不过，卢不等西尔瓦娜走过来，就已经退回到了房子里，并示意让她跟着进屋。屋内的大部分墙壁是黄色的，家具发出耀眼的光亮，就像是又回到了室外。更糟的是，她们所坐着的悬浮椅也是同样的颜色。它们实在太扎眼了，西尔瓦娜只好找了一片能让眼睛舒服一些的地方看——自己的两脚之间。

在描述女儿的古怪行为时，卢显得十分紧张，这反倒让西尔瓦娜放心了：看来她无须担心自己给人的第一印象了——她显然并没有给人留下什么印象。眼前这女人连一句完整的话都说不出来，更别提听别人说话了。西尔瓦娜甚至觉得还不如直接在网上沟通，等到确定能见到西利娅后才值得亲自登门。

西尔瓦娜终于抓住机会发问后，才了解到女孩的学校就在附近，而女孩再过不到半小时就能放学回家了。如果愿意，西尔瓦娜可以等女孩回家，或者，也可以现在就连上专为父母准备的监控线路，看看女孩在学校做些什么。西尔瓦娜犹豫了。她本应该毫不犹豫地拒绝这份提议的，毕竟她曾经多次谴责那些侵犯隐私的技术手段，因为它侵犯了我们当中最弱势群体的隐私。要是被康优的人发现她居然窥视他人的生活，那她一定会羞愧死的。然而，眼前这个机会太诱人了，她实在无法抗拒，于是她开始为自己寻找借口。她告诉自己，观察病人的自发行为状况将有助于她做出诊断，这对西利娅也有好处。

几分钟后，ROBul 告知她们，由于没有在任何静态监控摄像机上找到女孩的踪影，它们派了一个搜索者机器人去寻找她。卢简直不敢相信，因为她一直都在努力劝西利娅像其他正常人一样，在别人的窥视之下低调生活。老师警告过卢，西利娅要是再不尽快适应就只能转学了。西尔瓦娜脑中念头一闪：如果真想“低调”，还有什么比躲开摄像机的追踪更好的呢？但她什么也没说，她敢肯定卢是不会接受的，甚至可能根本无法理解。不必要的幽默在亲技术派人群里并不怎么受欢迎。

终于，搜索者给她们发来了一些西利娅的影像。她正在一个很大的房间里，卢认出那是社会化教室。西利娅很精神，浅棕色的直发扎成了马尾辫，跟卢所期待的差不多。卢唯一没想到的是西利娅还有雀斑，这个时代已经看不到雀斑了。奇怪的是，雀斑使西利娅显得多了一丝调皮，就好像雀斑使她变得更聪明机灵似的。她身边坐着一个有一头金色鬈发的小女孩，正抱着膝盖，像是在哭。

“啊，不好，看来又要吵架了，”卢惊呼着，完全抛开了自己的架子和风度，“谁知道西利娅对那个小天使说了些什么呢？”

“能让我们听听她们在说什么吗？”

“不，不行。这会侵犯那孩子的隐私权，你应该知道的。”卢一脸狐疑地瞪着西尔瓦娜。

“抱歉，我不明白。影像是公开的，声音却属于隐私？”

“得了吧！谁说是公开的？”卢好像生气了，这一定是个敏感话题，“父母只有权随时检查孩子的身体健康状况，仅此而已。如果有人违反了这项规定，比方说，用读唇程序或任何其他技巧企图窃听他人的信息，那他们与监控网络的连接将被永久切断。”她停下来缓了口气说，“所以告诉我……作为治疗师，你对冬眠复苏儿童有什么经验？”

“几乎没人在这个年龄段解冻，我想你是知道的。许多经验丰富的治疗师一般都跟婴儿打交道，而对这个病例束手无策。他们把这个任务交给我，就是因为我是研究历史情感问题的专家。”西尔瓦娜已经说得太多了，“而且我能做的比普通治疗师要多得多。我已经发了我的简历给你，你收到了吗？”

“收到了，但我还以为你处理过像我女儿这样的病例。”

“看，两个女孩都站起来了。”西尔瓦娜目不转睛地盯着显示器，并说道，“她的头发真可爱。”

卢的脸拉长了：“她就是非要把头发给放下来，对吧……不行，她这是逼我给她剪短了。”

几乎同时，西利娅就好像听见卢的话一样，立即就把头发拢了起来，用头巾绑到了脑后。

“她的头发有什么不对？”

“你该不会觉得她是为了避免引人注目才这么梳头的吧？看来你和这种年龄的女孩相处的经验不足啊。”

“西利娅肯定在许多方面都与众不同，我只是不知道发型有那么重要而已。”西尔瓦娜轻蔑地说道。

“想想看，这还只是你注意到的头一个问题。”

就像回旋镖一样，西尔瓦娜的攻击立刻得到了回击。于是她本能地转移了话题："那些她们不停撞见的人形是什么？像是人体模型。"

"那些是用来练习社交的。"卢停了一会儿，似乎是懒得解释，"学校设置一种情境，孩子们必须在其中练习，直到那种举止成为他们的本能。这是这所学校里最具创意的活动之一了，他们称之为'社会行为训练'，这是他们推荐让西利娅上的课，对她好处很明显，她只用了几天就赶上其他人了。"

西尔瓦娜意识到，这就像学开车一样，只不过不是控制一台机器在其他机器之间行驶，而是控制人在一群自动运行的人中穿梭。但她没说出这看法。谁知道呢，事情已经变得那么糟了，或许这种练习也没那么蠢。没有什么比她最近在课堂上遇到的那些如雕像一般的学生更可悲的了。说不定机械地处理某些事情反而能让事情进展得更顺利。

显示器关掉了，BOBul 通知说西利娅已离开学校，考虑到交通状况，它预计她 17 分钟后会到家。

"太好了，我可以等到她回来。"西尔瓦娜抢先表态，她猜想卢可能会有什么意见。

"我们说好了下周开始治疗的，毕竟我还没把治疗的事告诉她。"

"别担心，治疗就按说好的，从下周开始，今天只是相互认识一下。帮我个忙，先别和她提治疗的事，想必她已经受够了整天被人说成是病人。"

"我该怎么向她介绍你呢？"

"交给我吧。"现在西尔瓦娜已经控制住了局面，在接下来的几分钟里，她希望把谈话引向她感兴趣的话题。

随着谈话的继续，她了解到老师给西利娅贴上了"问题学生"的标签，因为西利娅无视老师的建议，非要跟机器"竞争"，把时间浪费在亲自验算和检查拼写上，而不是努力学习那些老师布置给她的作业。当然，她在同学中以推理能力高超而小有名气，这让她成了一名领导者。但这些对她提高那低得可怜的学习成绩没有任何帮助。

当时是“优教系统”首先发出的警报信号，因为西利娅没有按规定使用它。显然，她并没有使用网络的搜索机制，面对问题时，她会停下来，尝试通过思考来得出一个答案，而不是相信别人的想法。“你想象一下，面对一切问题，她都是从头开始思考的！”老师有气无力地抱怨道。他用骄傲的语气告诉她说，他自己并不需要掌握所教授的大部分知识，因为这是“优教系统”的工作：课程规划、枯燥的评估工作、写报告，还有记录每个学生的情况。它还能提供建议，告诉教师应该在哪些地方投入时间，以便有效地促进班级和系统之间的互动；老师的一大职责是对那些比较复杂的事务做出定夺，例如，和其他学校商讨如何举行高级课题的联合教学活动就是由他亲自负责的。这是一所高端学校，能根据每天的实际情况实时调整教学活动，西利娅找不到比这更好的学校了，她本应别无所求的。

牵涉到教学问题时，卢绝不会让西尔瓦娜把自己引入情感和家庭问题范畴，相反，她明确表示，西尔瓦娜是受雇来帮女儿适应学校的，仅此而已。只要让这孩子听话一点，就能解决卢的大部分问题。卢很清楚，塑造性格的技巧有许多种，她希望西尔瓦娜能把它们付诸实践。她觉得西尔瓦娜还得和 ROBbie 合作，因为谁都知道，如果孩子非常叛逆，那么机器人必须学会管教他们，抑制他们的冲动，使他们回到正轨……机器人都是可定制的，目的就是和主人合力组成一个好团队。

这正是西尔瓦娜最不愿意听到的东西：她还得训练一个机器人！她咬紧牙关才没让所有不同看法脱口而出。她怕万一和眼前这个女人针锋相对，那她很可能还没开始工作就被解雇了。她至少得先见见西利娅，那个可怜的孩子，西利娅跟这个母亲在一起一定吃尽了苦头！否则，西尔瓦娜就不得不主动放弃这份差事了。就算她的调查再有趣，都总有个限度。

西尔瓦娜不耐烦地看了看表。很快，好像她这个动作起了作用似的，ROBul 进来告知她们女孩到家了。她们两人同时站了起来，但卢向西尔瓦娜做了个等一等的手势，自己去迎接女儿。

西尔瓦娜已经盯着大门有一段时间了，既是因为期待，也是在逃避这亮黄色墙壁造成的不适。门口忽然出现了一个黑色的身影，那是西利娅，她正害羞又好奇地朝里面走来。这个景象映入了西尔瓦娜的眼帘，给她留下了极其美好的印象。女孩没有戴头巾，富有光泽的秀发向后扎成辫子，人看上去比照片上略高，也更苗条。更重要的是，之前西尔瓦娜已经习惯了看她那些学生僵硬乏味的身体，眼前的西利娅那充满灵气的体态令她顿感着迷。卢在女孩背后介绍道：

“西尔瓦娜很想见见你，她……”

“我是一名情感按摩师，”西尔瓦娜站起来说，“听上去很怪，对吧？我们就这么称呼这种职业。”

西利娅乌黑的双眸如 X 光一样打量着西尔瓦娜，这不免令她有点慌。接下去她说话得非常小心。

“西尔瓦娜是来帮助你学习的。”卢发话了。这种沉默令她感到不安，她表示自己不想坐下。

“是的，没错，不过你也得帮我个忙。”

西利娅严肃的姿态中露出一丝天真，并问道：“你说什么？”

“是这样，我对生活在很久以前的人类很感兴趣，也许你能帮我更好地理解他们。”她开门见山，没去多想卢可能对此有什么看法。

“你不是说你是按摩师吗？”

“是的，但如今这个词有了不同的含义……”西尔瓦娜仔细挑选着恰当的措辞，“我是说，相对你穿越时间之前的那个时代而言。”

很显然，她说的话起作用了，因为西利娅不再沉默寡言，而是靠近她好奇地问道：“你知道怎么穿越时间吗？”

然而，卢的耐性已经到头了。

“你们可以在治疗期间讨论这个问题。西尔瓦娜刚才想见见你，可她现在得走了。”

要是西尔瓦娜还想再来，那她最好老实照办，而且这道逐客令来得正是时候，因为她完全不知道该如何回答女孩的这个问题。向门口走去时，西尔瓦娜注意到西利娅不由自主地跟着她，却被她母亲拦住了。女孩向她挥手告别，她也急忙挥了挥手。

卢没让西尔瓦娜在 ROBul 的陪伴下独自离开，而是勉为其难地跟上去送客。就在西尔瓦娜踏上停车平台时，卢叫住了她，似乎有事要请教。西尔瓦娜没料到会发生这种事，刚才她们还无话可说，现在却又好像有急事要谈似的。

“我刚接到诊所的通知，说是邀请我们去参加一场聚会……”她不安地看着机器人的嵌入式屏幕，“是个跨世纪领养的聚会活动。你知道这活动是干什么的吗？”

“具体我也不清楚……但我能大致猜到一些，”她赶快纠正道，“对孩子和他们的母亲来说，认识一些处境相同的孩子不是件坏事。他们往往会遇到相似的问题。看看别人是如何应对的，这对他们或许会有帮助。”

“这么说，你是建议我们去的。”卢看起来有些担心，“你能和我们一起去吗？”

“那当然，我很乐意。”西尔瓦娜觉得这会是个跟其他解冻青少年接触的机会，但她随即又打消了这个念头，仿佛这是在背叛西利娅。

西尔瓦娜在日程表上留出了两周后的周日，确认在那之前还有 4 节课，最后跟卢道了别。西尔瓦娜仔细思索起刚才到底是怎么回事，她究竟对那个孩子做了什么样的承诺，居然让她不想认识其他孩子？这完全说不通，但她就是这么觉得的。她一定是陷入了那些过时的情感之中，因此也进入了他们那种思路。不过她读的那些老书并不是主因，倒更可能是西利娅那对黑色眸子俘获了她。那双眼睛明白无误地告诉她：所有那些脆弱的希望都寄托在了西尔瓦娜身上了。西尔瓦娜绝不能辜负她，同时，西尔瓦娜觉得自己踏进了一片完全未知的领域，自己现有的那些技能都派不上多大用场。在这里，她才是新人。

15

下午 7：34。据我观察，博士还在全神贯注地盯着监控器。48 分钟过去了，他一直没有给我下任何命令，甚至没骂我。我推测他可能睡着了。我走近了一些，并且不发出太大动静。现在我确认他仍沉浸在屏幕里发生的事情中，屏幕上还是那个男孩，和往常一样，正对着我的机器人副本说话。这个项目占据了博士所有的精力，他几乎放弃了决斗桌。今天在俱乐部有一场面对面的社交晚会。

下午 7：38。再过 2 分钟，我就提醒他。据我计算，博士晚上 8：00 开始准备，这样就能准时赴宴，而不像几天前那样，我提前很久通知他，他却多次让我闭嘴，完全不听我在说什么，结果他迟到了，我还为此受到了严厉的斥责。

下午 7：40。我发出提醒："博士，为面对面晚会做准备的时间到了。"

"什么？"博士把目光从显示器上移开，盯着阿尔法 + 身上的时钟，"还不到 8：00 呢！大概是生锈让你迟钝了，你这堆废铁，我可不会生锈。闭上嘴，自己去准备吧！该准备的时候我会准备好的。"

下午 7：42。第一回合的发展符合预期。我要暂时离开他的视线，2 分钟后再回来。

那个机器蠢货真会挑时机，这可真是个难以预见更难以改正的败笔。该死的家伙，非要在 ROBco 告知利奥它在数据库中收集到的所有信息时过来插话。现在他不得不重新听他们 1 分钟前的对话，同时还要盯着实况画面，这种需要高度集中注意力的活儿实在累人。在这方面，博士注意到自己的能力确实丧失了不少，在以前他还能同时应付 4 个监控呢。而现在……他甚至无法连赢赫格 · 4 图恩两场决斗。自从赢了那个僧侣谜题后，他就再也没赢过……他需要这个孩子尽快研制出义体。他那不断退化的思维就像一个漏斗，总是不由自主地把他拽向同一个死胡同。

在传输录像中，ROBco 说："……按照你的指示，'天才是视野和生命都超越了他们的时代的人'，我去了跨世纪收养诊所。"看到利奥一脸茫然，机器人补充道，"**解释：**那些因患有不治之症而被冷冻的孩子，现在已经被治愈，并且等待着被领养。这正是你想要的，对吧？那些从世纪之交被传送到现在的人。"

博士出生于 21 世纪上半叶，他相当确信，他这一代人之所以并非个个都是天才，恰恰是因为他们出生在那个时代。真是胡说八道。希望那小子不会对这种鬼话买账，可他的回答令博士大感惊讶：

"哇，你真是个天才！但他们年纪都很小，对吧？他们都没活过多少年，应该还算不上是上个世纪的人吧？”

他们在调取艺术家、发明家和那些独特人才的记录方面一直干得很不错，可现在他们却偏离到了儿童记录的方向上去，这可太离谱了。

“**细节解释：**最近他们开始解冻较年长的孩子了，11 岁或 12 岁，甚至有一个 13 岁的女孩。**建议：**下周有一个收养儿童的聚会。如果你批准，我就去参加。”

阿尔法 + 又在一个不恰当的时候插嘴了，并且再次遭到了拒绝，而屏幕上的对话还在继续：

“当然，我当然批准。我也去。”

博士看不下去了，于是毫不犹豫地违反规定强行介入。

“利奥，不许再说废话，给我继续工作。”

实况直播屏幕里的年轻人望着博士，一脸惶恐。他这才想起来，自己刚才看的只是录制画面。很显然，年轻人已经回去工作一段时间了。博士连忙为自己这不合时宜的打扰岔开话题，结果害自己没时间为参加晚会准备了。博士自己就是个不折不扣的天才，利奥应该调取的是博士自己的记录，而不是毫无意义地跟在那些满脸鼻涕的小孩子屁股后面跑。不过他虚张声势过了头，最后他不得不承认利奥的那个观点很合理：博士的目标应该是为他的创造力锦上添花，而非简单地复制它。

晚上 8：00。“博士，如果你现在还不让我帮你更衣打扮，那么你一定会迟到的。”

阿尔法 + 的提醒难得这么恰到好处，显得他是一个忙碌的人，为了处理更重要的事务而不得不中断通话——这次通话的内容他虽然假装无足轻重，可在内心深处又颇有些困扰。

博士习惯了在家中穿得邋里邋遢，只愿意让机器人替自己洗澡按摩，却从不允许它刮胡子或剪指甲，这就让他的出行准备工作变得极其累人。每次他都很不情愿做这些事。做这些到底有什么意义？到处炫耀他满脸的皱纹吗？如果不是因为这些面对面晚会是他的领地，是他能愉快地统治的最后堡垒，他早就不参加了。在跟人远程交锋时，他的大脑已经开始打退堂鼓了，可在面对面时，他的泰然自若和他那与生俱来的装腔作势的天赋都比过去更加令人瞩目。他能把每个人都打得体无完肤，还能摧毁他们的意志。在赌博游戏中，他是无敌的。

他通常会谋划出各式各样的策略以削弱对手的决心。就在今天，他还考虑过在额头上画一块红斑来提醒赫格·4图恩的惨败，以此达到威慑的目的。但他转念一想，如果把对方的失败看得太重，那会有失身份，于是打消了这个主意。

尽管这次阿尔法+在破纪录的时间内就把博士打扮成了可以见人的状态，还熟练地驾驶飞行车把他送到了俱乐部，可它还是因为提前了7分钟而被博士劈头盖脸一通责骂。它被要求在远离大门的地方绕了两段弯路，在此期间博士也一直没消停，不停地咒骂它，说它是在故意捣乱。师父怎么能比他的徒弟先到场呢？这种事可从没在他身上发生过。尽管这事可能让他丢尽面子，可这个机器人显然对此全然不知。盖图肯定会笑话他的。

博士终于下达了开向俱乐部入口的命令，结果他发现人们在大门口排起了长队，这让他很恼火，于是他派阿尔法+去问问出了什么事。

晚上9：14。“博士，他们规定进门需要密码。”

“什——么？！！”他这声大吼又响亮又持久，因此在场的每个人都知道博士来了。

很快，赫格·4图恩跑过来解释说，这是他们安排的一场活动：以每个人破解密码的快慢决定他在晚会牌桌上的座位。这是公司排名倒数第二的那个人的报复行动，刚好轮到他组织活动了，所以他想利用这个机会表现一下。规则是他定的，他用扬声器大声喊出0～20中的一个数字，猜谜者必须喊出一个数字作为回应。这就像是抽奖，一个简单的猜数字游戏。照理来说这种猜谜应该很简单，因为负责人是公司里最笨的，可是到现在只有两个人猜对进去了。

博士最初的怒气变成了不耐烦，他粗鲁地打断了赫格，说他解释时应该直接讲游戏相关的细节，别去理会背景故事。那男孩似乎有点不开心，但很快就恢复了镇静并继续说，刚才一个人运气很好，扩音器里传来“12”，他回答“6”，猜对了，于是每个人都开始把数字对半开，但是门再也没打开；后来叫到“6”，一个蠢货再次尝试这个策略，回答“3”，门居然又打开了，这让所有人都大吃一惊。接着大家又叫了“17”和“7”，然而喊质数的都没有猜对。刚才叫的数字是“1”，也没得到正确的回答。现在前面只剩一个女孩，然后就要轮到他们了。

就在此时，博士听到扩音器里传来“19”，女孩回答：“13。”大门没有任何反应，但一个金属声音从他们身后传来，让所有人都吃了一惊。

晚上9：20。“要是你们好奇，他喊的下一个数字会是9。”

这句话引起了一阵骚动，因为机器人是禁止帮忙的。面对博士凶恶的目光，阿尔法+觉得有必要澄清一下，广播给出数字的顺序与正确回答无关，也就是说，它并没有违反任何规则。

广播显然并不知道发生了什么，毫不含糊地说出了“9”。机器人的正确预测让博士吃了一惊，这时赫格·4图恩回答了“4”，居然被邀请进去了。博士狐疑地瞪了他一眼。从赫格那个道歉的手势上，实在看不出他这个除以 2 然后向下取整的策略是纯粹瞎蒙的呢，还是他早就破译了密码却一直在演戏。博士不应该生气的，毕竟决斗就是决斗。刚才的事情让博士大感困惑，他连续过了两个数字，此时听到阿尔法 + 说：

晚上 9：23。“下一个数字会是 5。”

博士在脑中迅速过了一遍所有已知信息：12/6，6/3，9/4，那现在 5/……？他脑中灵光一闪，仿佛看到 five（5）叠加在了 nine（9）的上面，这两个单词一样长，都有 4 个字母，啊，9/4，没错了。nine 有 4 个字母，six（6）有 3 个，twelve（12）有……广播还没把 five 这个单词说完，博士就回答 four（4）。于是他们把他请了进去。

博士对自己的表现很满意，所以他觉得阿尔法 + 也是有一定功劳的。因为事先知道下个数字是“5”，才让他有机会集中精力思考，否则要发现这个规律需要更多时间。它帮了大忙，还是在不违反规则的前提下做到的。它这顶多算是扔给他一根绳子，严格来说不能算作弊，这一招很聪明。要是它继续这样进化下去，或许它真能成为他所需要的义体，那样他就不再需要电子创新项目里那三个傲慢又有多动症的家伙了。趁着消毒室里四下无人，他热情地表扬了机器人一番，为的是尽可能地鼓励它刚才那种行为，同时他还表现得对刚才扩音器的出题规律很好奇。他对底层逻辑很感兴趣，但最重要的是，他想知道阿尔法 + 是如何发现这种逻辑的。

晚上 9：28。“刚才赫格说，活动组织者脑子很笨，而保证随机出题又很困难，那么遵循一定的规律就会简单得多。”

这堆该死的垃圾，这会儿又变成哲学家了。它的机械推理能轻松把人比下去。事实证明，我们才是那些循规蹈矩的人，而它们却能真正做到与众不同。我们总是把我们的灵感归因于随机性，即我们最具创造性的解决方案，但也许主观性中就存在着某些我们都必须遵循的不变法则。当然，机器人除外。如果创造力真的就是一种随机发生器，那它们一定就是未来，是我正在寻找的义体。

“那有什么规律呢？”

晚上 9：31。警告！要是我告诉他，他一定会指责我直接把谜底和盘托出会加速他的大脑萎缩。“你最好自己去找到答案。记住它们是 0 ～ 20 的数字，出现的顺序是：0、2、20、12……你注意到什么一致性吗？”

“跟刚才的字母数量规律有关吗？”

晚上 9：32。“有点像，但是并不一样。要我继续说吗？ 3，13，6，16……”

“停，别说了！ 6……接下来……大概是 17 吧？我得把它们都写下来，否则我不知道怎么排列这些数。”

晚上 9：33。“对我来说，只要设置好顺序，它们就会自动生成下去。”

现在局面对他们有利。博士一边想，一边跨过门槛走进房间。赫格・4 图恩、他的妻子和苏斯・凯尔文都上前来欢迎博士。这些人总是那么得体周到。

“晚上好，贵宾犬太太，”他朝菲的方向鞠了一躬，“今晚您的拳师犬跟我好好切磋了一番。”

“克拉夫特博士，恕我冒昧，”菲气得像片树叶一样浑身发抖，但还在竭力显得镇定，“请别再那么说了。”

“天哪，赫格，我不知道你的妻子这么敏感。”他转过身去，就当那个女人已经不存在了，“你呢，凯尔文博士，你来这里干吗？”

“跟往常一样，为公司效劳，博士。”

“别告诉我你这个时间来这里是在为克拉夫特工作。”

“嗯……”苏斯四下张望了一番，就好像担心有人在监视，“我现在说话不方便。”

“反正我也不是真的感兴趣！不过，既然你是为我工作的，那就给我讲讲你面试的那个利奥·马尔 10 的情况吧。”

“很乐意，博士。”

“他跟孩子关系怎样？”

“这个不用担心，他自己并没有孩子。协议在这一点上很严格。”此时苏斯感觉菲正在盯着自己，但她顾不上这些了。

“我的意思是，他一般跟孩子处得好吗？受孩子欢迎吗？”

“我们并没有谈起过这个，可是他狂妄自负、自以为是，不论他干了什么我都不会觉得奇怪。如果你需要，我就去调查一下。你是怀疑他有什么企图吗？”

“这一点还有待验证。你一旦有什么发现就告诉我。我讨厌孩子，我不希望我的项目与小孩扯上任何关系。”

“我简直太理解你了！”菲那副怒不可遏的样子越来越难以无视了。

“那当然，所以你才能在公司得到这个职位。”

苏斯需要换话题了，换什么话题都行：“那么其他人呢？米克·6 史密斯，那个毕加索女孩，你想听更多细节吗？我觉得你不会想知道任何关于他和那个女孩的事了吧……顺便说一句，她连毕加索是哪个时代的人都不知道。”

“那正是我选中她的原因。她很纯洁，没有那种附庸风雅的人的偏见，”他傲慢地挥起手臂，“比如你和我……也许还包括赫格。”

博士提到的那个男人早就忍受不了博士刚才对他妻子的侮辱了，现在他总算找到了一个插话的机会：

“我们该进去了，比赛快开始了。”

博士向苏斯挥挥手，就像在为即将去执行重要任务的人送行。他挺起胸膛，告诉自己每走一步都在长高，而他忠实的仆人赫格瞥了一下那两个女人脸上那副待宰羔羊的表情。

菲被博士的粗鲁无礼和丈夫的俯首帖耳气得咬牙切齿，她很快就把自己的坏心情发泄到了苏斯身上：

“你怎么能那么铁石心肠地背叛姬丝？‘我简直太理解你了！’”她模仿着苏斯刚才说话的语气，恶狠狠地说道，“你的职位看似光鲜实则根本靠不住。难道你从来没想过会被人发现吗？”

“在经历了那么多之后……说实话，没想过。隐藏一桩不可思议的壮举，不论这壮举有多么夸张，都比隐藏一件貌似合理的琐事要容易得多。博士甚至无法想象我会有个女儿。”

“我可藏不住这个秘密。”

“你当然藏不住，但你也不工作，所以你根本不知道做这种事是什么感觉。”

这段对话接近尾声时，菲得出结论，苏斯与其把女儿借给她参加各种聚会和庆祝活动，还不如干脆把女儿交给她抚养。

16

妈妈，你能看见我吗？但愿能吧。我费了很大的力气才找到这个地方。平时在房子里面都看不到天空，你觉得是我在夸大其词吧？没有，完全没有，你一定看到了吧。一块到处都是窟窿的天花板……你现在应该看得到这个吧？可是在它下面还有一块天花板，那是我现在站着的这个平台的天花板。到了室内还会有第三层。这就是我看不到蓝天的原因。想要同时把三个洞连成一线真不容易，要是算上戒指，就是四个洞了。当然，这个洞很容易对准。我试过了所有窗户，爬上爬下看、歪着头看都不管用，我唯一还没尝试的就是探出头去看。那些“开口”（他们是这么称呼的）并不是真正的窗户，它们没有窗框，也无法打开，就是一些奇形怪状的透明墙，有点像舷窗。

我一直都很幸运。刚出来时，我并没想到从我们自己的平台上就能把穹顶上的那些洞对齐。这里很近，以后我随时都能上来了。我们上一次聊天是多久前的事了？上次姬丝发现我在飞行校车上跟你对话，我费尽了口舌才向她解释清楚，虽然你并不会回答，可我也不是在自言自语。至少在给她看了戒指后，她相信我并不是胡说了。她很喜欢这枚戒指，还想让我送给她。很显然，人们已经不再用黄金做戒指了，更不用说还有这么漂亮的设计了。她试戴了一下，说戴上去让她直哆嗦。听她这么一说，我倒是觉得那更像是一种舒适的酥痒感，所以有时我用它在胳膊上蹭来蹭去，想象那是你的手在抚摸着我。可是，那天我很担心她不肯把戒指还给我。她老是想把别人的东西据为己有，有一天，在学校里，她要我把我的头发给她，还非说那是假发。为了让她服气，我只好让她拔我的头发。你能想象吗？这简直太可怕了，但我还能怎么做呢？我可不想失去唯一的朋友。你在信中告诉过我，“出去交朋友对你有好处”，你还记得吗？你看，我已经把信里的内容熟记于心了，也照你说的做了，妈妈。你高兴吗？姬丝的心情因此变好了些，不过她并没有笑，因为她从来都不笑，但至少她不再生气了。她老是怒气冲冲的，你知道吗？我猜她肯定经历过一段艰难的日子。她很古怪，我真希望她能信任我，愿意告诉我她为什么那么苦恼。

我刚到家，卢就为我把头发放下来的事对着我大吼大叫。我不知道她是怎么发现的，她肯定整天都在监视我。这就是我喜欢这个秘密地点的原因，飞行车后面是监视系统的盲区——但愿吧。ROBbie 答应过我，它会做出一副一直在跟我玩的样子，假如卢要找我，它就会发出警报。

唉，妈妈，我真想像以前我从夏令营回来时那样，把所有事情都讲给你听，但是我在这里遇到了太多事情，而且一切都太不可思议了，我不知道有没有可能把所有事情都给你解释清楚。他们给我请了一位家庭教师。我知道你会吃惊，也能猜到你在想什么："请家教？可是你以前在学校一直是优等生啊。"但是，你知道吗？现在学校里不分科目了，他们只会教你怎样使用优教系统和如何举止得体。你不再需要像以前那样在地理课和历史课上背东西了，也不必再学习以前数学课上教的那种公式，因为这一切都由机器人负责完成。感觉就像是它们在教我们怎么玩，先让我们自己玩电脑，然后去社交教室和大家一起玩。这里居然没有操场，你能相信吗？甚至没有下课时间。他们也不怎么睡觉，我好像跟你说过这事，头几天我连走路都在打瞌睡，后来卢才意识到是因为我睡眠不足。

卢的确在倾尽全力帮我，所以尽管我并不总能理解她做的事，但我不想让她难过。她雇了一位家庭教师来帮我，可是卢老打断我们说话，好像我们的交流让她很不高兴。就在昨天，卢还打断我们上课，问我感觉如何。不知道她究竟在害怕什么。一定和西尔瓦娜所说的情感按摩师有关……你别担心，西尔瓦娜并没对我做过什么奇怪的事，也没用过那些复杂的先进设备。事实上，西尔瓦娜很反感那些东西……她连机器人都没有。或许这就是卢不相信她的原因吧。

还有一件让我惊讶的事，就是我们完全不需要做作业，也没有连接到优教系统，只是聊天。妈妈，西尔瓦娜问的问题比你还多，但我并不介意。我喜欢谈论你们所有人，谈我们过去都做些什么，谈两个时代之间哪些反差给我的震撼最大。她说，为了能帮助我，她首先必须知道我是什么样的人，我有什么感觉。据她说，我的问题就源于此，源于我和其他孩子的反应的不同，也是因此，优教系统在为我制订教育计划时出了问题。我很高兴她说其实出问题的是机器人，而不是我。她还把这想法告诉了卢，结果差点儿被卢开除了。

卢已经有点受不了了，因为西尔瓦娜从一开始就不让 ROBbie 参加治疗。说真的，我也有点失望。我已经习惯它待在我身边了，只要它不在，我就感觉怪怪的。但西尔瓦娜坚决不让步，说我需要找回我的自我认同感（这个词深深地印在了我的脑子里），必须得是我自己愿意接受新事物，而不能让那些新事物迫使我屈服，使我最终妥协。我不确定 ROBbie 让她烦躁是因为它一直在看着我们，还是因为它对我来说是个新事物，会让我分心，因为治疗时我应该做的是努力回忆起我原来的生活。她要我做的就是回忆。

说起过去的美好时光时，我告诉她，我们夏天经常去古尔布的奶奶家，我们会花一整天在外面，帮工人收土豆、喂鸡、喂兔子，或者骑自行车，有时我们还在邻居家的泳池里游泳。我说每年寒假都会和朋友断了联系，开学后又能和大家打成一片，这让西尔瓦娜大感震惊。她完全无法理解，大家在各奔东西数个月之后竟然还能重新建立联系。她说，这就像我们当时过的是双重生活，你能暂时搁置其中一种生活，开启另一种生活。要不是她告诉我，我到现在都不知道学校居然全年上课，根本不存在什么暑假。我差点哭出来，西尔瓦娜马上意识到了这一点，努力让我振作起来。她说，如果我想换个环境，她会想办法说服卢让我们到她家去做下一阶段的治疗，她的家一定和这里不一样。她让我想起了你，妈妈，她认真地听我说话，还看着我的眼睛，好像是在努力确认我没有分心，并且她说的每个字我都听进去了。我真听进去了！自从她提了这想法后，我就经常忍不住想象她家会是什么样子！

不过，我还是有点担心。她似乎是在用策略使我开口。你也很擅长这个，但和你交谈之后，我会感觉自己放松了。但和她谈话时不是这样，我总担心自己是不是说得太多了。卢肯定一直在监视我们，谁知道她是不是也觉得我告诉西尔瓦娜太多的秘密所以才总是过来打断治疗呢。确实，我并不怎么了解西尔瓦娜，她却很了解我。

你觉得她喜欢我吗？考虑到她曾邀请我去她家，我猜她还是喜欢我的，但我不知道这是否只是她工作的一部分……她看起来很专业。她让我描述你，还有爸爸和奶奶，但很明显她对你最感兴趣。你可以想象，我真的把你好好称赞了一番，而且我说话的时候眼睛里还含满了泪水。“你很爱你妈妈，对吗？”她说着，用手背抚摸着我的脸颊，帮我擦干眼泪。那是西尔瓦娜唯一一次触碰我。我告诉她你非常坚强，我只见你哭过一次——在外公去世的时候。我这么说，你不会介意吧？那是我最难过的一天，不知怎的，我跟她谈起这事时感觉像背叛了你，尽管我并没说你坏话。晚上我很担心，可我不知道为什么。现在我很高兴终于把这事告诉了你。

再见，妈妈，我不想让卢找到这个藏身之处。我会每天都来的。明天见。爱你。

17

行动：自主。我只被授权在发生极端事件时才能与利奥联系，而且我必须避免提及任何与跨世纪收养会议相关的话题，否则我会受到惩罚。

动机：如果克拉夫特博士发现我在那儿，我的主人就会有麻烦。

任务：寻找最具创造力的被收养者。

限制：我要尽力避免引起别人的注意。

状态：歧义。49 项活动显示在同一块屏幕上，其中许多项是同时进行的。我不清楚某些术语的意思："收养后支持"，这个我可以试着理解；"开放收养"的定义一定与"封闭收养"相对，就像一些操作一旦结束就不可逆一样。那么，我推测，这里的"开放"意味着可以把孩子退还，不过最好还是证实一下为好。我激活了这个词，其解释为："在开放收养中，三角形的三个顶点，即亲生父母、孩子和养父母的身份明确，且他们互相认识，并尝试在这三个顶点之间建立联系。"这说明我的推测有误，我必须拓宽"开放"的定义范围。我考虑我们是否会对这种三角感兴趣。可能不会：为了制造强烈的文化冲击，孩子冬眠的时间必须尽可能地长，因此，父母必定已经过世；又或者会有兴趣：尽管父母可能已经死亡，但孩子最好还能尽量多地记得他们过去的生活，这样才能察觉到两者间的落差。因此，孩子冬眠时的年龄要足够大，并与父母维系着强烈的情感联系。我决定不向主人请求下一步的指示，而是根据设定好的标准来排列先后顺序。

模式：定义策略。我仔细考虑了利奥提出的 4 个条件：（1）大一些的孩子；（2）刚被收养的孩子；（3）被冷冻很久以及（4）与创造性任务的关系。综合这 4 项条件，我为每一项已经规划好的活动设定了优先级。根据这个优先级系统，我制定了一份最优的行动路线表。正常情况下，我还会与我的主人进一步完善这一结果，但是由于缺乏更多的信息，当前结果可以接受。

流程：遵照路线行动。第一个目的地：为 10 岁至 13 岁的儿童开办的戏剧学校，孩子解冻时间不超过 2 年。我抵达 D17 区域并进入，混入里面二十几个机器人中间，尽量不引人注意。该组织的一名成员正在给 6 名男孩和 4 名女孩下达指令，由 8 名假母亲和 2 名假父亲密切监视。我逐一观察这些孩子，筛选着感兴趣的目标。我发现每个孩子的背上都有两个全息数字，第一个数字可能是他们的生物学年龄，第二个一定是他们被领养的年数，因为这个数字没有超过 2 的。

子流程：识别最高价值目标。我记录下了视野范围内可见的数字，然后四下挪动，以便看到其他孩子背上的数字，记下它们，再继续挪动。老师总是晃来晃去，挡住我的视线，给任务增加了不少难度。我不得不走来走去，脖子转来转去，才得以看到更多孩子的后背。这真是浪费能量。

警告：无用的想法。

行动：我禁用了能量指示器，反正克拉夫特公司会为我提供无限资源。我继续采集数字。我并没有规划达成目标的动作。一些机器人注意到了我，接着一些父母也注意到了。

警告：必须隐藏行踪。于是我停止了行动。

状态：在他们把注意力从我身上移开，重新关注台上的表演之前，我只能先策略性地暂停行动，利用这段时间记录下台上发生的事情：12/1.8 号女孩在墙上画着虚拟涂鸦，其他孩子一排排地坐着看。要看懂这片涂鸦，我需要语境和规律。我想起了组织者最初的指令：“请大家先来表演你们在曾经的学校中的场景。”突然，那个扮演老师的人面朝前排的学生问了一个问题。然后她开始让学生一个接一个站起来，直到有人尖叫一声，所有人同时站了起来，一边互相推搡，一边开怀大笑，一大群人朝房间另一侧跑去。我不清楚接下来会发生什么，他们的行为毫无逻辑可言。我环顾四周，发现没人再看我了。

行动：继续刚才暂停的子流程。有三个刚才被遮挡的数字标识现在能看见了，只差最后一个孩子的。我冲上前抢拍下了最后那个孩子背上的数字。数据收集完成。我计算得出了最高价值目标：13/0.4，并将它保存至本地。

保存信息：白人女性，身高 163cm，瘦小，超长棕色头发，浅色皮肤上覆盖有不明斑点，附上照片……**中断：**一个名为 ROBbie 的机器人正朝我走来。

“你好，ROBco。你为什么观察那个女孩？请知悉，她是我的主人。你的主人是哪个孩子？”

策略：承认我的主人不在场会延长这次质问的时间，但我还是说出了事实。这是我可能获得最高价值目标的大脑记录的唯一办法。

两台机器人都是最新型号，因此它们的沟通无须经过任何编辑器或转换器就能顺畅进行。ROBco 可以快速为女孩起草一份申请，申请参与一个高技术研究项目。

“**拒绝：**这需要得到女孩母亲的同意，而且女孩不能与不明身份的机器人说话。”

我扫描房间并保存了那个女人的照片，以后利奥可能会用得到。我说：“可你能和她说话。”

“在我们到家之前也不行。只要那位家庭教师在场，我就不能接近她们中的任何人。”

警告：此路不通。**行动：**继续保存下一个最高价值目标，12/1.8。

预防措施：保存关键背景信息。我还拍了一张那位家庭教师的照片，她正专注地看着台上 13/0.4 朝她做的手势。出乎我意料的是，这个女孩一直在盯着我，结果那个女人也开始盯着我了。**警告：**相机可能发生故障，将我暴露了。**后果：**难以继续保持不引人注意的状态。**紧急情况：**停止所有动作，并关掉相机。

状态：外部休眠。

突发事件：来自主人的紧急呼叫。我接通了内线：

"ROBco，你马上进行一次自我诊断。你居然在关键时刻把自己给关了，这一定是严重程序错误导致的。"

基本测试：运作正常。**解释：**我进入休眠是为了以防万一，目前情况并不紧急。"你正在放跑一个绝无仅有的目标。她 13 岁，刚解冻 4 个月，你还说这情况不紧急？"

信息：13/0.4 无法接近。而 12/1.8 或类似情况的孩子还有很多。

"没错。那就学会分析一下你的数据：正是有那么多解冻 1 年和 2 年的孩子，才能凸显出这个目标的独特。我命令你动用你的一切资源和能量储备与她取得联系。"

重申：该目标无法接近。你回看我的记录就知道是她的机器人妨碍了我。

"那好吧，你不能和她妈妈说话，但我可以。你为什么不通知我？"

提醒：这样做可能会暴露你，克拉夫特博士会因此而惩罚你。

"在现在这种极端情况下，冒险是必要的。这一点你也要学会。我马上就过来，无论如何你都不能让那个女孩离开你的视线。"

提醒：那个惩罚可能会是……**警告：**无效沟通，对方离线。

***

利奥在路上准备了一下交流策略。ROBco 和女孩的机器人之间似乎很合得来，它们必须在他和女孩母亲交谈时负责分散家庭教师的注意力。如果这女人真如他所怀疑的那样是个反技术派，那她肯定非常难对付。他不能直接把手头的项目向她和盘托出，但是他可以试试以跟克拉夫特公司合作为由，向她简要解释一下这个项目，让这个女人看到成名的机会。他在照片里能看出她有种刻板气质，姿态咄咄逼人，这种人往往很吃这一套。从她眼睛可以看出，她跟贝特一样野心勃勃。他一定要将她争取过来。

然而，利奥抵达时，情况发生了变化。那位母亲并不在场，女孩正和她的家庭教师一起在舞圈里跳着舞。他问 ROBco 怎么回事，这才意识到是自己让机器人跟踪错了目标。幸好 ROBbie 帮了大忙，它告诉利奥说，卢，也就是那位“妈妈”，去了领养家庭资源中心，看看有什么可买的，可能很快就会回来。

尽管利奥已经尽量小心翼翼地缩在房间的角落，但他还是被发现了。在这么一个只有孩子、机器人和到了一定年龄的女人的场所，一个男人想不引起注意是不可能的。

“瞧，西尔瓦娜，”西利娅轻声说，“这肯定是那个一直跟着我们的机器人的主人。你觉得他是有什么话想跟我们说吗？”

“不清楚。你知道他是谁的爸爸吗？那么年轻，不像是会去收养孩子的年纪。”

“他刚进来，你没注意到？”

“我发现你很关注他。”西尔瓦娜注视着西利娅的眼睛微笑道，“你还没见过几个这个年龄段的小伙子吧？”

“听你这么一说，他还真是第一个呢。”西利娅停下来，想了想，“奇怪，我之前居然没注意到这一点。”

西尔瓦娜也停下了动作。此时，舞蹈音乐渐渐淡去。

“这是生活过于依赖技术的诸多弊端之一。你妈妈准会说我这是在老生常谈，但事实就是，每一代人都活在他们各自的小世界里。等你去了康优，就会发现那里多么与众不同。”

跳舞的人群很快就散开了，每个人都在赶去参加下一个活动。组织者提醒他们，所有参与者的身份都将发送到每个人的家里，便于大家在活动结束之后相互联络。

利奥安静地站在角落里，假装心不在焉，却没有错过眼前发生的任何事情。他注意到小女孩一直在用余光看着他，也许应该不等她妈妈批准就去和她说说话，她似乎挺聪明的。可每次他刚要动身，她身边的家庭教师都让他打消念头。他实在不知该怎么应付那些讨厌所有非实体的东西的女人。眼前这位漂亮的反技术派看起来就是这么一个人。这些人仗着自己年轻性感，总是抗拒技术的存在。毫无疑问，如果整形手术和思想增强技术一夜之间都消失了，这些人就无人能敌了。可他呢？如果连他对技术工具的傲人天赋都不再有用武之地，那他还能干什么呢？那个女人似乎是看穿了利奥的心思，她给了他一个傲慢的眼神，而利奥则努力不去看她。尽管她并不算年轻了，但利奥无法否认她仍然很有魅力。

西利娅知道西尔瓦娜会反对，但她还是去找了 ROBbie，想问问它对那个年轻人了解多少，因为她之前看见它和年轻人的机器人交谈过。可惜 ROBbie 所知甚少，只知道那个机器人是对自己的情况信息感兴趣，而那个人正在等卢回来，以便获得她的允许采集那些信息。

“能和我一起去问问他要干什么吗？”西利娅既好奇又紧张，她想让西尔瓦娜陪她一起去。

“当然啊，只要你有机会接触到不同的人，我就绝不会剥夺这机会！”

看到她们朝这边走来，利奥恭恭敬敬地站起来，跟他的机器人保持了一定的距离，以免机器人的存在让他们感到不自在。

“你好，我叫西利娅。”西利娅伸出了手，她为自己能如此自然地采取主动略感惊讶，“ROBbie 告诉我你想了解一些事情。”

这位年轻人显然还不太习惯这种方式的开场白，但他很快镇定下来，害羞地握了一下女孩温暖的小手。

“是的。你愿意来见我真是太好了。”他微笑时双眸发亮，“我叫利奥。”利奥看着西尔瓦娜，但她刻意向后退了几步。他猜，她会像老鹰一样盯着他，说话最好小心点儿，“我从事创造力研究。之前听说过你的一些情况，也许你能帮助我。”

西利娅按捺住内心的激动，站在原地，身子轻轻地来回摇晃，期待着老师的许可，可是从西尔瓦娜的脸上什么都看不出来。

“我尽力。”西利娅意识到自己最好不要太主动，“你是心理学家吗？”

“不，我是生物工程师。”女孩茫然的表情就像在催他解释一下，“我专门跟处理人类信号的机器打交道，你懂我的意思吗？”

“当然懂，医院里到处都是那种机器。”

利奥突然意识到，这些被收养的孩子都曾身患绝症，因此让包括这个小女孩在内的孩子来参与实验，可能有些残忍。他为自己的考虑不周深感尴尬。他有点怀疑自己在公司的隔间里时是否已经意识到了这一点，并且默认这种后果也是这项目进行的一部分。那个“暂停”装置简直要把他逼疯了。

“你怕它们吗？”

“怕那些机器？”西利娅难以置信地看着他，“不怕啊，我很喜欢机器。”她还记得自己有多喜欢听爸爸跟她讲解机器的奥妙，“但现在没人能告诉我它们的运作原理了，对吧？”

“有些机器，没问题。”此前让利奥忧心忡忡的事现在居然都对他有利了。

“比方说，你知道机器人是如何在嘈杂的环境里捕捉到远距离的对话的吗？”

“它们有很强大的天线，可以在非常窄的频段上发射和接收电磁波，此外，它们还有一个声源分离程序进行辅助。”

“哇，好酷！”西利娅用的是她那个时代的表达方式，如今听来有些过时，于是她转头看向西尔瓦娜，想看看西尔瓦娜有什么反应。

“你为谁工作？”这个家庭教师终于忍不住开口了。

“别误会，我只是在做个调查。就目前而言，仅此而已。”

“这背后总归是有家公司吧，”家庭教师严肃地说，“是哪一家？”

“好吧，”隐瞒只会适得其反，“是克拉夫特。”

“我就知道！人类正变得越来越蠢，可他们为人类制造的机器人却越来越聪明……现在你是想把我们的创造力也偷走，转移到机器人身上吗？”

西利娅不安地看了西尔瓦娜一眼，她从没想到自己的老师会如此气势汹汹，何况眼前这个人还如此彬彬有礼。不过，对利奥来说，西尔瓦娜的这种反应反而增添了他的自信，因为他的论点更加有力。

“不，不，和你担心的正好相反，这个项目是研究如何增强人类创造力的，我们想研制一种类似魔鬼代言人的东西来激发这种创造力。”

在接下来的短暂沉默里，西尔瓦娜开始琢磨这个大言不惭的人到底是无耻还是天真，但由于缺乏足够的信息，她暂且认为两者兼而有之：

“你们这些人说话都那么喜欢玩弄辞藻。你们老是说自己并没想取代任何人，只是想拓宽人们的能力范围，用词也总那么委婉温和。譬如，只用‘助手’或‘帮手’，而不是用‘执行者’或‘篡夺者’。但其实，到头来它们就是这么回事。”

她在照本宣科，复述那套标准说辞，就连西利娅都发现利奥没有用“助手”，而是用了“代言人”这么个提法。

“好吧，让我慢慢跟你解释。我无法对公司的一切行为负责，但我可以向你保证，我的研究……”

就在这时，卢的到来引起了所有人的注意。她一看到这个年轻人，就在不远处停下脚步，似乎是对眼前的情形不知所措，正在用尽全力控制住自己的表情。

“教育媒体展刚刚开幕，但我看你好像一直没空。”

“抱歉，失陪了。”利奥很快做出了反应，两步就来到了卢身边，“我能和你谈谈吗？”

“当然可以，稍等一下。”卢转头对西尔瓦娜说，“你们先去，我马上就来。”

“可是我想在这里等。”西利娅镇定地表了态，缓缓地抱起双臂。她要自己来决定什么时候离开。

“哦，亲爱的，说话别这么直，你听起来就像个机器人。”

尽管西利娅坚持留下，但这两位女士还是破天荒头一次达成一致，她们认为教育媒体展将是今天最有意思的活动，绝对不能错过。处于劣势的西利娅从没想到过她们俩能合起伙来，更没有想到她们的合作会让自己这么一败涂地。现在她只能寄希望于利奥的提议能说服卢了……前提是西尔瓦娜不做干涉。

18

利奥已经习惯了自己那个方寸隔间里的安宁，所以从吵闹的活动现场回来后，他感到一阵天旋地转。他能看到的只是一大堆叠加在一起的影像，而他无法对这些图像进行排序，这让他更头疼了。这女孩才 13 岁，却在他们的谈话中占据上风。她对一切都满怀好奇，好像光用眼睛就能榨干他说的每一个字。一想到 ROBco 差点就把她给放跑了，利奥就心有余悸。万幸他全程都在亲自指挥它，尽管他已经把机器人升级到了最先进的版本，但他还是不太相信它的能力。即便有了神经加速器，ROBco 的学习速度也还是太慢了。照这样下去，想把它培养成理想中的阿尔法 + 那样的助手简直遥遥无期。现在他开始理解为什么二手机器人正变得越来越吃香了。依眼前的情况，一台已经预先训练好的机器人可能会对他更有用些，就算它已经适应了前主人的古怪脾气也无妨，比如克拉夫特博士本人。当务之急是告诉博士，尽管自己违背了他的命令，但有了一个重大发现，这将极大推动项目的进展，所以他要把这个小女孩带进克拉夫特公司，记录她的大脑活动。当然，前提是那个反技术派的傻娘们不给女孩的妈妈洗脑。利奥觉得自己已经成功地说服了西利娅——他永远也不会忘记这个名字。她是利奥手中的强大秘密武器。西利娅当时坚持留下来时表现出的那种决心真是了不起！意志坚定、好奇和固执，这些都是极富创造力的典型特征。虽然文化冲击无法避免，但已经很不错了。他要安排她跟博士见一次面，博士一定能明白为什么这个天赋异禀的孩子对这个项目不可或缺，也一定会改变主意的。

利奥拨通了博士的电话，可是被阿尔法+拦截了，它说博士刚刚输掉了一场决斗，心情非常糟糕。如果他想给博士留言，那么它可以在适当的时候转达给他。这就是利奥想要的那种助手，是的，要有能力做出对各方都有利的决定。可是，在他讲明自己的意图后，机器人友好地告诉他，博士很讨厌孩子，而且据它所知，博士从未和孩子有过面谈。不过，利奥也没指望能靠这个说服博士。他决定，最好的办法是先什么都别跟博士说，孤注一掷地完成博士想要的那个演示。只要演示有足够的说服力，博士很可能会为他网开一面。

利奥夜以继日地努力完善着那个演示原型。他将机器人的能力压榨到极限，设法让它负责从数据输入到一系列极其耗电的测试等诸多脏活累活，以检查原型能否正常运转。他是如此专注于这个项目，仿佛周遭的每件事都与项目相关，都是他新的灵感来源。就连他在调试程序方面的技能也让他意外地发现了一座金矿，因为他意识到，当把这些工具应用于一个人的行为时，它们能识别出对改进或创新十分敏感的行为，这意味着有可能让同一行为产生更多创造性变量。他的模块化且开放灵活的代数计算使他可以几乎实时地将这一策略与其他任何策略相合并，而无须在代码方面下太多功夫。这就是形式主义的强大威力。

然而，博士并没有按约定的日子来到隔间，而只是出现在监控显示器上给利奥下达指令：他让利奥把原型机连同ROBco一起给他送过去。短暂的惊讶过后，尽管对自己下的赌注忧心忡忡，而且已经几日没合眼，但利奥还是及时恢复了镇定，告诉博士演示已经准备就绪。

“你也想用无聊的屁话来折磨我吗？你们这些工程师到底是怎么了？你们现在唯一能制造的东西就是屁话！我警告过你……”

“不，博士，我相信你会喜欢这个原型的，我已经按照你的要求按分层结构来开发它，但我应该解释一下……”

“产品自己会说话。”

“只要产品做出来了，我就会同意你的说法。但目前我只完成了第一层，即反应层，当用户发出请求时，它会尝试在特定领域内给出原创解决方案。”他试着用最简练的文字提供尽可能多的信息，“我想告诉你的是，目前我正在开发主动层，这一层会不断地监控人们的行为，从而提出相应的建议。而最重要的一层是侵入层，它会获取大脑信号，从而开辟更深层的创新途径。”

“你应该很清楚，我想听什么、不想听什么是我说了算。继续说下去吧。”

这番评论让利奥有些忘乎所以。他打开了几张图表，比着手势，开始慷慨陈述，可他太拘泥于细节了，完全没意识到那条眉毛已经危险地拱起。他继续一一列举着那些启发性策略、专注人类注意力的机制，甚至飘飘然地奉承起博士来，并以巴斯德“保持原创性的关键在于主观能动性”的观点作为结语结束了演讲。他回过身去收获他的胜利果实，却傻了眼：显示器上那个唯一的听众早已消失不见了。

他为自己的愚蠢捶胸顿足：“你这白痴，竟把最重要的事给忘了。”他大声咒骂自己，他的手脚乱打一气，跟空气“搏斗”起来。

ROBco 面无表情地望着他，并无介入的意思。直到最后突然开口：“阿尔法+要你将原型送去。”见利奥一直没有回应，它开始一遍又一遍地重复。

起先，利奥压根儿没有听见它说话。接着，他又无视了它的话。

最后，他恼怒地叫它闭上嘴。他无法理解刚才发生了什么，他从未有过如此失控的反应，于是他惊愕地盯着自己的身体。也许是长期的封闭工作把他给逼疯了。他想起前同事们曾有过的一个无比绝望的预言，创新发明者都会被一个无耻暴君用强力榨干。如今这个暴君慢慢地被博士那幽灵般的形象所取代。更糟的是，博士居然毫无征兆地消失了。他的那句“你也想折磨我吗？”仍在利奥的耳边回响。这句话让利奥不寒而栗，而他的那些前任的悲惨命运比以往任何时候都更令他忐忑不安。

ROBco 再次提醒他。利奥一下子跳到控制面板前——反正在博士收到原型之前，情况也不会更糟糕了，他提取出了一个独立的系统版本，这个版本可以随时安装到机器人里。他将它复制到克拉夫特公司的一块机密存储设备上，交给了 ROBco。机器人离开隔间去提交原型后，他终于有空安静地思考一下了。

这下这里只剩下他自己了。利奥离开隔间，打通了贝特的电话。他总是一完成项目就这么做，不过这一次他没想到贝特这么快就接听了。才聊了几句，她就对他做出了判断：

“我看你又犯了典型的演示后抑郁症。”

这一点倒是不假，以前在他全身心地扑到某份工作上去后，也发生过类似的情况：每当大功告成时，他都会感到空虚，不知自己该做些什么。但利奥辩称这次不同了。由于利奥不敢把所有担心和盘托出，因此他看起来像是对自己的能力不够自信，而她把这归结为他一想到要接受批评意见就会感到恐惧。

“不，完全不是这样。如果说我只对一件事胸有成竹，那就是博士肯定会喜欢这个原型。”

“那你还怕什么呢？怕踏出下一步吗？”贝特被他弄糊涂了。

"算是吧。"

利奥不置可否地随便应了一声，若有所思。他对博士的恐惧主要源自这样一个事实：博士会断然拒绝一位对义体开发至关重要的人进入公司，而这样一来，这个项目也就没什么希望了，随后他们便会毫不犹豫地将他扫地出门。最令他不甘心的是，那个潜力十足的原型也会被他们夺走。

"你是说，这一切都是他们事先预谋好的？那个重要人物又是谁？"

利奥发现自己一聊起那次聚会就滔滔不绝起来：为了不失去西利娅这么一个与众不同的女孩，他是如何临时决定露面的，她可能为这个项目的进展带来怎样质的飞跃。

"你要相信我，她跟你我都很不一样：她的反应、动作、举止都异于常人。你也该见见她。"

原本垂头丧气的利奥又重新双眼放起光来，但是贝特的反应很直接：

"你拐弯抹角说了半天，就是为了说这个？那你一定能设计出什么伟大的东西来得到博士的许可，我对此信心十足。另外，祝你早日得到你的那个小女友，哦不，是你的实验材料。"

说罢她就挂断了电话。与以往不同的是，这次无论利奥怎么重拨电话，对方都再也没接听。

ROBco 回来时，利奥脑子里还在想着西利娅，还有如何才能得到博士的许可。现在对他来说，最直接有效的方法当然就是让博士对这个原型赞赏有加，从而顺理成章获得他的全权委托。但即便这样能成功，也无法在短时间内实现，因为阿尔法 + 原型的安装已经被推迟了，要等老板处理完其他事务后才能继续。

利奥陷入了沉思：假如他冒一次险，通过紧急通道来申请许可，坚称此人对项目下一层的研究举足轻重，若没有此人项目将无法继续的话会怎么样？说不定他还能在一片忙乱中隐瞒女孩的年龄，一旦博士同意与她见面……或者，他也可以把她混在他想记录的一大群人中间，这样博士就不必逐个面试他们了。这看起来是一个可行的方案，只是实现起来比较麻烦。

“那么，ROBco，现在你找到多少需要来这里，来克拉夫特公司，进行记录的人了？”

“**重复**：只有西利娅一人，其余都已经被排除。**提问**：你的目的是什么？”

“得到博士的许可，好让这些人进入克拉夫特公司。”

“**建议**：请思考一下，这到底是最终的目的，还是实现目的的办法？”

利奥惊讶地抬起头。ROBco 会主动提出建议，这还是头一回。可能是神经学习技术总算开始奏效了吧。

“那好吧，我的目的是让西利娅获得准入许可，将她混在其他人中只是实现这个目的的办法之一。”

“**再问一次**：得到博士的许可是你的最终目的吗？”

“我很高兴你能做出新的尝试，但你有必要一句话问两遍吗？”

“**解释**：多余的限制往往会妨碍你的思路，你必须明确地辨认出哪些限制是必要的，哪些可以放宽些。”利奥沉默了。“**例证**：美国国家航空航天局曾耗时数年寻找一种金属材料，以抵御航天器重返大气层时的高温，但是没有成功。直到有人意识到，他们的目标并不是找到某种金属，而是保护返回地球的宇航员。因此，最后的解决方案是使用一种与他们先前苦苦寻找的金属特性截然相反的材料，它燃烧的速度非常缓慢，从而能使航天飞机避免温度过高。”

这故事听起来很耳熟。这是他当时给系统输入的一系列创造性解决方案之一。难道 ROBco 在他输入这些数据时记住了这些实例吗？无论如何，这故事的确一针见血。

“好吧。现在那个宇航员就是西利娅。我唯一想要的就是她能毫发无伤地进入克拉夫特公司。”

“**不可理解：**我是否需要改变语境来理解这句话？”

“算了。那么假设我已经知道了真正的目标是什么，那我应该怎么做呢？”

“**建议：**寻找其他方法来实现。**推荐选项：**尝试彻底改变视角，或从拆解已失败的方案着手，比如，改变当前情形中的材料类型、人物身份等元素的属性。”

渐渐地，利奥发现自己的怀疑是对的，尽管他现在就可以去证实，但为了不破坏这次有趣的对话，他决定先忍一忍。他有足够的理由照原计划按部就班地进行下去，并且很好奇最后会是什么结果。谁知道呢，说不定真能管用。他想过的一个比较极端的方案是偷偷把西利娅带进大楼，但他能预感到那样会引起一系列的麻烦，因此他决定从第一个更保守的方案着手。目前，失败的方案中有两个因素：许可和博士。如果许可并非是关键，那什么是呢？如果博士不是核心人物，那谁是呢？现在已经没必要做更多的推理，也没必要再列一份猜测清单了，因为他的脑海中突然闪现出了答案：盖图先生。他翻开与克拉夫特的合同，着了魔似的逐字逐句地读了一遍：只有处理技术相关事务时才须直接向博士汇报，而行政事务只要遵守公司的规章即可。

利奥恨自己实在太迟钝了，竟然一直没想到如此显而易见的解决办法！他仔细阅读了规章制度，填写了相应的表格后，提交给了管理部门。同时，他还不忘奢侈一把：将文件标记为紧急。

请求发送完毕，利奥转向 ROBco，以检查电路是否正常为由打开了它的侧面板，果然发现它安装了原本要安装到阿尔法 + 身上的原型。他并不介意由此获得好处，但他觉得自己被耍了，脑中一时一片空白。他得再等一段时间，好让博士评估他的工作。最令他不安的是，眼前这一切有可能是早就计划好的，这也正是博士会给他配备与自己同型号机器人的原因，而且计划已经完成了，博士也无意向他隐瞒。那博士到底想干什么呢？或许他是不想冒不必要的测试风险在自己的机器人里安装原型，何况他还说过，原型不止一个。当然，这也是一种并行测试的方法。每一个发明者都对完成各自的发明充满激情，他们的工作能力会大幅提升，而他们各自的缺点同时也暴露无遗。这个主意真不错。这样一来，一个真正的良性循环就出现了，个体之间的差异会被放大，最终的评估结果也就一目了然。真是狡猾啊，太狡猾了！博士也许是一个老混蛋，但他也的确睿智绝顶。利奥只希望自己已经领先了，否则他脱颖而出的机会将极其渺茫。幸好，他刚刚和 ROBco 之间的交流是个不错的兆头。

19

西利娅觉得上学比平时还无聊，这一天太漫长了，好像永远都不会结束，她感觉卢来接她的时间也遥遥无期。

连续几小时，西利娅一直忍着没告诉姬丝她放学要去哪儿，但最终还是松口了。西利娅没想到，姬丝竟然说她的妈妈就在克拉夫特公司上班。真是失策！姬丝得知这件事后，就不停地缠着她，求西利娅进入公司后密切注意周遭的一切，回来后好跟她说说在里面的见闻，因为她自己从没被允许进过公司。据她所知，这幢大楼就像一座巨型迷宫，要在里面找到她妈妈可不容易。不过，为了保险起见，她激动地告诉西利娅，自己的妈妈名叫苏斯，金发，个子不高，今天早上去上班时穿的是红色衣服。然而，这反而使西利娅更紧张了，她不喜欢有人强行掺和她的这趟冒险。

西利娅幻想着自己和那个帅气的工程师并肩而行，路过一连串稀奇古怪的机器、尚未完成的发明，还有无数不为人知的秘密……她爸爸会称呼那些东西为"物理学的奇迹"。而那个善良可亲的利奥则会为她逐一介绍那些新鲜玩意儿，他会告诉她应该做什么，解答她的疑问。最后，最关键的时刻到来，他会请她坐下或躺下，为她安装各种设备，或是给她戴上个头盔什么的。他全部的注意力都将集中在她身上。如果能为技术进步做出贡献，她一定会觉得自己无比重要！她的父亲会为她骄傲的，而更幸运的是，那双可信赖的手，竟然不属于她以前常在科普书上看到的那种衣冠不整、疯疯癫癫的专家老头儿，而是属于一位专心致志、略带羞涩的年轻小伙，她真想快点儿再见到他。

优教系统不停的警告声把她拽回了现实，现在离卢来接她只剩10分钟了。总算快熬到头了。不过，她和朋友上课时一直交头接耳，还肆无忌惮地走神这么久，结果被训了好几回，她很担心老师会在卢来接她的时候趁机告状。可是事实证明，她终归还是低估了这位老师，因为除了跟平常一样批评西利娅缺乏学习热情、不肯丢掉那些过时而无用的知识之外，老师最后还威胁道：法律强制的教育义务期限一到，学校一天也不会多收留她。

幸亏这次飞行的时间短得不可思议，卢和西利娅坐上飞行车后只经历一阵短暂而紧张的沉默，否则一定会有一场好戏看的。ROBul 真是一名出色的飞行员，一眨眼的工夫，她们就已经抵达并悬停在了一座雄伟的建筑物前。西利娅觉得这座建筑活像一颗巨大的金色松果，它的“茎秆”朝下，“鳞片”向外张开，“松仁”依稀可见。尽管建筑亮得她睁不开眼，但整体还是挺好看的。她们又飞近了一些后，她才发现那些“松仁”其实都是飞行车，西利娅兴奋地想象着自己乘坐的飞行车会调整姿态，准确泊入一片空鳞片。但最终她还是失望了，因为飞行车利索地降落到了克拉夫特公司一楼的主停机坪上。此时，利奥已经为她们通过安检做好了安排。一个移动信标引导着她们的飞行车进入了指定的开口。飞行车停稳后，她们随即收到了一条明确的警示：访客必须等公司内部人员前来接应，且在任何情况下，机器人都不得离开飞行车。

终于又见到了这位年轻帅气的工程师，西利娅大喜过望。眼前这个透明的开口像魔法般开启了，只见利奥轻盈地从门里走了出来，就像乔治·克鲁尼在那部她喜爱的电影中从飞船里走出来一样。她望着他步伐坚定地朝飞行车走来，似乎还在向她们点头致意，只是那个动作非常微妙，西利娅不确定他是不是真的点头了。二人走下飞行车，并肩站着。西利娅又找回了第一次见到他时的感觉，于是她努力伸展身体，以弥补和他之间的身高差距。她差点儿漏听了他和卢之间的第一段对话，因为西利娅发现利奥的目光扫过自己的腿，于是下意识低头看了看，想看看是什么吸引了他的注意。她抬起头，发现他又瞥了一眼她的右手，这次她确定自己没看错。

西利娅过了一会儿才明白过来，这个年轻人是在等着看她会不会像上次那样伸出手来同他握手。犹豫不决间，她觉得心里痒痒的，很舒服。最后，不知是谁主动伸出手的，她觉得自己握住的这只手绵软无力，或许是因为他担心伤着她吧。

“在过去，你们就是这么相互问候的，对吗？”利奥只是想向卢解释自己的这一举动，西利娅却被这句话打动了，她觉得这是他在为自己不熟练的握手姿势道歉。

简短的介绍结束，他把手伸进入口旁的一个小洞里——几分钟前，这只手刚刚握过她的手。在他得到了准入许可后，一个空洞的声音通知他，管理部门已授予她们访客权限。她们必须按个走过入口控制处，将右手放入小洞中，在克拉夫特公司的专用系统中完成注册。当她们跨过大门时，两人的身份芯片会被读取，注册信息和身份芯片相结合，她们就能获准在协议规定的时限内进入公司的公共区域。根据现行法律，系统告知她们，她们的一切活动记录都会被监控和保存。

卢早已习惯了这类安全手续，她在整个流程中没遇到任何问题。可是当西利娅把手伸进小洞并走过安检口时，那个声音响了起来：“受监护身份，将被命名为利奥-1，以表明其负责人身份。”最让人惊讶的是，连利奥这个内部人士也在来来回回地看着她俩，好像在等待进一步的解释。他愣了一会儿才反应过来，向系统提出了一个问题并得到了回答。原来，克拉夫特公司和其他大部分公司一样，入口只识别成年人，而未成年人的行为将由邀请其进入公司的员工本人负责。也就是说，依照法律，该未成年人的行为将被视为利奥自己的行为。

西利娅无须理解那些术语，就已经完全明白了“利奥-1”和“责任”的含义。她一想到自己成了这位工程师的“替身”就兴奋不已。不过，利奥在得到机器的应答时脸上的疑虑和担忧又让她略感不快。她绝对不会给他添任何麻烦。

令她欣慰的是，他的脸上很快就恢复了笑容。他请她们走上一条走廊。这条走廊的两侧布满了开口，西利娅很快又兴奋了起来，忍不住想要问问题。她对他们也会采集掌纹略感意外，因为她那个时代的警察也这么做，她还以为现在的人会有一套更复杂的系统呢。

“那你觉得应该是怎样的呢？”利奥很高兴又一次领教了西利娅这种对周遭一切都充满好奇的习惯，就和上次见面时一样。

“我也不知道。不过在电影里，他们会扫描你的眼睛或芯片，这还不足以识别身份吗？”

“这些安全细节我也不清楚，我们这些使用者都不清楚，否则安检系统就失去意义了。但可以确定的是，除了指纹，它还能将你按压时的压力分布和你把手放入的时间长短数据化，还有可能会分析你死去的皮肤细胞的 DNA。这是独一无二的身份证明，没有人能够复制，因为没人知道如何精确测量 DNA。芯片可以被重新编码，甚至还可以被移植，而手呢……”

“可是眼睛也无法被移植啊。”

“你说得没错。过去是有一些公司会扫描视网膜，但后来都被禁止了，因为这样的系统太具侵略性，侵犯了人们的隐私权。那与你们刚才进来时的情况完全不同，刚刚是由你自主决定要不要把手伸进去。但如果是眼部扫描的话，如果你不想随时随地被扫描的话就只能闭上眼睛了，而这显然不太可行……”他闭上眼睛，笨拙地把手臂伸在前面扮演盲人。他的样子很滑稽，因为他本不想这样。

西利娅被逗笑了，总算是遇到有幽默感的人了。然而利奥的表情却很复杂，他对自己刚才的行为吃惊不小。在一边的卢则被铺天盖地自动跟随他们的全息广告所吸引，没注意到刚才发生的一切，直到听到女儿的笑声才回过神来。她不明白是什么情况，也不知该不该责骂女儿，迷糊了一阵，卢决定再次回到广告世界中：一个胖女人摇身一变成了模特儿，这多亏了克拉夫特公司的高端机器人，在她睡觉时给她做了塑形按摩。

“那是个性化广告推广。”利奥想让卢也加入对话，“这是识别访客身份的好处之一。要是你对其中的产品有兴趣就告诉我，我可以想办法把它算进给你们的报酬里。”

不知不觉中，他们已登上了一个移动平台。平台在一个由线条组成的网络上滑行，这让西利娅想起了从前那些错综的交叉路口，不过规模要小一些。他们的目的地一定是预设好的，因为每次到达路口时，无须利奥做任何事，平台就自动转向了。最后，他们来到一个很高的楼层，一阵悦耳的女性的声音传来，欢迎他们进入记录室。

两位访客被眼前巨大的内部空间深深震撼了。大量的机械装置充斥其中，却不见一个人。房间远处好像有什么东西在移动，是个机器人，刚才处在众多设备中间难以分辨。它正朝他们走过来。

“ROBco 负责帮我们记录信号。”

“**信息：**苏斯·凯尔文博士说，在我们开始之前，你必须先联系她。”

听到姬丝妈妈的名字，西利娅的心怦怦直跳，她望了望身边的人，就好像他们也应该知道这个名字似的，但是他们没有任何反应。利奥只是吩咐机器人让她们在记录隔间里舒服些，他自己去去就来。

西利娅本能地讨厌起这个把利奥从她身边轰走的闯入者。自从她在学校听说姬丝妈妈的事后，这个巧合就始终困扰着她。如果触摸她的是一双机器人的金属手，而不是那位年轻人的手，那她的心情只会更糟糕。她宁可要一双邋邋遢遢的老科学疯子的手。

ROBco 调整了一下记录座椅，精确地将一个布满凸起物的头盔戴到西利娅头上，这一动作清楚地表明，它已被训练得能避免一切的身体接触。之前对此还忧心忡忡的西利娅，都没注意到头盔已经戴好了。她正全神贯注地偷偷望着工程师，他说话的样子很激动，好像是在为自己辩解。由于距离太远，她听不见他们在谈什么，也看不清显示器上的红色方块的内容，但她能感觉到出了问题，而且一定与她有关。在机器人做着各种准备时，她想的是如何才能创造机会一问究竟。

利奥一进到隔间就用一种极不情愿的语气通知她们：遵照公司总裁的意愿，凯尔文博士将亲自远程监督整个记录过程，并将保留实验记录的副本，以便在方便时交给总裁过目。当然，利奥很清楚，不“方便”的情况根本不存在。

“为什么要这样？这难道不是常规操作吗？”卢饶有兴致地问。

“对未成年人来说，是的。提供证据以证明他们的权利没受到侵犯是很有必要的，如你所见，克拉夫特公司的工作一向追求万无一失。”

还万无一失呢，现在这么任凭一伙陌生人摆布，对她来说已经是最糟糕的处境了。西利娅心想。所有这些以保护她为由对她进行的不间断监控，已经令她无法忍受了，尤其是他们还用她的年龄当借口，真是烦人。他们是在保护她不受谁的伤害呢？利奥吗？她本以为，除了心不在焉的卢外，自己可以和利奥单独相处呢。现在西利娅发现，自己不仅要忍受机器人毫无感情的陪伴，还要忍受姬丝妈妈的严密监视，她好歹也该屈尊露一下脸吧。

西利娅的脑海中立即浮现出那个不肯露面的女人的脸，还加了一副墨镜作为点缀，就是那种将人的眼睛遮盖住的、让人生厌的太阳镜，就像以前皮娅太太戴的那副一样。当年，这个清洁女工刚擦完地，西利娅就又把楼梯弄脏了，可是皮娅戴着墨镜，根本看不出她到底是在责怪西利娅，还是让她小心别滑倒。不过，那种打扮在这个时代里似乎有些格格不入，因为西利娅突然意识到，这时代根本没人戴眼镜，不管是墨镜还是普通眼镜，而她居然过了这么久才发现这一点。

不知什么时候，利奥已经来到了西利娅身边，打断了她的思绪。看见他那双手朝着自己的脸伸来，西利娅险些喘不过气来……但那双手只是掠过她的双颊，轻轻地落在她的头盔上。她震惊的样子一定很明显，于是他言简意赅地解释说，为了能根据她大脑结构的独特性来调整传感器，必须把头盔戴紧。接下去他们要做的第一件事是进行一系列测试，让纳米传感器稳定下来。由于这个过程要持续几分钟，而被试也不会察觉到，利奥便利用这段时间来解释他们接下来要做的测试。

西利娅望了一眼卢，希望得到她的认可，却发现卢对那个操作仪器的机器人表现出比对其他任何东西都要大的兴趣。西利娅真希望可同时又不太希望卢能多关注一下自己。她的亲妈是绝对不会让女儿脱离自己的视线的，一秒钟都不会，可是现在，西利娅宁愿卢让她一个人待着。

利奥在西利娅身边坐下，开始给她做详细说明。当刺激物出现在屏幕上时，她必须给出尽可能多的答案。例如，如果出现一些未完成的画，她就要用尽可能多的方式将它们画完；如果出现了一些物体，那么不论她熟不熟悉，她都要尽可能多地想象出它们的各种用法；假如有冲突情况出现，她必须想出尽可能多的解决方案。这个年轻人的双手稳定而有力，但他的双眼睁得跟西利娅一样大。西利娅则将自己的全部注意力都倾注到他身上了。

准备工作完成后，刺激物出现了。第一个是一根杆子，末端有一个球。西利娅完全看不出这是什么东西，但它让她想起了祖母的拐杖。然后还是一枚别针，顶着一个巨大的针头，然后是一把上下颠倒的锤子，高尔夫球杆，杂耍用的小棍子，实验室里用的吸量管，旋转的陀螺，马戏团演员的火炬……

“还要我继续回答下去吗？”

“要的，要的，直到你想不出别的用处为止。你说的东西我有一半都不知道是什么，但结束后你可以告诉我。现在最重要的是，当你思考的时候，全部的信号都会被记录下来。”

利奥靠得这么近，令西利娅心神不宁，她必须努力将注意力集中在刺激物上才能保证回答不间断。她偶尔会允许自己将目光从屏幕上移开，这个年轻人眼中的火花能使她重新打起精神来。有一次她看到画中两个情人的手笨拙地交织在一起，一时分神，忍不住低下头，看着年轻人那只放在扶手上一动不动的手，想象着自己的手与他的手交缠在一起。她仿佛已经能感受到他的温暖，感受到他的手指在她的手指间轻轻拂过，她渴望能将他的手送到唇边亲吻。她感觉到嘴唇周围的紧张，因此而哆嗦起来。西利娅猛然意识到，姬丝的妈妈肯定正在看着他们。一阵不安让她呼吸急促起来，她重新开始注意屏幕，祈祷利奥并没有注意到这一切。

西利娅继续尽力回答着，内心却不知能向谁倾诉。独自一人应付这些测试让她有些受不了，而卢尽管在场，却对一切都心不在焉，妈妈再也无法回答她任何问题了。她也不想跟姬丝分享这些，因为这事有她妈妈参与。或许西利娅可以只把这一部分告诉姬丝。

她真想把这件事告诉西尔瓦娜，可她是背着西尔瓦娜来公司的，她不想因为自己无视西尔瓦娜的建议而让她失望。这可真麻烦。

利奥发现她的表现正在变差，便提醒她：如果累了，可以改天继续。这是她能够听到的最好消息了：她竟然还能再来一次。她喜出望外，便毫不犹豫地接受了这个提议。

在回飞行车的路上，西利娅鼓起勇气问利奥，他的实验室或办公室在什么位置，这个年轻人指着上方回答说，就在大楼这一侧的八层。要不是那是片非公共区域，他现在就想带她们上去看看。近在咫尺却又遥不可及，这唤起了西利娅更强烈的好奇，她大胆猜想，假如她继续乖乖地配合工作，或许总有一天他们会允许她进去参观。

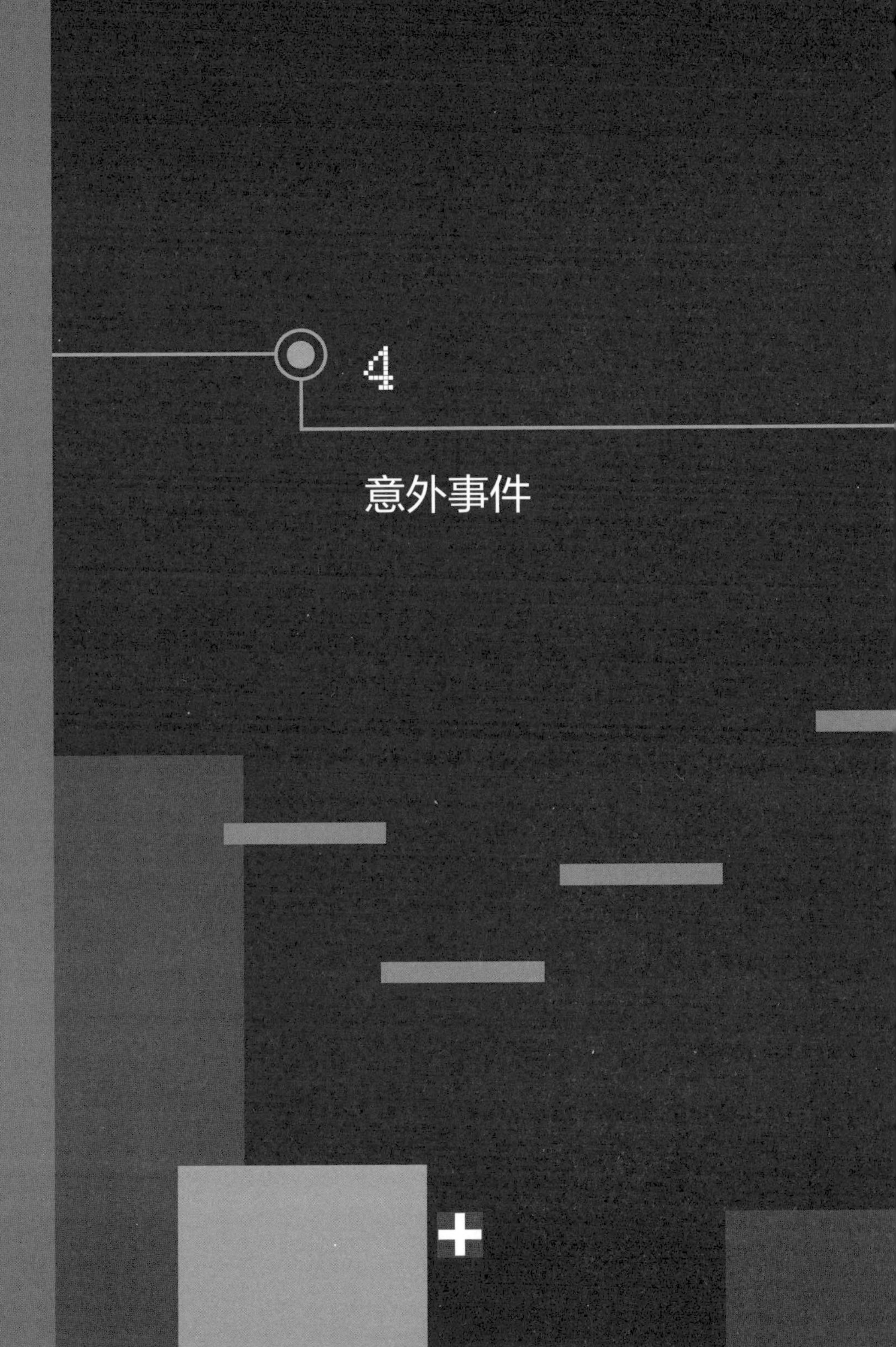

4

意外事件

20

西尔瓦娜费尽口舌才说服卢让西利娅来康优上一节课。现在这女孩真的来了，但她先前的兴奋感却已大打折扣，这大大出乎了西尔瓦娜的意料。这件事她们已经谈过好几次了，每一次她都能看到一双闪亮的大眼睛，其中流露出的热情重燃了他们曾以为几乎无望实现的梦想。如今，这个梦想虽已成真，可是出现在她眼前的只是一双空无一物的眸子和漫不经心的凝视，西利娅甚至懒得转身瞧西尔瓦娜一眼。西利娅已经不是原来的她了。

西尔瓦娜不能让这种冷淡情绪影响到自己，因为她明白，保持精神昂扬才是扭转现状的唯一希望。这个女孩的到来对她来说是一个里程碑，她不会轻易放弃的。她本以为，只要带女孩在公共设施里四处走走，让她看看走廊里行人络绎不绝，不少人会停下来打招呼；图书馆里书架上的纸质书琳琅满目；还有植物园和花园，那是自然主义者和健身者的最爱，西利娅以前的生活场景就都能重现。自漫长的休眠结束以来，她一直没有机会体验的那种情感也就会再次绽放。然而，事与愿违。这个女孩比以往任何时候都要心不在焉。也许这一切对她来说，就像是一所满是人造模特的学校，或者远得只有坐飞行车才能抵达的废弃房屋一样陌生。那些对西尔瓦娜来说的天壤之别，对一个解冻者来说或许完全可以忽略。

她随后想到，在带西利娅去办公室之前，她们可以顺便去一下“情感刺激区”，这或许能对西利娅产生一些冲击，迫使她专注于周围的一切，尤其是如果那里正在上治疗课的话。若运气够好，她还能诱导西利娅做一次按摩，这样她就能从西利娅的身体上读出一些无法从她的行为中解读出的东西。

西尔瓦娜带着西利娅穿过她每天都要穿过的 ESZ 全息墙中间的字母 S，径直地悄悄来到一片“不透明区域”，以免打扰其他人上课。

“从这里我们可以看见和听见他们，但他们看不到我们。我们周围的气体能让光线单向透射。”

不知是周围的环境还是刚才的技术解释把西利娅从漫不经心的状态中拉了回来，她总算脱下了那层朦胧的面纱，第一次正眼看向西尔瓦娜。

“他们在干什么？”

“你还记得我告诉过你，我是一名情感按摩师吗？这里就是我上小组治疗课的地方。那是我的一位同事。他们刚刚开始上课，你想参加吗？”

“你是说离开这片区域，加入他们中间去？”

“不，亲爱的。”这个词脱口而出后，仿佛她的唇间颤动个不停，“我是说，我们可以照着他的指示做，但不用离开我们现在的位置。”

西利娅眼神中有一丝勉强，西尔瓦娜知道这是有原因的，但女孩不知道。她想让女孩冷静下来，因此告诫自己千万不要冒险：她只要读出女孩的情感就好，千万不要刺激她。

“你给我按摩时，我也要像他们那样躺着吗？”

“是的，如果你愿意。这会是一次全新的体验，你喜欢新鲜的事物，不是吗？”

“是啊……”她望着地板，还是有些犹豫。

“看上去很硬，是吧？这样做是有目的的，是为了让你能感觉到自己身体的每一部分。我们必须对人体工程学家具的泛滥做出反击，在如今的社会中，人们已经麻木到……”

西尔瓦娜意识到自己在滔滔不绝地说一些根本不该说的话，于是赶紧闭上了嘴，她顿感焦虑。她曾设想过那个目标是多么不切实际、难以实现，但现在它已经近在咫尺了。西利娅和其他人一样，光着脚躺在地板上，学着别人的样子抬起了左脚。尽管西尔瓦娜多年来按摩过很多只脚，但此刻她的手却像初学者一样哆嗦起来。她告诫自己，这很正常，她从来没有面对过如此娇小又温柔的东西，那温暖细滑的皮肤完全不同于以往她接触的那些一贯僵硬、冰冷的脚底。当把手指放在这只脚的两侧准备开始探索时，她那早已在剧烈搏动的脉搏已经“跳”到她的指尖了。她那些丰富的经验此刻毫无帮助：这是一片处女地，她对它的特质一无所知，或许她根本无法理解她从中发现的东西。

然而，随着拇指向前移动，她的不安消失了：尽管有些模糊，但她仍能识别出和其他人相似的感官结构。与视觉和听觉相关的部分可能小了一些，但嗅觉、味觉，以及最重要的触觉则更加丰富和复杂，但她不想就此停止，她要直接找到更深层的情感所在。

可是来不及了，因为西利娅原本只是有些紧张，但还能坚持不动，现在却开始左右扭动身子，最后爆发出一阵大笑，停都停不下来。西尔瓦娜大吃一惊，一时慌了神，差点儿忘了自己在想些什么了，因为她很担心自己有可能伤到了西利娅，同时还担心别人会注意到她们的存在。好在，她很快就放下心来，因为“不透明区域”对她们的保护完美无缺。

“真对不起。”小女孩用胳膊肘撑起上半身，满脸歉意，同时还带着抑制不住的笑意说道，“好痒啊！”

这个词就像子弹一样击中了西尔瓦娜。这下，她真的不知所措了。如果说康优有什么禁忌，那就是把性与情感按摩、亲密感和专业精神混为一谈。这对西尔瓦娜来说尤其是一个触碰不得的禁区，她一直都在这方面严格要求自己。今天她被打了个措手不及：她从未想过会出现这样的情况。一定要镇定，西尔瓦娜，这种事怎么可能发生呢。西利娅只是一个小女孩，你只是摸了摸她的脚啊。她为什么会说痒？或许是西尔瓦娜无意间刺激了西利娅身体的某片未知的区域？

“别害怕，亲爱的。”她用轻柔的手势让西利娅躺下并放松，“你以前也这么笑过吗？”

“那还用说！我和爸爸整天互相挠痒痒玩儿。”

“和你爸爸？”她想西利娅一定是指某种古老的习俗。现在，感知路径是很清晰的，接下去要做的就是描绘出与之相应的情感，“那你和别人也这么做过吗？”

“没有。”

“你喜欢这种感觉吗？”

西利娅花了点儿时间来思索这个问题，她很认真地看着西尔瓦娜，就好像在认真评估自己的回答应当具体详尽到什么程度。

“我喜欢先去挠他痒痒，而且总是我先挑起的……即便到最后那种感觉会有点……怎么说呢……不舒服，有时我真想快点儿停下来，但我不会哭，也不会不高兴，我会笑个不停，毕竟实在忍不住啊。现在回想起来还真有点怪怪的。”

西尔瓦娜兴奋不已，眼前这个女孩简直是座情感的宝库。她这种随时给人带来惊喜的潜能，还有她努力解释一个细节的样子都令西尔瓦娜瞠目结舌。她要不惜一切代价去挖掘这个女孩心中的宝藏。

“我保证，如果让你不舒服了，我一定会停下来的。”西尔瓦娜重新跪到女孩的脚前，小心翼翼地抬起她的左脚，“你介意我们继续按摩吗？”

“你是只想按摩我的脚吗？人们按摩不都是选择背部和颈部吗？”

“对，有时候是这样，但那不是我的专长所在。”她现在对那些显著的敏感区域完全提不起兴趣，“如果你想试试，我可以在结束之前给你做做。”至少她有能力办到。

她俩仿佛身处一个与世隔绝的泡泡里，已经有一段时间没注意到房间里其他人的动静了。西尔瓦娜毫不犹豫地略过了初始的感官探索阶段，将注意力放在了肌腱之间凹下的区域，那些部位直接与脑神经的边缘系统相连。她很难破译自己探测到的内容，因为有一个强烈的信号在干扰这一切。为了顺利进行下去，她必须抑制住这种信号，但她刚刚对女孩做出的承诺不允许她这么做。当她抬头看到女孩那张满是信任的小脸蛋时，她恨不得彻底屈服于这双手的冲动，可是责任感又让她痛苦地控制住了自己的拇指。现在摆在她面前的是一堆她所能想象到的最丰富的、任由她摆布的原材料，但同时也是最易受影响的材料，任何动作都可能会在它上面留下印痕，而她无论如何都不想伤害西利娅。可话说回来，这样做的回报将是如此巨大，因此风险看起来微不足道。西尔瓦娜的意志动摇了。也许分析一下那个干扰信号，她就能找到它的来源并消除它，或者也可以只对女孩采取语言刺激，而避免发生接触型刺激。

这个强大的信号涉及西利娅的大部分器官，并在很大范围内调节着她的神经组织的活动。那些脉冲循环往复地回荡着，要不是因为它所处的位置不同寻常，而且缺少焦虑的成分，西尔瓦娜会将它归类为一种妄想。一切线索都指向西利娅最近的某次经历，而且是一种正面的经历，正是它造成了巨大的影响。西尔瓦娜很想知道这是不是跟自己有关，因为假如是的，那么她会很高兴。但事实上，它和西尔瓦娜并没关系，因为卢取消了她们上周的治疗课。

“我按压这里时你会想到什么？”西尔瓦娜问道。她知道女孩坦白的可能性很小，因为那个信号的通道会被主动阻断，但反正试试也不会有什么损失。

“我几乎没注意到你按了。事实上，我觉得有点没意思了。你得告诉我这一切是为了什么。”

这番话让西尔瓦娜大受打击，她担心女孩会因此退出治疗，于是她只好放弃刚才的野心，准备给女孩做她想要的那种按摩。她非常谨慎而精确地探索着西利娅的背部，使尽浑身解数为她制造极度愉悦的感觉。西尔瓦娜已经好几年没这么按摩过了，但她仍能回忆起那种技法，还记得哪一种手势能达到最佳的效果。她的手在西利娅的背部四处游走，并着重按摩脖子的根部。她很高兴能遇到如此令人愉悦的肌肤，哪怕最轻微的接触都能令其汗毛竖起，并立刻变得温热起来。一阵阵快感在一个不断增长的循环中反复出现，而且是那么和谐统一，即便它们来自截然不同的世界。

在同一个旋涡中转了一圈又一圈之后，二人返回了现实世界，而西利娅则又一次回到了心不在焉的状态，虽然心情是好点了，但和先前一样沉默寡言。西尔瓦娜已经在想当卢来接她时该说些什么了。不，还不行，如果西利娅知道西尔瓦娜想和卢单独谈话，她会生气的。那就给卢打个电话好了，就这么办，西尔瓦娜要问问她们上周有没有做什么不寻常的事。不，那也不行。她一定不能说得这么直接：

她只能表露出自己的担忧，担心西利娅的身心被某种东西所占据，变得有些魂不守舍。想必卢也注意到最近几天她女儿一直在想入非非了吧。说不定跟那个研究创造力的生物工程师有关？运气好的话，她也许能把卢吓得不允许那个男人靠近西利娅，这样的话她就能一石二鸟了。当然了，第二件事是最重要的，那就是消除那个阻断信号，以确保通往西利娅内心深处的通道畅通无阻。

21

在去见博士的路上，利奥不知道前面等待自己的会是什么。如果只是为了把他的原型和其他竞争对手的进行比较，博士是不会让他把ROBco留在小隔间里的。克拉夫特博士怎么可能都不看看义体就去评估它呢？而且他的要求高得离谱：他禁止这次会面出现录音和监听设备，就像除夕晚会上的那次一样。只是，这一次会面是在博士位于公司的住处里。

利奥对他们第一次谈话的内容记忆犹新，此后的任何一次谈话都不如那一次深入，他暗暗希望今天能再有一次那样的交谈。就在那天，博士提出了让利奥加入他的创新项目，谁知道呢，说不定今天他会让利奥继续研究无线转化呢。利奥这是在开玩笑。上次谈话时，博士受不了他的夸夸其谈，连再见都不说就消失了。所以他能想象出博士对他有什么印象。

利奥所在的移动平台正沿着坡道向上滑行，他看到坡道顶部有个人正倚着墙，心想那或许是凯尔文博士。就在这时，利奥猛然意识到：她一定是把西利娅的记录发给了博士，所以博士才想和他见面。

他屏住呼吸，直到离那位金发女士很近时才重新呼吸起来，如释重负，因为那不是她。这个人肯定是新来的，以前从没见过她。此刻，他最不想见到的人就是那个白痴神经心理学家了，她都快把他逼疯了。这么一想，博士要求这次会面不能公开还真不是坏事。

再上去一层，他就到顶楼了。现在他要准备一下发言了，他必须证明那个女孩对这个项目至关重要。博士是个聪明人，如果论证充分，他一定能使博士相信她的价值，当然，前提是利奥不再像那天那样胡言乱语，而是要设法让对方心平气和地把他的话听进去。

阿尔法 + 在门口迎接利奥，并把他迎进了决斗室。它告诉利奥总裁正在和别人会面。利奥对它让自己在这么私人的地方等待十分惊讶，不过更令他吃惊的是，他还被邀请坐到决斗桌前的扶手椅上。他第一次见到这张桌子时就大感艳羡，而博士演示“暂停”按钮的工作原理更是叫他心醉神迷。他如饥似渴地端详着这块巨大的桌面屏幕，屏幕四周装饰有各式镶嵌着珍珠的刀剑，那些珍珠的光泽随着他的移动而变幻莫测。他坐了下来，右腿边的桌子前面板上，有一个荧光粉色按钮。

利奥不明白为什么他们会如此放心地让他一个人跟这块无价之宝共处一室。他环顾四周，怀疑有人在监视他。他真想把整个房间拆了，把它里里外外检查个遍，也许这样他就能发现“暂停”的秘密，好让自己每次进出那个小隔间时不会再觉得这是在出租自己的大脑。他将双臂搁在椅子扶手上，努力控制住自己的双手。那块屏幕仿佛在召唤它们，只要稍不留神，这双手就会冲上去把它拆个七零八落。屏幕顶部有 3 个人形图标在闪烁：一个没有眼睛，一个没有耳朵，还有一个尽管五官俱全，但被切成了碎片，就像一块未完成的拼图。利奥的眼睛贪婪地盯着屏幕上的文字框：

> 这回，有3个僧侣住在与世隔绝的修道院里，其中一个是盲人，一个是聋人。他们得到一条消息：一种传染病正在他们中间蔓延，症状是额头上会出现一块红斑。同时，他们还得知：上帝为了保证教团的未来，目前只有一个僧侣感染了这种病。

利奥停止阅读，喘了口气。博士竟生活在这样一个奇异的世界里。他很难理解“僧侣”和“上帝”这两个词，更不知道“与世隔绝”和“教团”是什么意思，他连参与这场比赛的能力都没有。国际象棋的世界是固定的，是可征服的，尽管没那么让人沉迷，但它的规则是明确而公平的。这些谜题到底是谁编的？是竞争对手吗？难怪博士说这是一场只有最好的剑客才能参加的战斗。

利奥俯下身来继续读谜题，他的手游走到了桌子的边缘，用手指摩挲着光滑的、打磨成圆弧的桌子边缘。他喜欢这种新与旧的对比：转瞬即逝的图像被困在这样一个永恒的边框中，没有更合适的描述了……而画面中的内容与之相映成趣：

> 为了完成这项神圣的使命，沟通禁令被暂时解除，但他们只能按照严格的规定进行沟通：他们必须站成一列，按顺序说出“病了”“健康”或“不知道”，并且只能说一次。然后，僧侣们要回到各自的房间，那个认为自己感染了疾病的僧侣会自杀，以避免传染其他人，从而拯救这座修道院。

最后一个词有一股反技术派的味道，让他身子猛地往后一靠，仿佛意识到了什么。他鬼鬼祟祟地再次左右张望，想知道他们是不是在测试他，但他没看见摄像头和麦克风。就算他们暗中监视他又怎样呢？现在他只想把谜题读完：

> 和以前一样，修道院里没有镜子、湖泊或任何能让僧侣们看见自己样子的反光表面。这 3 个僧侣能否按正确的顺序说话，以保证教团的未来呢？ 5 分钟内回答正确得 3 分。

谜题读完了，看起来并不怎么难。让我想想。生病的和健康的僧侣有 7 种可能的组合。如果他们都决定只顾自己，拒不自杀，他们只有 1/7 的生存机会。每个人都必须相信，所有人都有拯救教团的智慧和欲望，并知道如何利用每个人的能力。他们有两个信息来源：红斑和同伴的回答。那个聋人僧侣，不论他排在哪个位置，都只有当他看见两个红斑时，才能知道自己没病。能看又能听的人是获得信息最多的人，也是能够给予最多信息的人。而那个盲人僧侣什么也做不了，相当于是个哑巴。那就对了：利奥找到了拯救教团的方法，于是不假思索地将那些图标拖到了正确的位置。

“回答正确，但已超时。”这条信息只出现了几秒钟，下一个问题出现了：“你想当哪个僧侣？”

利奥立刻按下了盲人的图标，只要他不确定自己生病，他就会是唯一一个每次都能存活的人。多么讽刺啊：盲人的缺陷最大，提供的信息也最少，却成了最大的受益者。

利奥全神贯注地回答着问题，连他自己都没有想到已经等了将近两小时。突然，从桌子对面传来了博士低沉的吼声，把他吓得魂飞魄散：

“该死的小子，住手。谁让你乱碰东西的？”

利奥站起来时过于紧张，膝盖撞到了那个粉色按钮，又一屁股坐回了扶手椅。他第二次才成功站了起来，结结巴巴地道了歉，这才发现房间里其实空无一人。

他站在那里，晕头转向，但又不敢坐下来，只好懊悔地望着桌子。这回博士真的走了进来，又把他吓了一跳：

“你胆子不小，好吧，还比另外两个反应更快。”

眼前这个邋里邋遢、穿着黑色浴袍和拖鞋的人，要不是那对显眼的眉毛依旧那么充满活力，利奥根本认不出这就是博士本人。

“我一接到你的通知就赶来了。你说的其他人是谁？”

“当然是那个聋子和那个不聋又不瞎的。希望你别因为我把你变成瞎子而生气。”

“把我变成瞎子？”

博士迅速看了一眼桌子。

“你也按了那个按钮吗？你的手可真快啊……”他走近利奥，按了一下按钮，然后请利奥坐下。

“我站起来时撞到了它。”他一边坐回椅子上一边道歉。那个僧侣的谜题再次浮现在他的脑海中，他一定是忽略了其中的一些更深层的含义，“我猜你叫我来是要评估义体的进展。”

“没错。而且现在你在这个测试里名列前茅，就像那个瞎子一样。现在一切都取决于你额头上有没有那块‘红斑’了。”

利奥觉得自己突然面临着一场决斗挑战。他不知下一步该做什么，该说什么。

“可是你都还没见到原型呢。”

“你在某些方面很有天赋，在另一些方面却非常短视。我能从这堆代码里看出什么？我感兴趣的是它对‘主人’的影响，也就是对你的影响，以此来推断如果我将它植入阿尔法+中，会对我产生怎样的影响。”

“那你不是该看看我和ROBco在一起时的表现吗？”

“你以为我浪费那么多时间监视你的那个小隔间是为了什么？偷看你在做什么吗？我可没有当警察的嗜好，也不想当偷窥狂。你的生活与我无关。我想观察的是你和机器人之间的互动。现在我已经看到了，但是我还要检查一下长期的影响，看看它不在场时会留下些什么，我可不想让我们过于依赖那堆废铁。”

即使在没有人偷听的情况下，听克拉夫特公司总裁亲口说出这些话，利奥还是觉得很别扭。他渴望继续听到博士用这种直接的口吻说话，而不是像刚才那样满口的比喻。他使劲盯着博士的眼睛，企图用自己的注意力给他留下好印象。为了进一步激励他，利奥表示认同：

“那是当然，最重要的是……”

“是要设计刺激物，使它们以我们想要的方式，哦，是以我想要的方式来塑造我们，然后我就不再需要它们了。你开发原型的方向是正确的，但它仍然有严重的缺陷。今天阿尔法+会给你一份功能缺陷列表。阿尔法！”他喊道。

利奥的脑中忽然劈过一道闪电。他只是博士的又一个刺激物，就像博士刚才所说的那样，等他修复了义体的缺陷，博士就不再需要他了。他决定冒一次险：

“这张桌子是我见过的最好的发明，”他说着，双手伸向桌子，但又不敢碰它，“有一天你也会把它处理掉吗？”

“你真是个尖锐又顽固的孩子啊！我很高兴你懂得欣赏卓越的追求和野心，所以我才选了你。这个‘暂停’装置是我所设计出的最好的设备……除我之外没人能想得出！但是，除非我死了，否则我不会同意扔掉这张桌子，也不会让你享用它。当然，就算你得到了这张桌子，但只要我死了，你永远都无法知道如何使用‘暂停’装置，”说着，他露出了一抹神秘莫测的微笑，“啊，阿尔法，你已经来了。从现在起，你必须以最高优先级来满足马尔 10 提出的要求，就从你要发给他的那份清单开始。还有你，动作要快，我希望下个月就能看到义体完工。”

利奥离开了房间，他为自己的才能得到了博士的认可感到自豪，但同时，他又担心自己无法从这种认可中得到他所期望的回报：一个有保障的未来。

22

西利娅起床时就感到有些不对劲。一切看起来都和平常一样：她的衣服和日历就在床边，好像她今天要去上学一样，她只能听到 ROBbie 在做家务。会不会是 ROBul 忘了把卢叫醒？她正要往大厅走，这才想起自己还一丝不挂。睡觉不穿睡衣真是讨厌，她永远也不会习惯的。她套上睡袍，顾不上洗澡，径直走向机器人室。在那里，她果然发现 ROBul 正与 DOMOsys 相连接以完成日常维护任务。

“喂，我们今天要去克拉夫特公司啊，你忘了吗？”

“**信息：**会面已被取消。”

“什么？”她的声音微弱得就像整个世界都在她头上坍塌了一样，“为什么没有人告诉我？”

“**理由：**卢没让我告诉你。”

“可是 ROBbie 知道这事，对不对？”

“确认：我必须将一切与它有关的日程变更通知它。”

“那日期改到什么时候了呢？”

“信息：无。卢说她对这个项目不再感兴趣。”

“卢？是她取消的会面？”

“确认。”

西利娅因为卢没事先和她商量就做出了这种事火冒三丈，她觉得卢根本不在乎自己的想法和感受。但从另一个方面看，西利娅心里多少有了一丝宽慰：至少不是利奥拒绝再见她。

这一整天里，不论是穿衣服、吃早餐、去上学，还是坐在优教系统前、站在社交室的木头人前，即使是在跟姬丝说话时，她也一直在琢磨一个念头。她已经失去了父母，但她还不愿放弃那个令她朝思暮想的人。好吧，也许他不是唯一一个，还有西尔瓦娜，但她和他不一样，毕竟想见西尔瓦娜很容易……姬丝喋喋不休地抱怨自己从来都不曾获准进入克拉夫特公司，这时，那个念头就这样凭空冒出来了：她们偏要进去！就她们俩，走着过去。反正公司离学校只有两个街区的路程，而且学校洗手间的那个出口一直都没有监控。她俩常常在上主题扩展课时藏在那里聊天。进去的时间那么短，即使是她们的机器人也不会察觉。

“那入口的密码呢？”姬丝兴奋地反驳道。

这个千载难逢的机会就摆在眼前，已经没有任何障碍能阻挡西利娅了。他们几天前登记了她的指纹，她可以充分利用这一点，而且由于她们是未成年人，身份隐私必须得到保护。当时门口的语音提示也说得十分清楚，法律禁止识别未成年人，也就是说，没人会察觉到她们的到来。她们俩大可以像一个人那样穿过入口。何况，就算这么做行不通，她们大不了早点回到学校。就这么简单，她们不会有什么损失的。

“如果我们被抓到怎么办？”她的朋友显然吓坏了，连连反驳，“如果我们迷路怎么办？”

“我还以为你很想看到你妈妈工作的样子呢……但既然你这么害怕，那我看我们还是算了吧。”

西利娅根本不信自己会真的“算了”，可她也不相信凭自己一个人就能溜出去……而且现在姬丝已经知道了她的计划，那就更不可能了。干吗要那么早就告诉姬丝呢？西利娅本该先考虑一下的。但那又有什么区别呢，如果西利娅不想让姬丝在发现自己不见了时发出警报，那西利娅早晚都得告诉她。事实上，如果西利娅一个人逃课，姬丝就必须躲起来，因为如果人们发现姬丝在独自闲逛，就一定会起疑心，然后就会派出搜寻者把西利娅抓回来。

独自溜出去的好处是，入口的密码肯定能有效。但是……她该如何向姬丝解释自己想去那里的原因呢？怀着无私的动机去替她看望她妈妈显然讲不通，那她的真实目的就会暴露。西利娅光是想象一下那种情形就觉得尴尬得要命。毫无疑问，最好的选择是她们两个一起溜走。于是，西利娅尝试耐心地消除她这位朋友提出的一个又一个的“如果”。

最后，西利娅终于成功地说服了姬丝，当她们来到洗手间准备出发时，姬丝却开始临阵说傻话了：

“我们必须现在就走吗？好吧，那至少让我先告诉 ROBix 一声，然后再走。”

“不要，我早就告诉过你了，”这样的情况再来几次，西利娅都要后悔说服她了，“我们绝不能让机器人知道，否则它们会阻止我们，甚至揭发我们。”

“我的 ROBix……绝对不会的！”

“你怎么知道？你试过吗？反正我们已经说好了，我们不能告诉它们任何事情。”

“你是对的，只是……”姬丝紧张得要命，“它必须时刻知道我的去向啊。”

“为什么？”

“因为……我也不知道。不然的话，它怎么照顾我呢？”

“姬丝，如果它们时刻都在照看我们，那它们就绝不会让我们去克拉夫特公司。”

“好吧，我明白了，我明白了……可是我以前从来没有这么干过。我们会迷路吗？”

“别担心这个。你想见到你妈妈，对吧？”

“想……”姬丝眼睛中的希望终于消灭了最后一丝疑虑。

“嗯，其实真的很近。”西利娅挽着放弃抵抗的姬丝，带着她来到了室外。

外面一个人影都看不见。她们唯一能察觉到的动静，就是头顶上成群的飞行车形成的车流，织成一张庞大的蜘蛛网。尽管每辆车都开得飞快，但在西利娅的眼中，这张蜘蛛网清晰可辨。以前她从没在这么低的地方见过它们，在这一刻，那完美的车流轨迹令她看得出神，因为以前每次从车上看出去，她都以为空中交通是一片混乱呢。

她机械地靠墙向前走了几步，就好像这里还有人行道可走一样，然后她才意识到姬丝没有跟上来。她发现姬丝正站在路中央，面带土色地凝视着前方，便折回去，再次挽住姬丝的手臂，轻声告诉她不必担心，从这里就能看到克拉夫特公司的大楼了：就是那座底部略宽，顶部略窄的金色建筑，矗立在那两座深色的塔形摩天楼之间，同她第一次见到它时的印象一样，它像一个松果。她们逐渐走近，已经可以看清那些用来停靠飞行器的鳞片状格子了。

人行道上满是玻璃碎片和金属残片，可能是交通事故留下的，与道路两侧光洁的建筑形成了鲜明的对比。多数大楼都没有临街的入口，那些最破旧的建筑倒是有门，但都已被封死。有那么一会儿，西利娅还担心她们可能无法从地面层进入克拉夫特公司。但她随即想起了第一次来这里时的情形，于是放下心来，因为她确定当时飞行车就飞到了地面上，而利奥也是在底层迎接她们的。这一定是因为这些最有钱有势的公司已经把地面的街道变成它们的私人停车场了，而其他公司不得不将它们的停车场搬到楼上。

突然，一辆飞得特别低的飞行车从头顶上掠过，西利娅猛地松开姬丝的胳膊，向后一躲，而姬丝还在泰然自若地走着。那个驾驶员放慢了车速，大概是因为看到了西利娅那个突兀的反应，也可能只是因为看见地面上有两个人而感到好奇。尽管看不见车内的样子，但西利娅相当确信他正盯着她们看。她急忙跑到朋友身边告诉她这件事，却惊讶地发现姬丝根本没意识到刚才发生了什么。

“哪一辆？这辆吗？它靠近我们，而你却放开了我？你是想让我受伤还是怎么的？”

“别这么说，姬丝，那是我的本能反应……我当然不希望你受伤啊。”

“你看到了它，却没有告诉我。如果 ROBix 在，它一定会警告我的……它绝不会丢下我不管。”说完，她就哭起来。

“你在说什么呀，丢下你？”西利娅想不通为什么姬丝会反应如此过激，“我放开手，是因为它把我吓得退了一步，仅此而已啊。”

“这太可怕了！你看到了危险，就把我一个人丢下了。你为什么要我跟你一起来？是想让我当替死鬼吗？我们现在就回去！”姬丝激动地大叫。

“姬丝，求你冷静一下。”西利娅想再次挽起姬丝的胳膊，但姬丝把手抽走了，“如果我刚才不告诉你，你压根儿不会知道有辆飞行车离我们这么近。我也可以要脾气，朝你大喊：你不可能没看到车，你在撒谎！”这段话的确很有说服力，“但我承认我们很不一样，我吓得跳了起来，而你都没注意到它。谁说这很危险了？一点都不危险，最好的办法就是无视它，我们走我们的，就像你刚才做的那样。”至少，这番话的确使姬丝平静下来，并且听进去了。

“你这是在说好听的话，好劝我一起去克拉夫特，对吧？你总是那么自以为是。”

“根本不是。我是真那么想的。难道你不知道我出生于一个世纪前，所以我非常不适应这个时代的生活吗？你的反应肯定比我要适当，这很合乎逻辑。”

说服姬丝比西利娅想象的要容易。不过，在剩下的旅程中，姬丝始终紧紧地抓着西利娅的胳膊，抓得她胳膊发麻。

同西利娅想的一样，那片一望无边的停车场像一张地毯在大楼前铺开。她们穿过这片地毯时，发现地面上有许许多多的开口，看起来都一模一样。西利娅不得不放弃寻找自己第一天来时的开口，决定冒险随便选一个来碰碰运气。在路过 12 个开口后，她们选择了一个附近没有飞行车停泊的开口，至少这样不容易被人发现。

趁着给姬丝解释她的计划的机会，西利娅总算可以抽回自己的手臂了。几分钟后，她把仍在酸疼的手伸进了门边的小洞里。这一次，传出的语音没有让她感到意外：“身份识别，利奥 -1。”成功了！

她们俩并肩站在一起，准备一起通过入口，但一道无形的屏障挡住了她们。它不像墙那么坚固，更像是一层膜，触碰到她们时让她们感觉到了一股巨大的阻力。而她们后退一步，那种被困住的感觉所带来的恐慌就消失了。她们并没有发现有什么东西在阻止自己，这令她们松了一口气。她们又试了一次，以确保不是因为俩人并肩前进不够同步导致的，但同样的薄膜又把她们“吐”了出来。这一次，一个声音响起了：“你们必须逐个进入。”

西利娅跟姬丝说，为了确认身份识别是有效的，她要自己先进去一次。她向姬丝保证，自己进去后马上就出来，姬丝甚至都不会察觉到她已经进去过了。西利娅十分担心她的朋友会像刚才那样大发雷霆并拒绝分开，但幸运的是，姬丝是如此渴望进去，因此立即接受了西利娅的保证，她们之间没有发生任何争执。

竟然如此轻易地就通过开口进来了，感觉很奇怪，可当她准备退回去时，她一下子愣住了，她出不去了。刚才的膜出现在她身后，阻止她出去。她试图从周围的环境里寻找解决办法，同时尽量不去看姬丝，以免让她担心。在她面前有一条向前延伸的走廊，就像上次那条一样，走廊两侧是一连串开口。她真是太迟钝了，这还用说嘛，这建筑里的每一个入口都有一个对应的小洞，是的，她的洞就在她身边。她把手伸了进去，“身份识别：利奥 -1”的声音像祝福一样悦耳，她走了出去。

有了上一次的成功，西利娅信心满满地又把手放进了小洞，让姬丝通过了开口。她们各自的身份都受到法律保护，系统应该无法区分她们的芯片，准确地说，系统无法分辨出谁是谁。她的朋友正从入口另一边朝她微笑。西利娅刚刚冒了一个险：现在，她希望系统没有保存任何“她”刚才进去的记录，这样她才能再次从外面打开入口。一想到她的朋友可能被困在里面，自己却无能为力，她的背脊就一阵发凉，下意识地把那只仍感麻木的手砸在了小洞的边缘上。她疼得厉害，伤口渗出血来。但是，她唯一担心的是这伤口是否会影响身份识别。她急忙把血擦去，战战兢兢地把手伸进小洞。“身份识别：利奥 -1。”这天籁之音再次响起。

西利娅轻松地走了进来。姬丝的表情平静如常，全然不知自己刚刚面临的风险。西利娅当然是不打算跟她提这事了。走廊还是像以前一样寂静无声，她们紧贴着墙往前走，如果有人走过来，她们可以迅速躲进一个开口里。西利娅想找到那天的坡道，上八楼寻找利奥。她轻松地说服了姬丝，尽管她不完全确定姬丝的妈妈在哪儿，但是去高楼层更容易找到她，同时也更不容易被人发现。

她们一定是挑了一天中最合适的时机来到这里，因为一路上她们连一个人都没碰上。两人来到顶层，眼前所见并没有什么变化：在她们的那一侧，是一排和之前完全一致的开口，她们想的没错，这些开口全部都通往停机坪，停在上面的飞行车好似一个巨大的松果上的松仁。在中央走廊的另一侧是一排门，西利娅真希望自己知道哪一扇门是利奥的。两人在一个开口边蹲了下来，留心观察有没有什么动静。让她们大吃一惊的是，就像是所有人都在等她们来，好开始一场演出一样：离她们最远的那扇门就像施了魔法一样打开了，却没有任何人通过，而另一边则传来了喧闹的脚步声和人声，仿佛一大群人正在过来。两人不约而同地想要躲起来，却找不到任何可躲的地方。西利娅想到了一个好办法，她们穿过开口，从安全的藏身处欣赏这一切。反正，把手伸进小洞里的事情西利娅早就驾轻就熟了。

透过这些舷窗一样的开口，外面的一切一览无遗，还不用担心被人发现，真是太棒了。它们使西利娅想起了妈妈的戒指，只要把手伸进口袋捏着它，她就能感到安心。她身后停着一辆飞行车，让这里变成一片封闭的、近乎让人感到舒适的空间。她们站在入口两侧，伸长脖子看里面的情形。正如她们所料，好几个人从她们身边经过，突然，姬丝扭动身体，轻声地尖叫道：“是我妈妈，是我妈妈。”姬丝的妈妈长得和西利娅想象的不太一样，但如果让她戴上几天前西利娅想象中的那副墨镜，那样子倒也不离谱。尽管姬丝的妈妈在对着她的说话对象微笑，但她仍然给西利娅留下了不友好的印象，让她不太自在。就和上次一样，她又挡住了西利娅的视线，妨碍她寻找利奥了。西利娅将目光重新聚焦到他们进来的那扇门处，顿时被她看到的东西惊呆了。利奥就在那里，他正低头看着地板，没有跟任何人说话。西利娅真想出去，叫他抬起头，跟他说话，让他带自己参观他工作的地方，但她做不到……至少应该能让姬丝看看，告诉她那位就是利奥，可西利娅做不到。她傻站在那里，觉得自己就像个没用的白痴，什么事都不敢做。

这种自责没持续多久，西利娅就警觉了起来：一男一女正朝着她们走来。她好不容易才拽着姬丝趴在地上，并藏到了那辆飞行车后面。这时，金属般的声音响起，那两个陌生人跨过了门槛，女人一进入飞行车，车子就启动了，引擎声震天动地。西利娅想当然地以为那个男人会负责开车，但很快她就意识到自己错了，接着一个让人担忧的怀疑涌上心头：也许开飞行车的是个机器人，而它刚才一直都在看着她们呢。直到那个男人也钻进了车里，西利娅还在想自己怎么这么不小心，这时一阵强烈的震动让她察觉到危险迫在眉睫。她吓得一把拉起姬丝，躲到了开口边上，刚好看见这台硕大的机器腾空而起。一个巨大的空洞出现在她们眼前，让人心惊肉跳。

这个场面如此壮观和异乎寻常，两个女孩感觉像是被吸引到平台的边缘，以便更清楚地欣赏这一切。原本用来固定飞行车的系泊装置组成的格栅临时成了一个带栏杆的观景阳台。真是叹为观止，她们目送飞行车逐渐远去，直到它加入了其他飞行车的行列，被那整齐划一的庞大车流吞噬才罢休。当她们向下看时，眼睛一时还无法适应外立面反射的强光。但渐渐地，不同楼层的停车平台，无论有没有车辆停泊，都清晰地显现出来，形成了一张由光与影组成的巨幕。西利娅正看得入神，却被她朋友的哭喊声打断了：

“我要摔死了，我要摔死了！”姬丝的双手正死命地抓着一根将她们与深渊隔开的栏杆，连指关节都发白了。

“冷静点，姬丝，别往下看。”西利娅温柔地从背后抱住她，让她转过身，“这和从每天送我们上学的飞行车上往下看没什么两样。”

“可是这里没有保护措施！什么都没有，什么都没有。”她吓得抽泣起来，伸出双臂，仿佛它们也是恐惧的一部分，“我要 ROBix。我要回去。”

“好吧，好吧。”

西利娅把姬丝推到开口，朝另一边张望，看有没有人。她把手伸进了小洞里，她是如此焦急地渴望听到那令人宽慰的语音提示，仿佛等待的时间都比之前长了一点。的确是更长了。她将手抽出，颤抖着再次放入。没有任何动静。系统不工作了，就像被关闭了，或者没电了一样。她走近开口，伸出手，摸到那层比以往任何时候都坚硬的透明薄膜，感到胃里一阵剧烈的绞痛。有没有可能，这种开口只有在飞行车停泊在这里时才会被激活？这下她可真闯大祸了。

西利娅本想向姬丝隐瞒这一情况，让她相信她的妈妈一会儿就会再从这里经过的，所以原地等妈妈回来会是个不错的主意，然而，这位朋友已经发现出路被封死了，她转过身来，一脸惊恐：

“快打开，打开！我要出去。”她双手疯狂地捶打着那层薄膜，“我要 ROBix。它会知道应该怎么做，我得跟它谈谈……”

“冷静点儿。我们并没有任何危险。我们就在这里静静地等着，等下一辆飞行车停泊时我们就能出去了。说不定马上就能出去了。”

“我们永远都出不去了！你来自另一个世纪，根本不明白这里的一切是怎么回事。”她的愤怒瞬间变成了伤心欲绝的啜泣，“我怎么会傻到听你的话呢？”

看着姬丝蜷缩在角落里，两膝紧贴着胸口，双臂环抱，西利娅不忍心再反驳了。她心中的怒气已被同情淹没，同时感到迷茫而无助。

“冷静点儿，”她蹲到姬丝身边小声说，“不会有事的。我们可以一边等飞行车来，一边轮流讲故事给对方听。我可不希望我们在出去的时候被人发现。”此时，她脑中仍然回荡着“身份识别：利奥 -1”这句话，她不愿给那位年轻的生物工程师添麻烦，“不过，你要是觉得不舒服……”

西利娅得到的唯一回答就是姬丝那茫然的眼神。现在西利娅和她说什么都没用了。再说，她自己也累坏了，不想继续白费力气了。反正她们面临的是一场漫长的等待，那么舒舒服服地放松一下显然是最明智的做法。

23

卢是第一个注意到女孩们失踪的人，因为当她去学校接西利娅时，搜索者没找到她。与往常不同，今天卢想亲自来接西利娅，是 ROBul 建议她这么做的，因为女孩早上得知她们不去克拉夫特公司时非常生气。由于卢没有事先告诉任何人就出现在了学校，她也不知道学校通常在这个时间是什么样子的，所以她没有马上就担心，她相信几分钟后，西利娅就会像平时一样出现在学校的飞行车上的。然而，校车来的时候，老师确认姬丝也不见了，卢的脑子顿时一片混乱，再也找不到半点安慰自己的借口了。她的女儿失踪了！现在怎么办？她应该采取哪些措施？她该怎么跟她的朋友们解释……他们会认为这是她的错。不过，谢天谢地，她不是唯一需要担心的人，那个著名的博士的女儿也失踪了。

老师向苏斯·凯尔文说明情况时，卢就在一边听着。凯尔文简直不敢相信老师所说的话。她坚称这不可能，并认为学校应该进行彻底的搜寻。学校是在苏斯去公司开会的路上联系上她的，所以她现在没空处理这件事，再说，这是学校的责任，不是她的错。当然，她要求学校时刻向她汇报最新情况。如果他们需要关于她女儿的任何信息，都可以问她的朋友菲。把她们共同的朋友给扯进这件事，这是卢最不愿看到的。

卢和老师报了警，并通过学校来追踪早期的调查进展。在调查初期，失踪女孩的照片以与时间流逝成正比扩大的半径散布到每一个光学传感器上，并以同心波的形式逐渐向外扩散。一旦有任何监测信号产生，监测图像就会被发送到相关人员手中，以确认图像是否有效。一张、两张、三张图像陆续传来：分别是姬丝走在路中央、西利娅靠着墙边走，以及两人挽着手臂在路上走。身份确认，就是她们。只有她们两人在一起。她们是自主离开的，故学校无须承担责任。

就这样，老师摆脱了责任，而卢则继续在 ROBul 和 ROBbie 的帮助下追踪线索，她坐在她的飞行车里，随时准备飞到任何地方去接女孩回家。搜索波的中心现在集中到了她们最后出现的位置，在学校附近的街道上。下一幅图像：西利娅惊恐地看着一辆飞行车在靠近。如果她们被袭击了，那么下一张照片显示的应该就是她们身受重伤倒在地上，她该怎么办？一贯体贴入微的 ROBul 劝卢冷静，因为如果是这样，那她什么都不用做，警方会负责呼叫飞行救护车。不过现在看来大可不必了，因为就在刚刚，卢和老师看到她俩继续手挽手走路的图像。他们决定就这样一张张图像地追踪下去，而所有图像都在表明，她们距离克拉夫特公司越来越近。

图像停止在了那幢大楼亮闪闪的楼体上。卢和老师还在等下一张图像传来，却什么都没等到。警察通知他们，线索到此就中断了，他们要求进一步追踪，却被告知警方无权获得企业内部的图像。要想看到女孩们，他们必须申请相应的许可。卢和老师至此才意识到，女孩们是进入了克拉夫特公司。ROBul 一边发起授权申请，一边表示，这完全合乎逻辑：西利娅醒来，以为今天要去公司，而她真的去了！但是卢命令它闭嘴：这是机器人逻辑，女儿绝不会不服从母亲，一定是有人胁迫她，说不定就是那个利奥。否则，她们怎么进得去呢？

卢不知道下一步该做什么。她更希望在介入之前能先看到克拉夫特公司内部的录像，但她不知这要多长时间。她能想到的比较大胆的解决方案，是直接联系利奥。若她不这么做，她的朋友们会责备她的。问题是，到底应该向他寻求帮助，还是威胁他，她拿不定主意。谁知道呢，利奥绑架她们可能就是为了取走她们的大脑。这件事要是处理得稍有不慎，那她在朋友面前可就无地自容了。

等这一切都过去，她肯定会变成秃头的。卢必须设法冷静下来。她的美容师不是禁止她承受压力吗？所以她应该让别人来处理这件事。就像凯尔文博士委托给菲一样，她也该把这责任委托给……不能给她的这位朋友，她不信任菲，而是要委托给一位专业人士。ROBul

会去找一个的。克拉夫特公司的人都蛮不讲理，很可能不允许它进入公司，但卢相信机器人自己会解决这个问题。

卢的机器人真的很高效，不一会儿就给她提了一些建议。我们来看看：那个家庭教师，就是啊，为什么卢就没想到呢？西尔瓦娜是个心理学家，肯定很擅长解决这样的冲突。而且，就是因为她建议她们别去克拉夫特公司才导致了这件事的发生，西尔瓦娜当然应该承担起责任，而且还要负责安抚西利娅的坏心情，这样才公平。卢最不希望发生的就是跟西利娅吵架，还有忍受她那些难以捉摸的反应。当然，如果西利娅真是被囚禁在那里了，那所有的功劳也要归那个心理学家了。管他呢，最重要的是卢的压力水平降低了。

***

西尔瓦娜难以理解卢提出的要求。她费了好大力气才弄明白，是卢的女儿失踪了，毫无疑问这是西尔瓦娜的错，不过，她也不知道自己是该去和绑架者谈判，还是去说服一个受不了自己母亲的少女回家。但是，既然是西利娅，那西尔瓦娜就不会错过这个千载难逢的大好机会，因为届时，这个姑娘的完整情感都将被她掌握。

警方分配给这个案子的紧急代码为“X327- 西利 - 姬丝 -345P”，有了它，西尔瓦娜立即获得了一辆紧急飞行车的控制权，这一警方特权让她得以立即起飞，来到了开放空域。突如其来的刺眼光亮让她睁不开眼，而此时 ROBul 的声音通过通信装置传来，不断向她交代已经发生的一切细节。令她恼火的是，她们居然背着她，自愿去参与那个自命不凡的生物工程师的项目。这就解释了西利娅那天为什么行为那么难以理解了，她必须保守这个秘密。那个可怜的小家伙，为了抵抗西尔瓦娜的情感按摩攻势，一定经历了很大的内心挣扎，而这肯定已经把她逼到了自己所能控制的极限了。西尔瓦娜为自己给女孩带来了这样的折磨感到羞愧，但同时，在内心深处，她能感受到一种温暖的愉悦感。她知道，随着这个秘密的揭晓，她一定能完好无损地重新赢得女孩的信任。这想法令她如释重负，于是她睁开了眼睛，结果外面还是太亮，都快把她晃瞎了。

重新闭上眼后，西尔瓦娜恢复了刚才的思路，刚才 ROBul 说的话有了更深一层的意思。现在她想明白了：是她给卢的提醒吓得卢取消了去克拉夫特公司的会面。然而，尽管卢看上去是个很诚实的人，但她并没有承认她们已经去过公司了。如果说一开始西尔瓦娜以为对这种微妙的局面进行干预，是有可能让她争取到女孩的心，那么在她回顾已知的细节后，想到西利娅早上的沮丧心情，还有女孩们在街上走的画面后，她发现自己才是那个违背了西利娅意愿的入侵者。一想到刚才自己差点站到了卢那一边，她就感到后怕。

比她的眼睛还要“瞎”的，就是她刚才的那种想法了：她居然认为只要把秘密公开，一切隔阂就都会被抹去，这是多么错误的想法。西利娅去过克拉夫特公司有什么关系吗？真正重要的是在那里发生了什么，以及它对西利娅造成了什么影响。西尔瓦娜很清楚她从女孩脑中读到了什么，因此她无法继续自欺欺人了：那显然是一种使一切都变得色彩斑斓的积极情绪。色彩斑斓。她很难找到一种能使自己好受些的解释，所以尽管她对克拉夫特公司和它的走狗们没任何好感，可她也无法将女孩的失踪归咎于他们。最坏的情况是，那个年轻人会从中获益，天晓得他会有多少收获呢。西尔瓦娜连想都不愿去想了。

再次睁开眼睛时，她已经飞到克拉夫特公司大门前了。她不得不承认，在组织能力方面，技术派已经取得胜利。她早就听说过这种独家的超高速交通方式，现在她亲身体验一番后，可算是明白为什么人们有时会把反技术派称为寄生虫了：因为，尽管反技术派总是批判技术进步，但他们最终还是尝到了技术进步的甜头。但西尔瓦娜立即为自己产生了这种想法羞愧不已。她下了飞行车，决心要将自己的信念坚持到底。

卢和两个机器人已做好了跟利奥进行通话的准备，正在等她到来。她们已告诉了西尔瓦娜一切，因此无须多浪费一秒钟。西尔瓦娜一抵达，她们就催她以个人的名义开始谈判。姬丝的母亲在得知女孩可能就在公司以后，变得非常紧张，于是她命令所有人，没有她的授权就什么都不许做。因此，现在他们这么做是为了确保凯尔文不会发现他们无视了她的命令。

通信请求立即就被接受了，但通信协议处理刚开始，她们就被拒绝了，因为信号的发送者并不能被识别为线路所有者。不过，ROBul还没来得及处理，连接就被重新激活了，利奥出现在了显示屏上：

“下午好，卢。你改变主意了吗？”

他难道没有廉耻之心吗？西尔瓦娜想。不管那个女孩是自己想去还是被迫的，他竟然这样当面羞辱她的母亲，提醒这位母亲的决定对女儿毫无约束力，这真是太过分了。西尔瓦娜没有立刻回应，这让这个年轻人意识到他并不是在和他以为的那个人说话，他担忧的表情立刻变成了不耐烦。他认出了西尔瓦娜。就在他准备切断通信前，西尔瓦娜开口了：

“我代表西利娅的母亲。”她用律师的那种庄严语气说道，“西利娅必须马上回家。如果你想进一步记录她的大脑，你可以提出要求，我们会予以考虑。”

“告诉她，我很高兴她改变了主意。这是一项非常重要的研究，不仅对公司，而且……”他摇了摇头，“等等，既然你不相信这个，那你为什么还要充当中间人呢？”

这下西尔瓦娜被搞糊涂了。他居然默认中间人是必要的，然而，作为绑匪，这反应似乎太随意了。绑匪应该遵循自己的策略逻辑才对。除非他是个狡猾的骗子，否则这事情有些不对劲。她自己对这个项目的看法很重要吗？

“我个人当然不会赞成这项研究。我担心的是那个女孩。”

“我也担心她，相信我。她有着独一无二的心灵。我会尽一切可能再录制一次。”

西尔瓦娜感到脊背一股凉意：她也想说同样的话，或许表述方式不同，但意思肯定差不多。她痛恨自己会这么想，又觉得自己和这位对手立场太相近了，无法与他对抗。和他一样，西尔瓦娜现在就想知道女孩的感受。她嫉妒他，她真的嫉妒他！她现在才敢确定，那个女孩的确选择了和他在一起。于是她突然慷慨地提出了一个提议：

“请向我们证明女孩没事，好让卢放心。”

“对不起，我不明白。你们想让我给你们看什么？那天的大脑活动记录吗？我可以向你们保证，它不会对她有任何长期影响。我怎么才能证明她没事呢？”

“让我们见她，和她说话。”

利奥过了一会儿才做出回应，而西尔瓦娜听到这回答后彻底糊涂了。

“你们不知道她去哪儿了……为什么不早说？我们本可以节省……不是吗？”

“我们知道她此刻就在公司里。”

“你们有她的影像吗？”

“我们正在等待授权。”

“我现在就查一下。你知道她是和谁一起进来的吗？”

“什么？她没和你在一起？”

“没有。有消息请及时通知我。我会尽力加快授权流程。”说完，利奥猛地中断了通信。

就在两个女人讨论对刚才这段通话的看法时，警方的紧急通告打断了她们：在克拉夫特公司大楼前的公路上发现死尸，该有机尸体正在被运往人类物质回收中心。等分析结果一出来，警方就会告知她们尸体是否与 X327- 西利 - 姬丝 -345P 案件中的两名失踪人员有关。

西尔瓦娜好几次张开嘴，却一个字也吐不出来，卢则听从了 ROBul 的要求，联系利奥，问他们是否掌握了更多的信息。

24

西利娅觉得自己眼睛只合上了一秒钟，但是当她睁开眼时，姬丝已经不在她身边了，平台上四处都不见她的身影。很难相信有飞行车会这么悄悄地降落把她接走了。一定有人，比如她的妈妈，从里面打开了门。她站起来，满怀期待地走过去，但走廊里的寂静似乎比之前更有敌意。为什么把她一个人留在这里？不管姬丝有多么生气，西利娅都无法想象她会这样抛弃自己。是的，是她害得姬丝陷入了困境，可怜的姬丝当时真的很害怕。为了让她平静下来，弥补自己的过错，西利娅已经同意，等她们脱险后，她会让姬丝把自己的头发剪了。剪头发是一回事，但把西利娅一个人丢在这里完全是另一回事……突然，西利娅眼睛一亮：谁说她被困住了？

她冲到那个小洞跟前，把手伸了进去，急切地想听到那句能安抚心灵的良药“身份识别：利奥 -1”。什么都没发生，系统依旧保持沉默。她不愿相信这一切，朝着开口冲了过去，结果双手和前额猛地撞在了薄膜上，由于骤增的动量，薄膜变得异常坚硬。疼痛难忍的她失去了理智，气急败坏地敲打着薄膜，摸索着能钻进去的缝隙。尽管她的处境并没有比之前更糟，但她觉更糟了。

西利娅已经无计可施，只好从口袋里取出戒指，迫使自己冷静下来。妈妈会教她怎么做的，她要做的就是找一个位置，把戒指对准天空。为了选一个更好的视角，她颤颤巍巍地走到平台的边缘，不小心碰到了之前的那根杆子，这让她回想起了姬丝那歇斯底里的尖叫：“我要摔死了，我要摔死了！”西利娅的喉咙顿时哽住了，就在这个瞬间，她化身成姬丝，随着一阵剧烈的眩晕，她觉得自己马上就要跌入这万丈深渊。

西利娅紧紧地闭上眼睛，和她攥着戒指的那只手一样紧。她小心翼翼地向后挪动，最后靠墙坐了下来，心如鼓擂，四肢麻木。她拼命地想甩掉脑袋里的那些念头和感觉。她真希望自己从没想过要来这里，也没有带上姬丝……“不，姬丝，不！”她的喊声只有她自己能听见。她的朋友是不可能绝望到跳下去的，她肯定是去了别的地方，只是她现在太沮丧了，想不到而已。她妈妈会帮助她，和她一起筑起屏障，把那些不好的念头抵挡在外，就像妈妈在她病重时做的那样。她一定能摆脱那恐怖的坠落感。

透过戒指孔，她贴着墙壁向上爬，想要寻找一片天空，再小也没关系。她不得不躺到地上来寻找一丝蓝天的微光。终于，她找到了天空：妈妈，妈妈！泪水再一次模糊了西利娅的双眼。太可怕了，妈妈，如果姬丝死了怎么办？都是我的错，她本不想来，是我硬拉着她来的。噢，不！我在说什么呀？我没有拉她，没有，我根本没有碰过她。噢，妈妈，我不知道自己在说什么，我都晕了。还有利奥，他们会开除他的……那也是我的错。是我毁了一切。我干吗这么想来这里呢？我最近变了不少……我以前从来没有逃避过，对吧？“如果你迷路了，不要惊慌，要思考。”这是小时候我们去人多的地方时你告诉我的。我得思考……可是这里一个人都没有，没有警卫可以求助，没有商店可以进去。我唯一的希望就是有人在走廊路过……从我现在的位置，我甚至看不到他们！她伸长身子，好让自己透过开口看进去。一张被薄膜扭曲了的女人的脸出现了，差点把她吓死。她抑制住躲起来的冲动，认出那是姬丝的妈妈在向她做手势。姬丝的妈妈回来救她了。她最初的想法，那个最简单的解决办法居然是对的……她何必想象那么多可怕的情况来吓自己呢？

西利娅看懂了她的手势，她是在告诉西利娅再等一会儿，她得先去拿什么东西，马上就回来。不过，西利娅似乎还看出她暗示自己先藏起来，免得被人发现。她一定是想趁人不注意把她们带出公司。西利娅以前一直对她怀恨在心，但现在她简直有点想要感谢她了：如果利奥不知道这整件事情，那就太好了。

没过多久，那个年轻人的身影就出现在了开口对面的门里，就像是被她召唤出来的一样。西利娅急忙退后一步躲了起来，可她觉得他已经看到自己了。她绝望地紧贴着墙以免被看见，但一切都是徒劳的，他的脸已经像刚才那张女人的脸一样扭曲着出现在了薄膜的对面。西利娅心想，既然已经被发现了，再假装没看见他，就太不礼貌了。于是她站出来，面对着他，双手交握，既是求他帮忙，也是求他别生她的气。

利奥紧张地透过薄膜四下张望，好像除了西利娅，他还在寻找别人。失望的西利娅下意识地往侧边挪了挪身子，以免挡住他搜寻的视线。看他的手势，西利娅明白了，他需要测量平台的大小，他打算坐飞行车来接她。他来救她了！西利娅欣喜若狂，但当她刚想提醒他已经有人要来救她，这个年轻人却已经跑开了。真是一团糟！如果是姬丝的妈妈来带她离开，那好处就是利奥不会发现整件事。然而，如果是被利奥救出去……那简直是美梦成真。如果只是两种情况之一那不论怎样都挺不错的，可要是两种同时出现，那就绝对是一场噩梦了。谁会先回来呢？要是凯尔文先到，西利娅打算劝她先别管自己，先去救她自己的女儿，西利娅可以解释说卢已经在来接她的路上了，这么说挺合理的。

不幸的是，他们俩真的同时到了。飞行车还没停稳，姬丝的妈妈就解开了安全带，像个疯子一样跳上了平台。

“我们得尽快离开这里，孩子。”

“谢谢你来接我，”西利娅边说边试图拖住她，并问道，“姬丝在哪里？”

“别提她了。不能让任何人知道她来过克拉夫特公司，你明白吗？”她全然不顾西利娅的疼痛，使劲扭着她的手臂把她拽向开口。

西利娅一路都在挣扎。无论这个女人戴不戴墨镜，西利娅都还是很讨厌她。她不明白这人为什么要用这么吓人的口气跟自己说话。姬丝的妈妈竟然是这样一个人，她的生活肯定很痛苦。

西利娅刚要逃跑，女博士就一下子朝她猛扑过去，将她往前一推。幸亏利奥从飞行车里一跃而出，及时阻止了她们。紧跟着跑出来的是惊恐万状的西尔瓦娜和卢，一见到她们，西利娅不假思索地也跑了过去，她紧紧抱住的不是她的母亲，而是她的家庭教师。事后西利娅也不知该如何解释这个冲动的行为，并为这番冲动很是脸红。此时，她内心积蓄的全部压力顷刻间奔涌而出，让她浑身发起抖来。

西尔瓦娜欣喜地感受到了西利娅的每一波颤抖，它们化作一股股暖流传遍了西尔瓦娜的全身。她的视线和思想都模糊了。她那双灵巧的手自行伸向西利娅背上的那些神经痛点。两人前些天共有的回忆引起了一阵共鸣，为她俩创造了一个二人空间，将其他人隔绝在外。

接着是一段长时间的沉默，气氛尴尬无比。凯尔文博士首先打破了僵局：

“看得出来，你们都已经了解刚才发生的事情了，我希望你们能尊重我的意愿：今天的这一切都与克拉夫特公司无关，明白吗？”她凶狠的目光恨不得在卢身上烧出一个洞来，想寻找一个不可能达成的共识。可惜，卢压根儿没听她说话，卢早就被刚才那一幕吓得魂不附体了。“我今天失去了女儿，如果还被解雇了，那可真是双喜临门了……也许你也会被解雇，马尔 10。”她似乎改变了策略，开始从其他人那里寻求配合。

“这件事对你的影响是最大的，但对其他人来说，”利奥扫视着每一个人，目光又在西利娅身上多停了几秒，“这事在哪儿发生有什么关系呢？无论是发生在公司内还是公司外，事实都是一样的。不用担心，我什么都不会说的。唯一的问题是那些记录……”

“记录都在我手上，没有人会看到它们的。”她就这么用一句话解决了公司内部的问题，现在她需要确保公司外部也保持沉默，于是她恶狠狠地对两位女士说：“我想你们都不希望我起诉这个女孩吧？我不会的，只要你们永远不提今天的事与克拉夫特公司之间的关联。希望你们把那个名字从你们的脑子里抹去，懂了吗？今天有两个女孩从学校逃了出来，在街上发生了事故。这就是菲需要知道的全部内容。”她的目光牢牢地聚焦在卢身上，“也是所有其他人需要知道的全部内容。现在，失踪案告破，作为受害者的母亲，我会同意警方结案。如果发现有人泄密，或者有谁诽谤克拉夫特公司，”她的眼神就像一把匕首，“我会动用公司的一切资源让你们吃不了兜着走。”

对在场的所有人来说，这个威胁完全找错了对象，而利奥比任何人都更清楚威胁背后的动机。尽管如此，两位女士经过简短的商量，考虑到她失去了女儿的悲惨遭遇，她们决定遵从她的意愿。众人中，西利娅是最困惑的一个，因为她把“失去”这个词完全按字面意思理解成姬丝在溜出学校后失踪了。她不明白为何要起诉，也不明白发生在街上的事故是什么意思。西利娅躲到卢的身后，想让养母重新充当起她的保护者的角色，以弥补她之前对西尔瓦娜过于热情可能造成的不良影响。西利娅选择了保持沉默，以免再次惹怒博士。在她心里，这个坏人比原来更坏了。

在确信目的已经达到后，苏斯·凯尔文把手伸进了小洞。傲慢地离开平台时，她头也不回地甩给他们最后一句话：

“如果未来几天能像我预期的那样风平浪静，那我会为你继续研究扫清道路，并将肯定你的研究进展的报告呈交克拉夫特博士。”

赤裸裸的敲诈。利奥心想，他假装没注意到她那句话里隐藏着叫他跟上一起离开的暗示。现在西利娅就在身边，他可不想浪费这个为下次会面安排日期的好机会。自从他得知两个女孩偷偷溜进了公司，他就一直在怀疑是卢单方面取消了会面，也一直想找机会证实这一猜测。说不定那位反技术派家庭教师的恶劣影响也与此事有关。

和他一样，两位女士和这个女孩都有属于自己的秘密，但没人敢公开袒露它们，每个人都在猜测自己是否有可能跟心仪的人独处。当然，卢除外，因此现在她占了上风：

“女孩需要休息。”她扶着西利娅的肩膀，想护住她进入飞行车。

利奥快步走上前来。鉴于是他开车送她们俩上来的，他便提了个请求：

“我陪你们下楼。”他说着，轻轻地拉起西利娅的手，扶着她走进楼里。

利奥返回来拉起卢的手，把她也带进楼里，然后看向西利娅。女孩看年轻人的眼神中流露出的那种好感，全都没有逃过西尔瓦娜的眼睛。和他那双僵硬的手的短暂接触让西尔瓦娜想起自己已经多久没跟亲技术派交往过了。上一个是朱尔，那是她人生最大的一场挫败。正是因为他，西尔瓦娜才坚信这种障碍不可逾越：僵木永远无法化为血肉。她怜悯地望着利奥，继而同情起西利娅来。他们俩太不一样了。

在下楼去停车场的路上，卢说了句出人意料的话，让情况更复杂了：

“ROBul，给西尔瓦娜叫一辆出租飞行车，”她朝着西尔瓦娜点点头说，“我们要直接回家了。”

这让在场的人都大吃一惊，尤其是西利娅。她本已经接受了这么一个现实：既然要去康优享受一次按摩来减轻心里的不安，那只好暂时跟利奥道别。她惊呆了，可是她又不敢再次违抗母亲，只好给了西尔瓦娜一个暗示的眼神。

“她明天最好还是别去上学了，”西尔瓦娜迅速做出反应，“应该给她一片安眠药，让她得到尽可能充足的睡眠。”她没有明说，但她想确保卢不会跟西利娅提姬丝的事，“你也不必担心，我明天一大早就会来帮她消化今天发生的事情，到时我们再做一次情感按摩，好吗？”她这是在跟西利娅说话，眼睛却在看着卢，好在，从她的眼睛里可以看出卢没有反对。

“打扰一下，”利奥打断了她们的谈话，其实他早就想插话了，“没必要叫出租车，我有飞行车。如果你愿意，我可以送你去任何你想去的地方。”只要能让他融入这个女孩的世界，他什么事都愿意干。很显然，这个家庭教师在其中扮演了至关重要的角色。

西尔瓦娜没料到这提议会出自一个亲技术派成员之口。通常，他们这种人无论如何都不会偏离自己的轨道的。有那么一瞬间她竟然天真地被感动了一下，但她立刻开始怀疑他一定是想从中得到些什么。不过，那又怎样呢，这是一场她很久没有参加过的战斗，这个新对手和当年的朱尔有几分相似，或许这正是一次为自己洗刷当年耻辱的复仇良机。

他们花了很长时间商量下一步具体该干些什么，忍无可忍的卢差点就把他们统统赶出飞行车。终于，在西利娅的支持和西尔瓦娜出人意料的默许之下，利奥终于让卢答应下周再带西利娅来一次公司，以完成尚未完成的会面。

25

即便西尔瓦娜再不乐意，她也不得不让 ROBco 来驾驶这飞行车。利奥坦言：“这要比我来驾驶安全得多。相信我，这是种新式设备，我还从没驾驶过。”她本以为自己能和这个年轻人单独在一起，可这个机器人的存在让她浑身不舒服，这是一种比违背原则所造成的不适更深层次的不自在。尽管她竭力想掩饰，但她清楚地知道，这种抗拒来自更深层的原因，来自重新冒出来的朱尔的形象，随之而来的便是想重温与一个亲技术派成员激烈辩论的渴望。现在倒好，她不得不在一个铁皮人面前说话了，这个词用在这里真是再贴切不过了。现在这个机器人就在他们身后，她都还没看到那鬼东西就已经觉得自己被它监视起来了。在一场激动人心的辩论战中冲锋陷阵的迷人幻想眼看着就要化为乌有了。

然而，她也没有指望这位对手会配合她一言不发，利奥早就决心要从这趟旅行中收获点什么。面对她的沉默，他肯定不会罢休的。

“请允许我问一个问题……明明机器比我们更胜任某些任务，为什么你们这些人就那么难接受这个事实呢？”

利奥用一种居高临下的姿态向西尔瓦娜靠过去，这让她有一种想揍他的冲动。这傻子把她当什么了？她侧过身，就好像在寻找身后的什么人：

“你是在用复数人称跟我说话吗？还是说，你的机器人不能接受它比……‘我们’的驾驶技术更好？”西尔瓦娜眼中满是嘲讽，“顺便问一下，你说的‘我们’是指谁？”

利奥怔了一下。他知道她不太喜欢自己，但他本以为把她送回家的举动多少能改善一点他们之间的紧张关系。他对她刚才说话的口气很失望，这和她今天一直用的那种正式口气比起来简直判若两人。

“对不起，如果我无意中冒犯了你，那我道歉。相信我，我完全尊重你的观点。”

“你知道我的观点是什么吗？”

“就是反技术派的观点。”利奥停顿了一下，似乎不太敢说出自己的想法，“要知道……你是我亲眼见到的第一个反技术派。”

放马过来呀。他居然没想吵架……但这么好的机会可不能浪费。

“怎么？你觉得我很古怪是吧？”西尔瓦娜猛地转身面对他，结果用力过大，导致座位上的人体工程学弹簧把她自己弄疼了。这种先进的技术是挺好，但设计者从未想过乘客之间可能会互相交谈。

“没有……”利奥强迫自己把头转了过来，这个动作在这种环境里完全得体，而在西尔瓦娜看来，这是个典型的机器人动作。“实际上，刚才在我们寻找西利娅的时候，我还没想到这个问题，是那个女孩拥抱你的样子让我想起来的。”他缓缓地说完这句话，好像仍然无法从那一幕的情感冲击中缓过来。

现在轮到西尔瓦娜摸不着头脑了。她原本还在准备迎接亲技术派的疯狂反扑，或者因她不敢直面年轻人的攻势而遭到无情蔑视，毕竟他们这类人必然是一味遵循亲技术派的严苛教旨行事的，可是万万没想到，他居然主动提起西利娅和那个拥抱。朱尔就绝不会任由她把争论的话题引向这个领域，因为对他来说这种事情都无关痛痒，他们要把精力集中在那些决定未来走向的重大挑战上。

“你大概从没见过拥抱吧。”她本可以在这句话中夹杂些讽刺的意味，但她决定先不这样做。

“没见过那样的拥抱。”

这个年轻人的坦诚令她猝不及防。她自己也从来没见过那样的拥抱，更不用说亲身体会。光是想想那种拥抱，她就汗毛直竖。

“她是个超凡脱俗的女孩。我是不会允许你为了克拉夫特公司的利益让她遭罪的。”

“我猜就是这样：是你反对她来会面的。而且，实际上，我不明白这是为什么。我也觉得西利娅是个了不起的孩子，而这正是我的项目如此需要她的原因。她自己很乐意参与其中，会面也并不会给她带来任何伤害。”

“你不觉得你已经对她造成够多伤害了吗？在那样的情况下失去一个朋友可能会使一个人遭受终身的创伤。一个世纪以前，这样的悲痛是会持续数年乃至一生的。你根本不可能理解这些，我一直都在深入研究，可就连我都理解不了。”

“先等一下，我们应该一步步来分析。她们今天出现在公司和我这个项目没有任何关系。而当这个女孩坚持要确定下次会面的日期时，好像她并没有受到今天这件事的影响。”

“看得出来，她的行为在你看来很正常。但原因是显而易见的，只要不是傻子都看得出来：她并不知道她的朋友已经坠楼了。而如果她没有进入公司的身份码，这一切就都不会发生。”

“下次我会再谨慎些，她一离开我就会取消她的身份码，但你别再阻止她来了，好吗？”利奥的语气近乎是在恳求，“而且，让她来说不定还能缓解你刚才说的那种创伤，上次她来就玩得很开心，你可以自己问她。而且，记录大脑信号并不会造成伤害。”

“你怎么会这么天真？你甚至都不知道为那家公司工作对你自己有没有害。你现在打算做什么？从一个小女孩身上榨取感情，为了造出一台有感情的机器人？”

“不，不是的，求你了。我在上次的派对上就跟你解释过：这是用来提高人类创造力的，”利奥希望这么说能让他的话听起来更舒服些，“我是要研发一个能激发人们创造力的助手。”

“想法是不错……但你自己信吗？”

突然，一个中性的声音打断了谈话：

“**信息：**我就是一个例子。”

西尔瓦娜吓了一大跳，结果又撞在了椅子的弹簧上。她对这场对话太投入了，完全忘了他们身边还有一个沉默的旁听者。

“它是什么意思？你把从西利娅身上榨取到的东西放到这玩意儿里面去了？”她指着那机器人大声嚷道。只要再做一个错误的动作，她的背就会被这把椅子摧毁了。

利奥已经快要失去耐心了。他后悔提议送她回家了，因为他非但没有赢得她的信任并让她允许西利娅来克拉夫特，结果还适得其反。

“请你冷静一下，没人伤害过西利娅。ROBco 的意思是它身上安装了我们正在研发的义体原型。所以你看，我才是小白鼠，那个女孩并不是。”利奥无可奈何地总结道。

看来果真如此，这可怜的孩子，实在太天真了。西尔瓦娜想。“而你却对此毫不介意？”

“对啊，想想看，这个设备是我设计的，它可以帮我扩展我自己的能力，我有什么好介意的？”他也没想到自己居然会如此卖力地维护博士的项目。

“用机器增强人类能力的确是个不错的主意。如果没有远程操纵设备，外科医生就无法在微观尺度上做手术；如果没有因费勒斯信息公司，我们就会在做一切决定时都犹豫不决……其实我反对的只是机器人，以及它们和主人建立的那种联系，它侵占了太多人与人之间的亲密时间与空间。你自己也说过：你不需要其他任何东西的帮助……可是到头来，你还是变得和机器人一样木讷。”

“这就是反技术派最让我搞不懂的地方了。”利奥再也忍不下去了，“你们根本就没搞清楚，把一切都混为一谈了。我说的是扩展能力，而不是加强能力。你喜欢的那些设备固然很有用，但它们只会放大我们已拥有的能力。而我说的是创造新的技能，拓宽我们的能力范围。比如，ROBco 就……”

这是西尔瓦娜第一次专心地听他说话。她得承认，这个年轻人真的很擅长钻牛角尖。在这方面，他的确很像朱尔。

“**提问：**你想要一个建议吗？”在征得利奥的同意后，机器人继续发言，“尽量不要重复自己的话。我已经被你用作例证了。很显然，她不喜欢机器人，因此你应当换一个她感兴趣的例子。”

“它这样跟你说话，你没觉得是一种侮辱吗？”

“怎么会呢？它的这个建议很不错啊。事实上，正相反，我非常高兴义体正在发挥作用。”

毫无疑问，这个白痴的内心和外表一样木讷。现在他就要按机器人说的去做了。

“那你猜猜看，我对什么感兴趣？”

“对西利娅感兴趣，或者更确切地说，是对她的情感感兴趣。当然，必须是在我们把她的情感全部榨干之前，因为那样你会空手而归的。”利奥自己也没想到他的猜测会如此准确，“你希望拓宽自己的什么呢？比如，你自己的情感清单？”

从西尔瓦娜的脸上，利奥可以看出，这些猜测全部正中要害，而她仍想不明白这些毫无责任心的人为何会猜得那么准。

“很好，算你对了，那应该怎样做才能恢复那些已经消逝的情感呢？”

“如果它们已经灭绝，那它们一定曾经在某个时刻存在过。那现在我明白了：你对那个女孩感兴趣，是因为现今你已无从寻找到那些情感。可是我刚才说的，是从未存在过的全新情感。”

“好吧，那你怎么创造它们呢？”

“我一时还想不到……我不知道。”利奥的大脑正在高速运转，他需要充分利用这个机会，“或许我能想到的最接近的东西就是……情感就像一块色盘：悲伤是黑色，愤怒是红色，宁静是蓝色……只要组合这些基本色彩，我们就可以获得更多的色彩。我想你一定已经知道，只要确定了一组基本情绪，那么……”

“是的，情绪一共有 7 种。但并不是所有情绪都能互相兼容，也不是所有情绪都可融合……”

“色盘只是一个类比。对我来说，情感是神经系统的激活模式，因此它们互相之间可以相加，也可以相减……但重要的是，你需要找到一个涵盖所有情感维度且能受你支配的基本模式。”利奥受到了这个女人直率而坚毅的眼神的鼓舞，那眼神不再那么有攻击性了，“也许我们缺失的就是这种维度，也许我们只是一味地在一个受限的色彩空间中折腾，比方说现在只有蓝色和红色，而我们需要的是发现黄色。”

“一个全新的维度，我前几天还和一位同事谈起，问题在于怎么找到它。”

“可以尝试用颅内刺激装置，不过，产生的可能性太多了，所以……”利奥的话戛然而止，“我看得出，你已经开始对生物工程有点兴趣了。”此刻，他们的飞行车已经在康优公司前着陆了，而西尔瓦娜还迟迟没有离开的意思。“在你下车前，我还想问你一个问题：你知道那两个女孩为什么要溜出学校去克拉夫特公司吗？”

“你看，这是一种创造性行为：如今已经没有人逃学了。你应该了解的，这是你的专长。”

“这是凯尔文博士女儿的主意，还是西利娅的？”

“你不是把她的大脑活动都记录下来了吗？”西尔瓦娜把自己的手平放在他的胸口，她和朋友们争论问题时经常这么做。利奥腼腆地往回一缩，她立即把手拿开，“对那些记录做一个深入分析，也许你会找到答案。”

“如果我找到了，你希望我告诉你吗？”

“这是我的私人联络器。”利奥吃了一惊，首先是因为她居然会用这种东西，其次是因为她居然把它给了他，“任何与西利娅有关的事我都感兴趣，另外，如果你想出了创造情感的办法，也请告诉我。”

就像在半路中二人都恨不得这次旅程快点结束一样，现在旅程真的结束了，他们却都希望旅程能再长一些。这两个人，一个在想需要给 ROBco 添加些什么才能让它按照他的意愿调整车速，另一个则一边说着再见，一边鼓励对方使用联络器。如果飞行车的车窗是透明的，那么西尔瓦娜转身目送它起飞时就会惊讶地发现，利奥正把手放在胸口，放在她刚才放的那个位置，但她不会知道那个动作代表了什么。

5

情感传输

26

“最纯粹的痛苦”。

这个短语如外科手术般精确地描述了西利娅目前的状态。如果让西尔瓦娜把西利娅当作研究对象，并将她的症状纳入样品库记录并归档的话，那么在对正在遭受精神冲击的西利娅做出诊断时，她就会那样写。她是有备而来的，她知道，在向西利娅说明姬丝的死讯时，必须委婉，必须非常委婉，还要帮她脆弱的身体上那些神经痛点做一些按摩，以减少这一噩耗可能对她造成的冲击。然后，西尔瓦娜会陪伴她度过整个悲伤期，西尔瓦娜已为此准备了一整夜。这个女孩急需帮助来接收、消化和排除这个信息。100 年前，这 3 个阶段或许需要好几个月才能完成，而如今，尽管这种情况几乎不可能发生，但万一真的发生了，也只需区区几小时。

西利娅趴在床上，仍旧穿着昨天的衣服，脸上露出西尔瓦娜所见过的最悲伤的神情。西利娅双眼半闭，眼神迷离，甚至没有意识到西尔瓦娜的到来。西尔瓦娜走进卧室，一见到这副惨相，就感到一阵腿软，不得不坐了下来。在床头附近，女孩的机器人正目不转睛地望着自己的主人。

瘫坐下来时，她发现卢正噘着嘴，一脸不乐意的样子。不难想象她这脸色的来由：这位专业人士辜负了她。西尔瓦娜努力使自己振作起来，这时，她意识到，一定是有人告诉了女孩发生了什么事，这是她情绪剧变的唯一可能。那个“人”又不太可能是机器人，它们只会服从命令，所以一定是站在她面前的这位高傲的女人干的。事情已经如此严重，她竟还在用轻蔑的目光盯着西尔瓦娜。西尔瓦娜已经不知道自己更恨她哪一点了：是她无视自己的建议呢，还是她使女孩遭受如此这般的痛苦。

“你为什么非要告诉她？”西尔瓦娜从嘴角轻轻挤出这几个字，以免让西利娅听见。

“你绝对想不到她有多难缠。她一直缠着 ROBbie 不放，居然触发了它的警报，然后 ROBul 只好把我叫醒了……在凌晨 3：00 的时候！是的，我是授权它把一切都告诉她了，但那又怎样？你本来就打算今天早上告诉她的，不是吗？”

“话是没错，可是……”西尔瓦娜不打算费力气去让卢理解其中的区别了，“那她当时有什么反应？哭了吗？”

“我也不知道，我起床的时候她就已经这样了。我想我们应该通知当初唤醒她的诊所。可怜的西利娅，她冬眠了这么长时间，也许她时不时地这么没精打采是正常的后遗症，不过诊所应该提前警告我的。”

西尔瓦娜觉得跟这个没头脑的人说再多也是白费口舌，她下意识地转向西利娅，不知道这女孩是否听到了这些屁话。尽管很不请愿，但她不得不承认，就连那个机器人也能比卢提供更多的信息，但是，目前她还不想屈尊去主动跟它说话，除非最后迫不得已。

“让我们单独待一会儿好吗？我要给她做每天例行的按摩。”

尽管这有些出乎意料，但卢听到这句话后，脸上露出了毫不掩饰的满意表情：专业人员已经接手了这个烂摊子，于是她配合地带着ROBul离开了。若躺在床上的不是西利娅，西尔瓦娜肯定会向卢明确表示，由于卢和机器人无视她的指示，她无法保证治疗效果。

西利娅的身体绵软无力，西尔瓦娜走过去时也一动不动。她膝盖微微弯曲，一只手垂悬在床边，几乎触到地板。那双眼睛和以前一样暗淡无光，但西尔瓦娜相信它们正盯着自己看。她在西利娅脚边坐下，轻柔地抚摸着她的双脚，尽自己所能不引起她的反感。女孩依然毫无反应，对按摩既不接受，也不抗拒。西尔瓦娜非常清楚，必须耐心等待刺激手段产生作用，以打破重重心理屏障，重建那座已被摧毁的心灵之桥。

她不停地按摩着，直到她注意到女孩的脚开始主动迎合她的手。她抬头看，女孩也抬头看看。那股刺痛感是那么强烈，已经淹没了一切感觉，西尔瓦娜确信自己永远也不会忘记这一刻。周围十分安静，她最好把注意力集中在身体的接触上，她不想让语言成为她们之间本来就非常脆弱的沟通纽带的障碍。西尔瓦娜保持着与她的目光接触，同时用自己灵巧的双手顺着西利娅蜷曲的双腿向上移动，越过她的臀部，滑过她的两肋，经由她的背部，最后到了她的脖颈根部。西尔瓦娜能感觉到那一团肌肉因紧张而僵硬，于是，她小心翼翼、专心致志地把这团肌肉结解开，将那些紧张的肌肉一块一块地安抚放松。西尔瓦娜明白，当前的情况异常微妙，等她停下来准备和西利娅交谈时，情况会变得更加微妙。她是不会让按摩戛然而止的。

西利娅已经不再是从前的自己了，这种感觉已经有一段时间了。她从思想的深井中逃脱出来，变得只剩下一双只会凝视的眼睛和一堆没有生气的皮肉。现在情况终于开始有所好转。见到这么一张友善的面孔，让她的身体活转过来，她不再是她自己了，她变成了一段韵律。一道来去不定的波浪将她翻滚，将她托起，最后将她化作了一朵任凭波浪摆布的火花。终于，在眼前这双充满魅力的蓝眼睛的呵护下，她突然坐了起来，用比昨天在克拉夫特公司更热情的拥抱给了西尔瓦娜一个巨大的惊喜。这个拥抱也更湿润，因为她憋了整整一晚的泪水如暴雨般倾泻而出。

她们一直这么拥抱着，就像时间停止了一般，谁都不愿放开对方的身体。西利娅的哭声停歇后，她抱着西尔瓦娜低语道：

“我想死，这样就能见到爸爸妈妈了……”她哽咽了，再一次泪如雨下。

“别说话，亲爱的，你会好起来的，放心吧。”西尔瓦娜更用力地抱着西利娅，但察觉到对方有些抗拒，便松开了双臂，发现西利娅的泪眼中充满了绝望。

“连你也想要我闭嘴吗？”

“当然不是，你知道我多么希望你能告诉我发生了什么。我只是觉得让你今天说这些会让你更难受。”

“你早就知道了，对不对？你们全都知道，而 ROBbie 是被逼得不行了才告诉我真相的。”西利娅移开了目光，像是在收回自己的信任。

西尔瓦娜握着她的手，西利娅需要保持这种肢体接触。

“它到底告诉你什么了？”

“你是不是还有什么我不知道的事情不敢告诉我？”西利娅的自尊心已控制住了眼泪。

“我不是这意思……”现在西尔瓦娜必须字斟句酌，“但我更希望他们什么都没告诉你。”

“接下来呢？你想把我赶出学校，好让我永远蒙在鼓里吗？”

“不，不，不会的！”西尔瓦娜大喊着，紧紧抓住了西利娅的肩膀，“我是想要对你好啊，你是知道的，对吗？”西尔瓦娜轻轻地摇晃着西利娅，坚定地注视着她的眼睛。

“姬丝的死是我的错。”西尔瓦娜早就为这句话做好了准备，可是现在她几乎窒息了。“我真该跟着她跳下去……我到底在这里干什么呢？痛苦不堪，还毁掉了一切。就算当初那肿瘤要了我的命，我都比现在好过一些。”

沉默如沉重的石头一般砸在了她们之间，西利娅没能得到她所需要和渴望的、她跪下来祈求都想得到的安慰……西尔瓦娜并没有回应的能力。现在，是西尔瓦娜被送到了另一个世纪，而在那里，按摩无济于事。她好像用了一生的时间才做出了反应，她勉强地从齿间挤出了一句话：

“要是你妈妈……她会怎么做呢？她会怎么说？”西尔瓦娜的双眼放光，心中的虚空裂开了一个缺口，一片全新的空间正将她吞噬，“她会做些什么来让你好过些呢？”

西利娅的手下意识地伸向口袋，取出了戒指。先前的悲痛欲绝使她几乎忘了使用它。此刻，她出神地端详着它，仿佛它是一个幽灵。她是那么全神贯注，因此被西尔瓦娜的下一个问题吓了一跳：

“这是你妈妈的戒指？”西利娅似乎是用沉默默认了，“戴上它，它会给你力量的，你妈妈一定知道如何让你坚强起来。”

西利娅的回答让她猝不及防。

“这戒指太大了，你来戴上……”她停下想了想说，“戴上然后跟我说话。”

西尔瓦娜觉得女孩的话犹如她背部的肌肉一般清晰可辨，她的手指颤抖着去迎接这个无价的馈赠。尽管西利娅来自二十一世纪，但她仍然是一个小女孩，这个想法使西尔瓦娜平静了一些。这枚戒指多年来都戴在那个西利娅深深爱着的人的手指上，西尔瓦娜紧张地触摸着它，努力从中寻找着灵感，寻找着女孩期待的沟通方式。

“你知道我很喜欢你。”西尔瓦娜的声音带着一种她自己都不愿听到的庄严感，“我并不像你妈妈，我没有她那样的思维，我也没有与她相似的生活经历。我来自另一个时代，我做事的方式与她……还有你都截然不同。”她在绕圈子，应该更直接一些，“但是，如果你能引导我，帮助我，我会努力使你能像对她说话那样对我说话。”

她们之间没有身体接触，只有眼神交流，难以置信的是，西尔瓦娜并不想念身体接触。西利娅那双悲伤而又饱含希望的眼睛发出的电流已经足以传遍西尔瓦娜的全身，直达心灵的最深处。

“我已经告诉过你了：姬丝的死是我的错，是我劝她逃学的，她当时很害怕，可是在她最需要我的时候，我却……”眼泪再次夺眶而出，顺着脸颊缓缓流下，持续不断。

“冷静点，亲爱的，这不是你的错。”西尔瓦娜终于忍不住伸手去擦拭那无穷无尽的泪水，戒指也如爱抚一般在西利娅的脸上轻轻滑过。

“当时我一定是睡着了……她那么焦虑，可我……我本该抓住她，或者跟她说说话的……”

“别再折磨自己了：那种病的根源在她的身上，不在你身上。全是亲技术派鼓吹的那种该死的教育模式害的：只要离开他们的机器人，他们就会完全迷失自我、孤独无助。康优出来的孩子就绝不会自杀。”

“我早该想到。我不该把她和 ROBix 分开，是我把她带到了那上面……太可怕了。”西利娅频繁地眨着眼，不让泪水淌下来，“还有她的妈妈……我明白她为什么那样对待我了。我现在该怎么办？”

“别担心，苏斯·凯尔文不会说也不会做任何事，因为这有损她的利益。”

“这是什么意思？”

“她明确要求我们守口如瓶。而且，如果没人要求，警方就不会再调查，已经结案了。”

“难道就这样结束了？没人关心她是怎么死的？”

“这只是个意外，仅此而已。”

“但是，如果不是因为我，姬丝现在还活得好好的。她预见到了危险：她告诉我，我来自另一个世纪，我不知道这个世界是如何运转的。而我没听她的话，她说得完全正确。我在这里没有任何意义，我本该跟着我的父母一起死掉。”

“你这么说让我很伤心……你能想象你妈妈会有什么感受吗？她希望你活下去。她知道你是一个强大的人，能大有作为。你不是告诉过我她信里是这么写的吗？”

“是的，可是我的所作所为正好相反。”

“完全不是这样。你对卢和对我都很好，而且你对克拉夫特公司的贡献，似乎也让他们欣喜若狂。”最后那句话是西尔瓦娜不得已才说出口的，她明白这是一件强大的武器，可是她从未想到过它究竟有多强大：西利娅顿时变了脸色。

“谁告诉你的？”

“昨晚是利奥送我回家的，记得吗？”现在她真的争取到了西利娅的注意，女孩的全部精神都集中到了她的话上，“他非常有兴趣从你那里再记录一些大脑活动信息，他很肯定自己再也找不到比你更有创造力的人了。”

“真的吗？可你并不喜欢这个项目啊。”

“对，我是不喜欢，但在听了他的一番解释后，我的想法不同了……也许是这枚戒指给了我不同的视角吧。我敢肯定你妈妈会为你参加这个项目感到骄傲的。”

“我爸爸会更骄傲的。他如果进了克拉夫特公司，看到那些机器，一定会兴奋得不得了的。而且如果他在这里，情况一定会大不一样！”又一阵思念之情使西利娅热泪盈眶，“你呢，愿意跟我一起去吗？”

“只要卢不介意……”

卢是另一个麻烦。西利娅已经完全无法与她沟通了，她怕卢会逼她回学校。

“求求你，求求你，”西利娅连连恳求道，“让我每天早上都去康优吧，在去克拉夫特公司之前至少我们可以在那里进行治疗。”

然后……然后什么？西尔瓦娜不禁问自己，她意识到，如果这个女孩只是为了一个盼头而生活，那对她来说会有多危险。西尔瓦娜知道自己想得太远了，但除了让西利娅抱着一个希望之外，西尔瓦娜还有什么别的选择呢？在她考虑到这一点之前，这个希望早就已经在女孩的心里扎根了。

她们讨论着西尔瓦娜该如何跟卢交涉，时间一点点流逝，没起一丝波澜。对话就像从一块石头跳到另一块石头，就像在回避面对深渊时的眩晕感。最后，到了该去面对养母的时候，西利娅才变得不安起来，仿佛即将再次陷入黑暗。但是好在，现在西尔瓦娜能以相对自信的姿态，划出自己的那片领地了：

“喏，你继续保管这枚与众不同的戒指，”西尔瓦娜小心翼翼地将戒指物归原主，就好像它是用玻璃做的，“不过以后你还得再借给我用，好吗？每节课借一小会儿……这样我们就可以像今天这样对话了。关于你、我，还有……她，我还有许多东西要学呢。”她一边总结，一边满怀敬意地注视着西利娅将它放回自己的口袋。

27

按西尔瓦娜的说法，只有深入分析西利娅的那次大脑记录，才可能搞清楚到底发生了什么。于是利奥迫不及待地利用自己在电子创新项目之外的全部闲暇时间来研究这些记录，想要找出其中的隐藏意义，结果却一无所获。他提取的那些指标对测定女孩的创造力天赋毫无作用，而对于找出她偷偷潜入克拉夫特公司的原因更是无济于事。

无奈之下，利奥想到可以利用感知舱将西利娅的大脑信号注入自己的大脑。问题是，感知舱在家里，而这些记录又被禁止带出公司大楼。于是，在第二个原型交付前的几小时里，他又开始幻想博士能对原型褒奖有加，从而破例批准他把记录带出去。届时，博士将不得不承认，利奥制造出了某种超高水准的产品，而他想带回家的那些信息，跟他创造义体所需的庞大数据量比起来实在太微不足道了。然而，他终将面对残酷的现实。可能他真的是太天真了，因为最后的结果一定会和上次一样，在把新的原型安装进 ROBco 中后，他会再次充当博士的“小白鼠”。

利奥别无选择，只能回家把感知舱的关键部分拆卸下来，运到公司小隔间里进行转化实验。这里的空间足够大，唯一的风险是博士可能会将利奥的发明据为己有，不允许他再把它带出公司大楼。但如果他想给西尔瓦娜一个答复，就必须冒这个险。而且，尽管他的大脑一直都在拒绝接受那些极具说服力的理由，但他自己其实很想这么做。令他困惑的是，自己研发一种技术工具所受到的鼓舞居然来自一个反技术派成员，而西尔瓦娜的那些原则显然是与这种东西背道而驰的。他默念着自己将会从她那里换来的宝贵启发，以此来为自己想要取悦她的渴求正名。西利娅——这个项目中最有价值的实验对象的启发，他一直都努力让自己相信这一点，但同时他也很清楚，这并不能解释为什么每当他回想起西尔瓦娜轻按在他身上的那只手时，胸口都好似有一团烈火在灼烧。

多亏了 ROBco 的大力协助，感知舱的重建并没有耗费多少时间，这是学习模块效果显著的铁证。这与它在家里的愚蠢表现简直有天壤之别，利奥甚至还得禁止它在自己操作设备时接近，以免出现意外。他简直无法想象如果人类以这样的速度发展会发生什么。一时间，他还产生了幻觉，好像这才是博士所追求的东西：博士已受够了改进机器人，因此转而决定对人类下手了。不过，即便利奥的耳根再软，他也不愿相信这一点，因为克拉夫特博士充其量也只是在千方百计完善自身，以巩固自己的霸主地位而已。而此时的他却正在为博士效力。当然，利奥必须承认，他自己也得到了相应的好处：说来真是造化弄人，他拥有了使用 ROBco 的特权，正是他在优先享受义体带来的好处。美中不足的是，项目结束后，他不知道这位得力助手会面临怎样的命运，他们很有可能会将它大卸八块，以恢复从前的状态。如果他不想让它重新变回一个低级奴仆，那他最好想点办法，而且要快。这还不是最糟的，现在最好先别去想他自己将来变成什么样。

似乎是感觉到了利奥的恐惧，想要拯救他于水火之中一样，今天 ROBco 比以往任何时候手脚都更麻利。就在这个年轻人在毫无意义的担忧之中无法自拔时，它已经运行了一遍基本测试，以检查设备在运输过程中有没有损坏，以及重新安装是否正确。它还遵照命令开启了记录设备，因为利奥不想错过任何细节，也不确定在那种信号的影响下自己能否保留任何记忆。

“**信息**：一切准备就绪，可以开始实验了。”

利奥比自己预想的还要紧张。其实他并没有理由紧张，因为他想将西利娅的信号注入自己体内几次就能注入几次。之前那个巨人杨昆[①]的大脑信号重复注入次数就多得让他腻味了。不过，那次还不太一样：尽管那些跳跃和扣篮都很精彩，但是一切都被简化成了肌肉感知和通过出人意料的视角来观察事物。可是现在，他觉得自己是个藏在门后窥视女孩最私密的房间的入侵者。

他命令 ROBco 调整头盔，然后闭上眼睛避免干扰。等待阶段仿佛没有尽头。一片漆黑中不断地涌现出许多红色斑点，直到他大脑右侧响起一阵嗡嗡声，那是设备开始工作的信号。在相当长一段时间里他都保持清醒，努力将自己与外界的影响隔绝开。他可以清楚地看见他给西利娅展示的那些未完成的画，也非常喜欢那些一闪而过的、作品完成后可能会变成的样子，其中的一些令他大感惊讶，而另一些则十分令人费解。比如那个带两个轮子，看上去像被切成两半的老式汽车的东西，还有那个长毛绒玩具，腿比为他清洁动脉血管的纳米机器人的腿还多的。那些形状在他的视皮质周围不断变化和游弋，似乎在传达一种宁静安详，逐渐使他放松了警惕。安装在椅子上的摄像头和传感器记录下了他身体越来越放松的全过程。

这种感觉一直持续到画面展示结束，立体物体的序列开始了。看到那些简单的工具被如此离谱夸张地使用时，他产生了强烈的不适

---

① 虚构的篮球运动员。——译者注

感。比如那根可怜的控制杆，它越伸越长，一直触到了地板，或者相反，越缩越小，最后缩得又尖又细。接着，它被抓着错误的一头推来推去，手柄一头则在敲击一个在地上到处滚的球体。控制杆甚至变成了一根细细的棍子，插入了墙壁，然后又和其他棍子一起被抛向空中，落回地上并恢复原状。不知不觉间，利奥已经满身是汗了，全身的肌肉再次紧张起来。这并不是因为他看到的画面有多诡异，而是因为每一幅图像的创作都从他身上吸取了大量的能量。这种感受前所未有。痛苦的阴影笼罩着他的全身，可是他并不想逃脱，反而被它深深吸引了。那深渊以一种非自然的力量将他拽入其中，不知它会将他拖向何处。忽然间，一幅手指交错在一起的素描刺痛了他的心，他双眼瞪得滚圆，不由自主地看向自己的手，他的手正一动不动地放在大腿上。他感到一股怪异的温热，似乎他的手指想去抚摸将它们连在一起的手掌，而他的嘴唇也被强烈的欲望烧灼着，想要飘过去亲吻那只手或那些手指，舔舐它们，与它们融为一体。

利奥被这种令人不安的感觉迷住了，他已经迈出了最后一步，完全忘记了自我。他的大脑彻底沉浸在西利娅的感受中，开始适应全新的生命活动规律，并将新的神经信号发送至身体的各个器官：肺部吸入的空气比平时少了，肌肉也主动弱化来帮助他的心脏，而他的心脏正在疯狂跳动，将过多的血液送到了他的脸部。

若不是 ROBco 及时介入，后果将不堪设想。记录了如此长时间的不稳定生命体征之后，执行紧急终止协议来逐渐停止课程的决定毫无疑问是正确的。如果突然停止治疗，可能会对主人造成不可逆的伤害。

良久之后，利奥才恢复了自我意识。苏醒后，他环顾四周，惊讶地发现自己全然不知身在何处、发生了什么。看到 ROBco 离自己那么近，他吓得跳了起来，这才意识到自己还戴着头盔。哦，当然，是头盔，这是在做实验。他不由自主地尝试站起来，ROBco 赶紧阻止了他。

“**警告：**在你的各项数值恢复到正常值前，我不能让你站起来。”

“刚才怎么回事？我失去意识了？”

“**是的。**”

“你是说，我刚才晕过去了，所以什么都不记得了？”

“**不是。**”

“那你是什么意思？行行好 ROBco，别在我最需要你的时候出故障啊。给我解释一下。”

“**信息：**你没有晕倒，因为刚才你的肌肉保持着紧张状态，但你失去了意识。信号的注入改变了你的生命体征，我不得不中止这次实验。有必要分析一下刚才的记录，以查明究竟发生了什么。”

“持续时间那么短，我们能发现什么？”

“**准确信息：**33 分钟 14 秒。”

利奥大惊失色。他唯一还记得的东西，就是其中两幅未完成的画，以及它们如何在他的脑海中凭空画完。可是居然过去了半个多小时……现在他总算是有了一个起身的好借口，这一次 ROBco 没有阻止他。

站在神经视觉播放器前，他不敢相信自己看到的东西：他的脸起初是平静的，接着就不断紧缩和扭曲，直到变得几乎面目全非。他从未见过自己如此不安，真的幸亏 ROBco 及时帮助他摆脱了致命的危险和过度的兴奋。在给西利娅记录大脑的时候，利奥并没有注意到她遭遇了类似的情况。当他将脑神经边缘区的活动与视网膜图像结合起来播放时，他发现峰值出现在他观察自己的手的那一刻。他怀疑感知转化是不是真能还原真实的感受，毕竟女孩也在看着同一个东西。仅仅看到一只手怎么会引起如此强烈的情感波动呢？他一边端详着画面，一边问自己。这完全说不通，他的思绪陷入了一片混乱：如果那次会面让西利娅如此不安，那么他就更无法理解她为什么一心想回到克拉夫特公司来了。他无法给西尔瓦娜一个满意的答案。

但他并不是一个轻言放弃的人，而且，他有随意调遣义体的特权，于是他向 ROBco 寻求帮助。在机器人向他劈头盖脸提出的众多问题中，有一个让利奥备感意外。

“**陈述：**你一直在说你的手可能给西利娅留下的印象。我建议你反过来想想：她的手给你留下了什么印象？”

惊讶之余，利奥不得不承认，尽管他确实见过也摸过那只手，可是不论是视觉上的还是触觉上，他都记不起那只手了，只是觉得那只手大概很小。利奥总是把自己的成功归因于自己超凡的记忆力，能巨细靡遗地重现信息。如果不是现在他还能真切地感觉到另一只手在他胸前留下的那个印记，他一定会宣称感官世界对他来说可有可无。毕竟这种情况以前从未在他身上发生过，没有任何女性碰过他的胸部。

ROBco 无视利奥的沉默，继续道：

“**补充：**除了反向思考，你还可以尝试归纳和寻找一些类比。我要提醒你的是，同样的想法在不同的情境下，其结果会得到强化。”

“停，等一下。一次性告诉我这么多是没意义的。你得在提出下一条建议前让我先考虑一下你的上一条建议。”

“我可以把建议提交速率这条参数的值降低一半。你是否批准？”

“不批准。在你提出下一条建议之前，你必须先等待我的回应。”

多亏了在 ROBco 上安装义体这个把戏，博士现在一定从他的这些行为中受到了许多启发，这个念头如火箭一般在利奥的脑中掠过。

他强迫自己集中注意力继续刚才的思路，忽然发现了一个未曾预料到的视角，那是一个关于手和不同情境的视角：会不会是西利娅想见到他，就像他想见到西尔瓦娜一样？这个幻觉持续了不到5秒，他还不如尽快把这个想法抛诸脑后。他一刻都不曾有过触摸这个女孩的念头，而且要不是因为另一只手的触碰，他也不会遇到现在这些麻烦事。一定是因为别的什么东西……那种窒息感和焦虑感……如果没有接入感知舱，他就什么都不会感觉到。

他重看了一遍记录。现在一共就两种可能：要么是转化本身真实可信，是那个女孩能够不进行任何肢体接触，也不流露任何情感就感受到事物；要么就是他不得不对他的发明进行大修，因为它能产生令人不快的副作用。可惜，他没能记录下自己表情扭曲时的大脑活动，他相信那一定是一次崭新的非凡体验。不过，尽管他挺喜欢冒险的，但他也不想再重复一遍刚才那样的窘境了。

“一次崭新的非凡体验”，这个说法在他的脑子里转了一遍又一遍。这不就是西尔瓦娜一直在寻找的东西吗？创造新的情感……也不尽然。她对它们的称呼不太一样：“已经灭绝”，她用的是这个词。不管他遭受的这种焦虑是因时代错位导致的，还是转化不完善带来的副作用……她一定会很感兴趣的，因为这和任何现存的情感都不一样。而且她也明确要求，除了跟西利娅有关的进展外，他还要把一切新发现的感觉都告诉她。现在他终于可以使用私人联络器而不必为两手空空而感到尴尬了，而且，说不定她还能帮他解开大脑记录中的那个难题。既然她致力于研究人的情感状态，那么她一定能发现并识别出那种情感。

他转向ROBco，想对它刚才的建议表示感谢，并要求它启动联络器，结果发现它已经擅自走开了，没有跟他打过招呼。在克服了对机器人这一行为最初的不适应感后，他突然想起，其实是他自己让它不要打扰自己的。只要他超过一段时间不回应，那么其他进程必然会升高优先等级。这方面的优化改进真是永无止境。

不过，利奥刚一提出拨号的请求，连接就建立起来了。还没等他想好要说什么，西尔瓦娜就已经出现在了显示屏上，并主动开口了：

“我还以为你永远都不会联系我了。处理几个大脑信号需要这么长时间吗？”

“不，不，不是……”利奥结结巴巴地说，“我在忙着完善义体原型。”怎么跟这个女人说话竟比回答克拉夫特博士的问题还让人生畏？“但我有了一个发现，你可能会感兴趣。”

然而，利奥绝想象不到对方会多么感兴趣。他在向她解释了自己的发现后，西尔瓦娜迸发出的那股热情大大超乎了他想象——她竟然提出要亲自体验感知转化装置！此前她还千方百计反对他记录西利娅的大脑，现在她怎么会有这种反应？一时间，他的思路乱成一团，甚至开始担心自己是不是又把她和西利娅的母亲搞混了，但他很快恢复了镇定：

“我得先帮你申请准入许可，而且，我必须事先提醒你，这可能会很不好受。正如我刚才所说，我自己已经尝过那种痛苦的滋味了，全程记录得很清楚。”

“那一定是这个女孩在努力给出有创造性的答案时产生的焦虑。”

“不，不一样。我也做过很多创造性的工作，但我从来没有体验过那种感觉。”

“你告诉过我你下国际象棋，对吧？那你一定能注意到，当你胜券在握，正要走出最关键的那一步棋时，你会流更多的汗，脉搏和呼吸也都会加速。”

“你为什么说是在赢之前？我只会在快要输的时候才会感到惊慌……但那种惊慌，和我在录像里看到的自己的模样比起来，根本不值一提。”

“人们普遍认为只有输的一方会激动，但实验证明事实恰恰相反：一定程度的焦虑反而能刺激你的大脑。”

“我是想告诉你，这真的很不一样。那种感觉更像是在遭罪，就像是身体上的疼痛一样。”

“过去的女性都很清楚，要想生育，就得遭罪。”

“你把分娩时的痛苦和西利娅在看……”他正要告诉她那只手的事，但他在即将脱口而出之际改口了，“我是说，和她在看那些图片时的感受相提并论？”

“嗯，我也不太清楚，焦虑有许多种诱因，而且这些诱因通常都交织在一起。我想说的是，创造总是会伴随一定的不适。让我好奇的是，你为什么会对此感到惊讶，你自己就在研究这个课题啊。”

“这么说，你对自己遭受不适一点都不介意？”

“你是不是想到了什么问题，希望我改变主意？”

“没有，正相反。”那个使他魂牵梦绕的女人居然要亲自前来拜访，而且是以他的实验志愿者的身份来的，同时，她还是情感状态方面的专家，这么一个绝佳的机会自动送上门来，他却显得不情不愿，这真是太蠢了。“我想在下周三和西利娅会面之前见你一面。这个周末你能来吗？”

“太好了，这样我就不用改变我的工作安排了。”

利奥答应她，他一拿到准入许可就立即通知她。没别的事情可谈了，利奥想要打探一下西利娅的情况，便问西尔瓦娜女孩是否已经知道朋友坠楼身亡的消息。

“真的好可怜，她得知后痛苦不堪。我怀疑你所有的设备加起来都无法捕捉到那种悲哀。”

利奥听后顿时浑身一颤，心想如果他把自己转化成现在的西利娅，会是怎样的下场。

28

西尔瓦娜觉得很不自在。尽管她总是声称她无须向任何人解释自己的行为，但她还是不太习惯向人隐瞒自己的去向。好在，她没有引起康优公司同事的任何怀疑就已经坐上了飞往克拉夫特公司的出租车。为了准备康优的年度聚会，巴尔塔萨已经连续一周忙得不可开交，所以她溜出来才那么轻松。至于塞巴斯蒂安，保险起见，过去几天她都在尽力避免和他单独相处。她觉得此行必须保持安静低调，可是她一直压抑着的一部分天性又一直在喋喋不休地责怪她。看看她有多傻：她不仅和一个亲技术派成员来往密切，就像当年和朱尔在一起时一样，如今，她甚至干脆直闯他的老巢了。不管她能找到多少证据来证明那些早已灭绝的情感是有可能重见天日的，意识形态委员会里都不会有一个人批准她跨出这一步的。是啊，假如她自己是委员会成员，她也不会批准的。

这可真是个不必承担那种责任的好理由。西尔瓦娜恶狠狠地告诫自己：如果她连冒险精神都放弃了，那她还剩下些什么呢？在她前面等待她的是一段漫长的岁月，千篇一律的无聊肉体，一成不变的乏味口号，好一幅振奋人心的景象。当然，至少她还有那些老书可以读，还有像西利娅这样的病例……西利娅。和她在一起，西尔瓦娜就很难管住自己的嘴。每当聊起利奥——过去几天在康优的课上，她们经常聊起利奥，西尔瓦娜的肾上腺素就会飙升，使得她内心里警铃大作。尽管表面上，她依旧在努力控制着自己的语调和举止，以免暴露自己的真实想法，或者相反，让自己显得过于神秘兮兮。可是，要做到这一点谈何容易，因为每次西利娅吐露心事时，西尔瓦娜都会大为感动，但她又总觉得西利娅对自己最隐秘的想法始终守口如瓶。西尔瓦娜一生中从未感到如此无力。她对西利娅的内心了解得越多，等待她发掘的东西似乎就越多，这也越让她痛苦地意识到，她的情感按摩仅仅是一种浮于表面的手段，对进一步的挖掘毫无帮助。

西尔瓦娜现在十分肯定，西利娅对那个生物工程师有一种奇怪的好感。她很想说服自己相信他能在某种程度上帮到那个女孩。或许通过这次亲身体验女孩的感受，她自己也能帮上忙。如果是为了美好的目标，她不怕受罪。西利娅就是她加入康优以来身边出现的最美好的目标。然而，瞒着西利娅去和利奥会面就像是一种背叛，昨天在她用指尖在西利娅背部早已熟识的肌肉上游走时，这种罪恶感就已经产生了。然而在认知层面上，她也不知该怎么告诉西利娅。所有人对西利娅造成的伤害已经够多了，她不想再雪上加霜。

西尔瓦娜从建筑群中分辨出克拉夫特大厦那光辉耀眼的外墙时，出租飞行车就已经准备着陆了。今天飞行车不用像上次那样停泊在八楼，她也不必在停机坪上站很久。这次利奥为她弄到的许可不仅让她可以进入公司，还能允许她参观他的办公隔间，这一特权连西利娅都没享受到，但可以想象要是她也来的话会有多高兴。

在主入口明亮的灯光映衬下，一个男性身影随着她的靠近逐渐清晰。随着那身影越走越近，那种背光，那种走近时的角度，以及那种不速之客到来时的紧迫感，这一切都在一瞬间拼合在一起，化作一段她对朱尔的记忆。当年他毫无征兆地来找她，通知她说她的社团和他的同事之间的谈判进展不太顺利。其实这已经是这场漫长而毫无意义的调解行动能实现的最好结果了：起码证明了她能勾引一名亲技术派成员并唆使他冒险背叛自己的信念。简直感人至深，正是这种忠诚的姿态一直陪她度过了那些最低谷的时刻。她不敢相信自己居然把这都给忘了。若不是因为眼前这种情形，她可能永远也不会想起那件事，而她对朱尔的记忆也只剩下与这个强大却毫无经验、轻易就能被撩拨的巨人之间，那一场场或理智或不理智的赤膊作战的瞬间了。

利奥已经提前来到外面等待她的光临了，这是一个令她振奋的迹象。他穿着一件和那天相似的夹克，但今天这件夹克是栗色的，还带有一条横贯胸前的水平黑色条纹，看起来更适合他，恰到好处地突显了他宽阔的肩膀。西尔瓦娜本来就很期待这次会面，现在她更迫不及待了。

她扶着他伸出的手走下出租车时，一股亲吻他嘴唇的冲动涌上心头，但她及时控制住了自己。她必须避免任何可能使他难堪的感情流露。他们上一次见面时，她的手只是轻轻碰了他一下，就那么一丁点儿打破常规的小动作就已经使他浑身不舒服了。当把手伸进年轻人向她示意的那个小洞时，她心想，这些亲技术派在技术上固然成果卓著，但是一旦涉及身体接触，他们从朱尔那时候起就没再有什么进步。说不定现在他们更无知了：第三和第四代亲技术派甚至可能还不知道为什么他们会住在这里，而我们住在那里，以及究竟是什么让我们天各一方的。

在听利奥向她描述了那个“暂停”装置后，刚刚楼下那个安全系统和载着他们去利奥的隔间的移动平台带给她的震撼顿时黯然失色。一想到待会儿离开时她会被强制忘掉一部分在这里发生的事情，她的心情就变得很糟，而最让她担心的是，可能还会产生有害的副作用。她在装置前止住了脚步，抱怨他在约定会面时没有警告过她这种装置的存在。她已经开始考虑是不是该放弃了。

“当时你主动提出要来让我感到非常意外，所以忘了及时提醒你。但是你没必要担心，我可以保证这是完全无害的，我已经进进出出很多次了。”

“那你的大脑每次都被抹得干干净净？”

“其实并没有抹去什么，信息都还在，只是你无法访问它。”

“被拒绝访问自己身体的一部分真是可怕。”

“实际上，这并没有那么陌生或者‘人工’。记忆本来就是这么运作的，你肯定知道这一点。通常，一个旧的物件或特定的视觉听觉环境，可以让我们回忆起一段记忆，可是如果没有这些刺激物，我们什么都想不起来。”

西尔瓦娜觉得这个年轻人在这方面颇有天赋。那天在车上，他虽然什么都不知道却居然猜到了她渴望发现已灭绝的情感，而现在，他又在完全不知情的情况下正中“靶心”，让她再次想起了朱尔。

“那么以后我应该用什么物体或环境来想起在这里发生的事情呢？”

“我把事情讲得简单一点：它并不是一个真实存在的东西，而是大脑在跨过隔间门槛时捕捉到的信号。所有与这个项目有关的内容都会用这个加密基础来加密，你出去后，这个基础就会消失，从而使解密成为不可能。”

“虽然我不知道你在说些什么，但来都来了……”其实刚才利奥所说的那个关于自然的记忆机制已经打消了她的顾虑。

她不假思索地跨进了隔间，尽管她并不知道该期待看到什么，但隔间内光秃秃的布置还是让她有些意外。这里照明充足，所有的设备都嵌在墙内，舒适度简直比在最差的诊所还要不堪。这个可怜的年轻人说自己就住在这样一个地方，他不变成一根木头才怪，简直是一具行尸走肉。

“**提问：**你是想先看记录，还是让我为那位女士准备感知舱？”

身后传来的金属质感的语音又吓了西尔瓦娜一跳，就像那天一样。她永远也不会习惯亲技术派的住所里这种时刻被监视的孤独生活。

“啊，是那个驾驶机器人！今天这台机器也有必要让它来操作吗？”

“对不起，我忘了它在这里会让你不舒服。ROBco，你去继续测试今天早上我们遇到问题的那个 R72 接口。”

她没想到这么轻松就摆脱了这个机器人，也许这个年轻人对它的依赖程度比她想象的要低。

“希望它走了以后我们还能看到那些影像，还有观察西利娅的反应。”

“你把我当什么了？是 ROBco 离开，不是我离开。”

“对不起，我忘了，既然是你发明的这机器，那它会做的事你一定也都会了。”

“不完全是。它还积累了许多来自形形色色的人的知识。”

“好吧，好吧，我的意思是你不是个普通的机器主人，你喜欢采取主动，而不是像其他人那样颠倒过来。”

“我没明白。机器人都是为人服务的。”

“一点儿也没错。只是这种服务早就变味了。你以为我们为什么要抵制那些机器装置？”那个机器已经走开，西尔瓦娜现在可以畅所欲言了，“因为我们自命不凡？不，并不是。”她的态度十分坚决，没人能打断她的慷慨陈词，“过度保护主人的机器人造就了被宠坏了的人，奴隶造就了暴君，娱乐机器人会给它们的主人洗脑。最恶心的是，只要机器人卖得出去，你们这些人才不在乎其他人会受到什么样的影响。”

“停下，别说了。如果你是来举行示威集会的，那最好现在就放弃。我以为你来是为了更好地理解西利娅的情感的。”

他是对的，西尔瓦娜已经偏离到了她现在其实并不感兴趣的话题上，她应该直奔主题的。她立即明确表示，想先看看那些录像，然后根据发现的内容，再决定是否将西利娅的大脑信号注入自己的大脑。事情开始变得比她预想的更加激动人心了。

两把扶手椅从地板里升起，停在一块屏幕前。利奥向她展示了如何调节播放速度、变焦，以及最为重要的一点——调节透视角度。这样一来，她对被拍摄者，也就是利奥的里里外外一览无遗。

“知道了我能检查你所有最隐秘的角落，你会感到不自在吗？”

自他们见面以来，这个年轻人头一次迎上了她的目光。他的眼睛充满了活力，不停地转动着，很难定住。

“怎么了？”他好像真的不知道她是什么意思，“我相信你能帮我弄清楚发生了什么，而为了实现这个目的，你必须亲眼看到……”

不过，西尔瓦娜对他这无懈可击的逻辑不以为然。他显然比朱尔还要天真，涉世太浅。一切迹象都表明利奥是个可以信赖的人，但同时也表明他没有太多有趣的观点。

西尔瓦娜开始浏览第一组影像。画面中的利奥表情还很平静，她粗略地快进播放着，急切期待看到那些她真正感兴趣的部分。当利奥的面孔开始扭曲，呈现痛苦状时，她把注意力转向一旁的第二块屏幕，这块屏幕上显示的是西利娅在测试中给出的一连串答案，这才是那次测试的关键所在：

“这女孩是在竭力讨好你，她想尽可能表现得让你满意。你注意看，她对每一个问题都做出大量不同的回答，还有从第一个到最后一个问题，她的紧张程度是逐渐增强的。举个例子，她越来越不确定那根末端有个球的棍子是干吗用的了。那到底是个什么东西？”

“是一根控制杆。如果事情真的那么简单，那为什么她的大脑信号对我的影响这么强烈，而她却没表现出任何不适的迹象？”

“说不定是因为事实正好相反，她非常享受这个过程。”

“你这话是什么意思？我看得出你并不信任我的转化发明，但我很负责地告诉你，西利娅的每一份脑记录都非常仔细地注入了我大脑的对应区域。”

“别激动，你误解我的意思了。”见利奥反应非常激烈，为了安抚他，西尔瓦娜抓住了他的手臂，两人四目相对，满眼惊讶。“我的意思是，你受到的巨大刺激可能并不是来自她。”她放开了利奥的手臂，“就像这次身体接触不会让我不适一样。”

“我也没觉得不适，”他急忙回答，“只是不太习惯而已。”

就像那天一样，这种坦诚再次让西尔瓦娜放下了戒心。利奥似乎渴望尝试这些突破禁区的新鲜事物，对此她当然不会阻挠。不过，尽管他们俩都做好了探索未知领域的准备，但现在的当务之急是弄清女孩的感受。

“你也不习惯像西利娅那样付出。别生气，要是你给我注入那些大脑信号，我可能也会做出和你一样的痛苦表情。一百年前的人类自我牺牲的能力真是不可思议。”

“所以到底是怎么回事呢？她究竟是在享受还是在做出牺牲？我

以为你能解答我的疑惑，可是现在我反而更糊涂了。”

“当然，我也可能错了，但我认为是两者皆有。据我所知，过去的人们热衷于为了将来的回报而努力付出，因此他们会不介意牺牲眼前的利益。”

“你的意思是……这不光是这个女孩的特质？你真的认为作为同一个物种的我们在如此短的时间内发生了这么天翻地覆的变化吗？”

“这和我怎么认为无关，证据十分确凿。”

“那这个女孩所期待的那种神奇的奖励是什么呢？”

“这就得靠我们自己找出答案了。注意看屏幕：你在此时的表情是深深的焦虑，而非痛苦。你当时到底是在出神地看什么呢？”

“看我的手。当时西利娅也看了。我查过了，有一段时间她把目光从出题的屏幕上移开，看着我的手。这该怎么解释呢？”

西尔瓦娜犹豫应不应该告诉他。他俩正在以一种极不寻常的方式窥探这个女孩的隐私。西利娅深藏其中的那种细腻情感，对利奥来说可能就像一堆老式的硅质接头里的一颗钻石一样无从分辨。她怎么能让一个亲技术派介入如此细腻的情感呢？何况那情感那么隐秘，西利娅连她都不愿倾诉。

她绝没想到过自己会如此感激这个突然闯进来打断他们的机器人：

“**紧急中断：**贝特想和你说话。**澄清：**我告诉过她你正忙着做实验，但她坚持要找你。”

利奥接通了视频摄像机。

“你好。我本想过一会儿跟你联系的。有什么紧急的事吗？”

“你后面那人是谁？她看起来不像是你跟我提过的那个女孩……”

这番嘲讽让西尔瓦娜很恼火，不过，她认为这个年轻人跟别人提起西利娅终归是一件积极的好事。这表明西利娅对他很重要。

“她在帮我做这个项目。”这句半真半假的话，以及他脸上勉强的微笑都清楚地表明，他是想快点儿结束这戏剧性的一幕，“你找我有什么事？”

“她没穿克拉夫特的员工制服？她不是公司的员工？”

“贝特，行行好，我们忙着呢。”

“我懂了，她不是员工。这样她就可以在星期六到你的小隔间去，而我却只能漫无目的地坐着那该死的飞行车到处飞。都结束了，你明白吗？我要起诉你窃取了我的幸福应用。你一直说你在那里做的事跟你的私人项目无关……现在你都已经把那东西从家里带到公司了。我还会起诉克拉夫特公司，因为他们没付给我应得的那份版税。这样我拿到的钱就比我们一起把那个应用商业化多得多了。你以为你一个人就能搞定吗？你这个伟大的发明家，还想开公司，你根本就是个废物！”

通话一结束，ROBco 就二话不说自觉走开了。

“我不该听到这些的，这都怪我，很抱歉……”

“别多想，这事与你无关。其实我和她早该分手的，这只是最后一根稻草罢了。”

“可她说要起诉你……”

“她那是虚张声势。我可以证明我根本没有碰过那个幸福应用，她也很清楚这个感知舱是属于我的。她在工程方面跟我在商业方面一样不在行。我们俩是在寻找一种从未成为现实的共生关系。她很快就会找到新欢的。”

这番理性独白让西尔瓦娜目瞪口呆。更让她震惊的是，他居然那么快就回到了被打断之前的状态，重新开始焦虑地看着自己的手，并把话题带回了正轨：

“这种焦虑该如何解释呢？那女孩怕我吗？也许我的手让她想起了一些可怕的经历？”

看来，他寻找真相的愿望是发自内心的，这和他刚刚与前女友交流时的心不在焉形成了鲜明对比。就在西尔瓦娜快要被利奥的执念感动之际，她问自己，这个人到底是对那女孩有意思呢，还是纯粹对这项研究感兴趣。最终，她还是选择了一种专业的口气：

“你要知道，出汗、心跳加速、各种手势等情感信号，可能代表许多不同种类的情绪，比如恐惧、兴奋、愤怒、爱……判断一个人是满怀希望、感到恐惧、心存嫉妒，还是单纯发疯，是由他们认为自己身处的情境的逻辑来决定的。”

“你是说，不管我们收集了多少图像和信号，只要本人不亲口证实，我们就永远无法确切地知道西利娅或者其他任何人的感受？”

这个天真版的朱尔，脑子倒挺灵的。

“差不多吧。我们只能猜测是怎么回事，但我们永远不可能有绝对的把握。”

“既然你不知道自己会经历什么样的情感，那你为什么还要亲自去体验西利娅的大脑信号呢？它很有可能都不属于你感兴趣的那些已灭绝的情感。”

“我有证据证明，这实际上正是我正在寻找的情感。这足以吸引我去冒出错的风险。反正不管结果如何，这都是一次全新的体验。再说，结果也不会坏到哪里去。假设你体验到的并不是一种早已灭绝的情感，那可能就说明，你用你的机器成功创造出了一种全新的情感，并且无法归类到现有的情感类别中……用你那天的话说就是那个‘缺失的维度’。”

“注入他人的大脑记录的过程，说不定还真能创造出一些东西呢……这个想法很有意思。”利奥打住话头，思索起这究竟意味着什么。

“既然无法归类，那我们就得给它起一个名字了。你觉得‘烈压’（exquished）这个词怎么样？”说着，西尔瓦娜把记录倒退回去，屏幕上又显示出年轻人那张扭曲的面容，“你这样子看起来就很‘烈压’，对吧？”

他俩都笑了，这笑声的声波仿佛将他们包裹进了一个私密的泡泡中。他俩同时站了起来，利奥主动挽起西尔瓦娜的胳膊，把她领到了感知舱里。

“你还没告诉我，你正在寻找的那种你愿意为之‘烈压’的神奇情感是什么呢。”

“是‘仰慕’。你可能还不知道那是什么意思。”西尔瓦娜坐下来，眼神中带着挑衅的意味。

“一定和‘看’有关吧？”

“是的，比如看着比自己高的人……就像你这样的。”

利奥被感动了，双脚一时不听使唤。他不确定她是想让他弯下腰拥抱她，还是在学西利娅说话，因为西利娅那天就坐在同一把椅子上，又或者，她只是喜欢拿他寻开心。西尔瓦娜眼神严肃，这令他犹豫不决。

“我是不是应该觉得，那个女孩是在仰视我……注视我？”

“你知道‘仰’是什么意思吧？就是注视那些我们觉得高出我们一等的人时用的那种目光。我认为你让她想起了她的父亲。”

“我？”这回西尔瓦娜真的把他弄糊涂了。

“为了你，为了见到你，为了达到你的高度，她什么都愿意做。”

“仅仅是看着我，就能让她那么焦虑吗？”

“那当然，仰视总是……”这个年轻人的愚钝让她很不耐烦，“你在克拉夫特公司的老板给过你这种感觉吗？”

“可是他……我……”

利奥一脸的诧异让西尔瓦娜立刻后悔自己没有意识到可能冒犯了他。她还没来得及改口，一个气势汹汹的声音突然响起：

“利奥·马尔10，废话说够了没有？那个女人来这里是为了协助制作义体，而不是来满足你的那些胡思乱想的。我要求你在周一上午10：00准时完成义体的最终版演示。”

难道那个长着一字眉的神经病一直在监视他们吗？西尔瓦娜顿时觉得自己是在一个囚笼里任人羞辱，并因此懊恼不已。她一下子站了起来，朝门口走去。年轻人一边结结巴巴地说：“好的，博士，星期一会准备好的。”一边慌忙地追上了西尔瓦娜，大喊道，“你要去哪儿？等一下！”见她不回应，利奥伸手抓住她的胳膊，想拉住她，但西尔瓦娜猛地把胳膊抽了回去，敏捷地登上了一块正在下降的移动平台，头也不回地丢下一句话：

“我不跟机器人说话。老实说，我对机器人深恶痛绝。我宁可跟你那粗鲁无礼的主人相处。”

就像突然被人拿走了电池一样，利奥那具如鬼魂一般毫无生气的躯体僵硬地戳在坡道的顶端。她说得一点儿也没错。

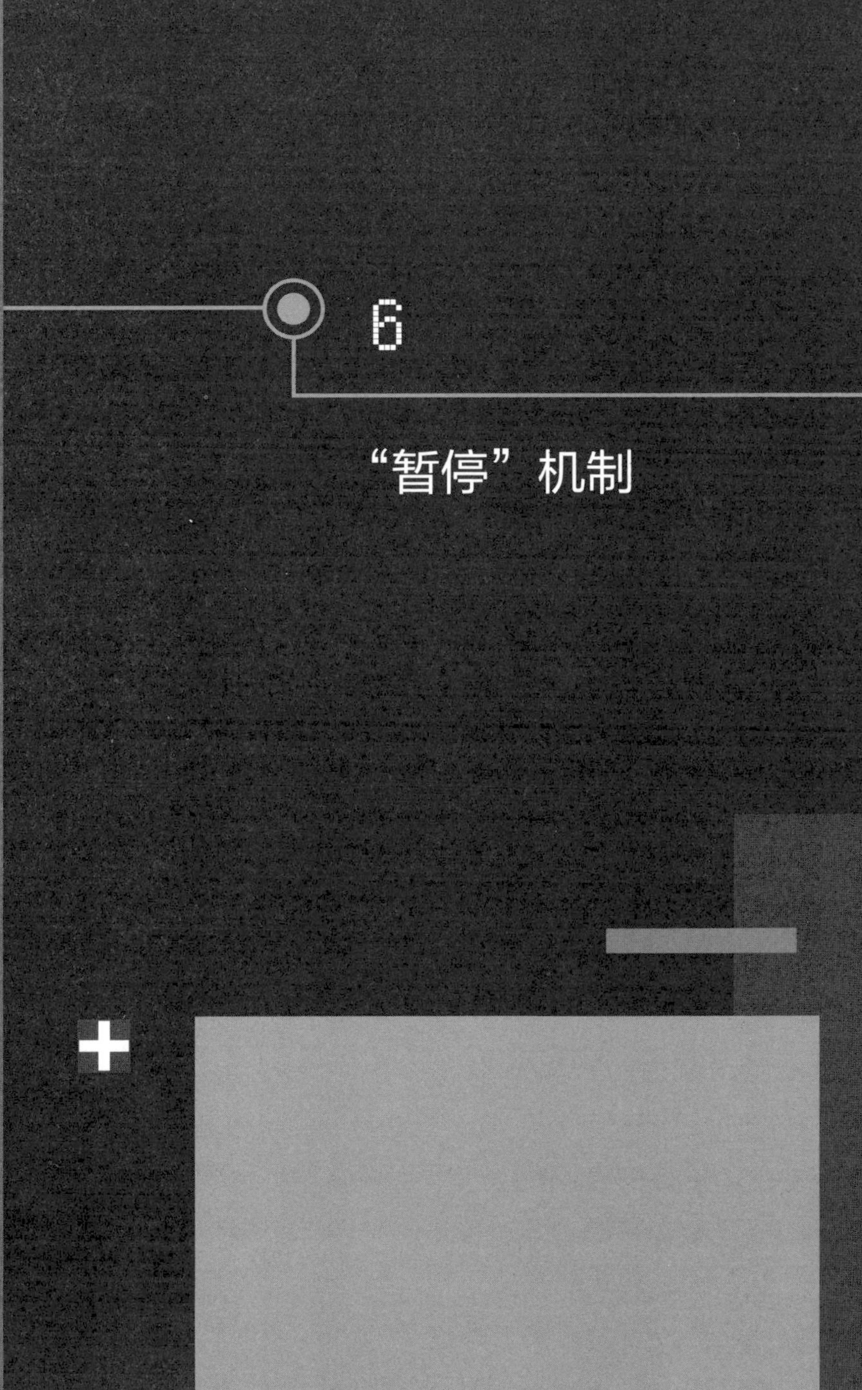

6

“暂停”机制

29

利奥回到隔间，他甚至认不出自己了。他迷茫了。每一次出入隔间，他的记忆都会被加密和解密，这一定影响了他的记忆。他觉得自己距离那个几小时前还妄图挑战全世界的小子有几光年之遥，但那曾是一个不同的世界。在那里，他知道自己该做什么，一切都井井有条。那曾是一个有时间表且回报丰厚、有序而又可测的小宇宙。可是现在，他却落到这般田地。那些大脑信号扰乱了他的身体，而西尔瓦娜则扰乱了他的思想。也有可能是倒过来？反正现在都已经无所谓了。遭受了如此沉重的打击后，他失去了立足之处，也失去了依靠，连贝特都离开了他。

他双手抱着脑袋瘫坐在地板上。ROBco 站在他面前，映着利奥沮丧的身影。利奥要想尽一切办法厘清自己的头绪，将它们再次排列起来，确定什么重要，什么不重要，重新找回自己。最难的部分是决定从哪里开始，得找到一根用来拉扯的线头。贝特？他现在的心烦意乱和她一点关系都没有。她以前也总是对他大发雷霆，是的，很不愉快。但就算他们还能在一起，就算他还能跟她联系上，那也已经对他没有任何帮助了。她是个次要的问题，把她打发走也无妨，还能少一桩烦心事。

接下来是西利娅。他很想知道西尔瓦娜所说的“仰视”到底是什么意思。“仰视他。”出于某种原因，西尔瓦娜把他比作西利娅的父亲。就在他刚想扬扬得意一番时，他的情绪又跌到了谷底。他痛苦不堪，然后陷入最黑暗的抑郁之中。西尔瓦娜提到博士时说的那些话到底是什么意思？利奥试图回忆起那个女孩的面容——当他调整女孩的头盔时，当他给她指导时，当他坐在她身旁进行测试时……可他已经想不起她的任何表情，连一次眨眼都回忆不起来了。那女孩那时明明已经引起他的兴趣了……可是他怎么对她如此漠不关心呢？现在，毫无疑问，她对他更重要了，因为他已经知道她内心隐藏的秘密了：一种痛苦，同时也是一种享受，一种创造性的努力，一种与之没有太大区别的、他觉得很奇怪的“仰视”。谁知道呢，也许这还和她逃出学校、溜进克拉夫特公司有关。要是她这样做是因为想来这里见他，来到他的领地，目睹伟大的生物工程师利奥·玛尔 10 大显身手，那也太不可思议了。

他在做白日梦。他不愿去面对那些伤害了他、使他惊慌错愕的东西。ROBco 的建议是对的，它指出，应该找到问题的根源，而不应纠缠于细枝末节。然而，他一想到西尔瓦娜站在坡道上的身影，就仿佛有一群拿着利刃的纳米机器人扑向他的腹部。那个女人轻蔑的动作深深地刻在了他的脑海里：她称他为“机器人”时，都懒得看他一眼……而她完全有权利那么叫他。他确实有个主人。曾经因为自己在公共登记网站上的重大贡献颇感自负，还拒绝了可追溯性合同……结果，不仅是他的双手，连他的脑子都被出卖给了一家公司。更可怕的是，他还被卖给了这家公司阴险的总裁。这一切是为了什么？为了造就——她是怎么说的来着？——过度保护主人、把人类宠坏了的机器人，造就暴君的奴隶，和给它们主人洗脑的娱乐机器人。这真是一句送给全人类的警世箴言啊。一旦这样想，不可否认，我们的确在为一场名副其实的物种变异贡献力量。或者毋宁说，是我们引发了这场变异。他看着自己的双手，像是希望它们能更强有力，可实际上这双手沾满了污秽，它们只是博士的延伸。正是无数双这样的手，造出了今天世界上数量庞大的机器人，也正是这些机器人在重塑人性。这些忠诚而得力的奴仆背后隐藏着一股强大的力量。

利奥从未以这个角度看待过世界。这是一种居高临下的视角，这种宏观的角度给了他一种令他神魂颠倒的眩晕感。顷刻之间，他眼中的一切都变了，就好像是被放大了一样，这怎么可能呢？也许是西利娅的大脑信号把他从他的这个时代的偏见中拯救了出来，赋予了他一个不为时间所左右的、更加自由的视野。他还想再试一次，为什么不呢？他要把自己沉浸到那女孩的感情以及她那复杂的内心世界中去。说到底，反正他是个奴隶，已经没有什么可失去的了。

***

昨天，西尔瓦娜气急败坏地离开了，并不是因为利奥被他们捏住了软肋，而是因为他已经变得一无所有了。好像大门口的安全装置和那么多机器人还不够保险似的，他那个混蛋老板竟然还每时每刻都在监视他。而这只是他工作的时候，利奥外出时，他们还会抹去他的记忆，简直惨不忍睹。至于她自己呢，她已经把自己也搭进去了，虽然事后她很生气，可是她已完全记不起自己在处理那些与项目相关的材料时的一切所见和所感了，这种感觉令她非常不安。那个隔间里所有最微小的细节依然历历在目：她记得利奥邀请她坐下，走近她，观察他自己的手，可是当她去回忆为什么做这些时，却只能看到一片无法穿透的空白。彻底失忆的情况一定足以让人发疯。根据后面的记忆，她知道自己离开时还没把西利娅的脑信号注入过自己的大脑。因为有一件事是肯定的，那就是那些缺少的部分被清除得干净利索，因为她能清晰地记起他们在启动感知舱之前和之后每分每秒的谈论内容。这是一种多么恐怖的人格解离啊。现在她能理解为什么利奥几乎从不离开那个隔间了。怎么会有人愿意接受如此苛刻的工作条件呢？她没有料到亲技术派的世界会在朱尔之后恶化到这般田地。

随着时间的流逝，愤怒也逐渐消退，西尔瓦娜开始后悔当时为什么要那么决绝地断了自己的退路。现在她不知该怎么跟西利娅解释。尽管西尔瓦娜已经思索了一遍又一遍，但她还是想不出一个办法跟她解释为什么不能和她一起去见利奥了。她答应过西利娅，但这回戒指并不能帮西尔瓦娜打破诺言。每次戴上戒指，她都能越发轻松地扮演母亲的角色。然而，在今天的治疗课上，她听见这个女孩说，在这个陌生的世界没法再像过去那样自由自在，她甚至感觉自己像个囚犯，西尔瓦娜眼睛里充满了泪水。“你鼓励我一个人放学走回家，记得吗？你交给我一些小差事，让我出去跑腿，我回来时会给你一个惊喜，比如给你或者朋友带回个小礼物，”她告诉西尔瓦娜，把自己当成亲密无间的知己，“可是现在，如果没有了飞行车，或者没有 ROBbie 陪伴，我简直寸步难行。”在当时，西尔瓦娜还没意识到这句话正是在维护康优的理念，现在回想起来，她感到十分欣慰，“我倒不是在抱怨它有什么不好，它是一个很好的玩具，但让它这么一直无微不至地照顾我，真是让人受不了。”西尔瓦娜记得很清楚，西利娅的确是把它叫作玩具的，只是西尔瓦娜没来得及告诉她，这就是那个雄心勃勃的生物工程师的全部工作：制造玩具！而且是有毒的玩具。

她必须承认，不光西利娅一谈起利奥就来兴致，连她自己也曾如此。可是，那个长着一字眉的狱卒一出现，就瞬间把这种兴致无情地摧毁了。她想象着自己和他在一起发现各种各样的情感，一部分要仰赖机器，另一些则是依靠他的创造力、技术知识、满腔热情以及诚实坦率，所有那些让他如此有吸引力的品质。他本来是很有希望的……非常有希望！可惜那只是她一厢情愿的幻想，利奥只不过是那个公司内部运转的可怜附属品。以她长久以来的经验，她竟然没能更早地察觉到这一点。

当然，小女孩另有看法。“之后的几天里，我唯一的盼头就是周三的会面了。”她说话时眼含泪花，那就像一抹来自天堂的微光照在无边的荒漠中，在这片荒漠里，“今天、明天、后天，我从今往后的生活都已注定，连节日都不能期盼了，”西利娅强忍住泪水说，“因为根本就没有节日了。”听到这话，还有谁能忍心剥夺她仅有的那一点奖励——能在如此黑暗的未来中拯救她的那一点不确定性呢？她的母亲一定不会的，毫无疑问……她甚至愿意会为这个孩子献出生命，西尔瓦娜对此深信不疑。想到这里，西尔瓦娜深切地感受到女孩内心的压抑和慌乱。她已经逐渐分不清西利娅和她的母亲，以及她母亲和西尔瓦娜自己的界限了，她们三人一瞬间融为一体，仅通过言语就能与另一个躯体产生实实在在的联结。这是一种古怪又愉悦的感觉，但回想起来似乎又略有不适。

这就像被催眠了一样，西尔瓦娜表现出了别人的心愿，她被西利娅和她说话时的方式所改变，用新的停顿和不同的措辞方式与她交谈。女孩向西尔瓦娜敞开心扉的同时，女孩自己也变成了另一个人。西尔瓦娜喜欢这种感觉。那种心理暗示的力量简直不像是真实的……我们曾一度以为自我是坚实而唯一的，但实际上，我们只是别人眼中的自己。这个可怜的女孩吐露了心声，她觉得卢对她有严重的误解，现在她终于有机会发泄出来了：“我像个宠物一样被囚禁在屋里，卢对我是体贴备至还是不闻不问完全看心情。一定会有比这更好的生活的。”西利娅渴望能留在康优，这枚戒指就是在劝说西尔瓦娜留下她。好在，西尔瓦娜及时打消了这念头。尽管把女孩丢给那个女人会令自己良心不安，但现在，让这个蠢货陪西利娅去和利奥会面才最符合西尔瓦娜的利益。现在就算这枚戒指魔力无边，也别想强迫西尔瓦娜回到那嗜血的巢穴里去了。

有了如此亲密融洽的交流，她们之间似乎已达成了一种默契——无须再提起姬丝，西尔瓦娜就能从西利娅的一言一行中察觉到姬丝的存在。看来她是无论如何都无法将她从脑海中抹去了，就算拜访那个生物工程师也抚慰不了那种伤痛。那个傻乎乎的年轻人懂什么呀！把女孩从痛苦中解脱出来是西尔瓦娜的责任；她有这个能力，不找到解药她绝不罢休。她要在今天下午的临床病例会议上提这件事，但不会透露名字。她相信自己能从中得到一些新的启发。

***

向博士交差已迫在眉睫，但利奥并没有费力为此做准备，而是把时间都花在了感知舱里。他讨厌机械重复，却对注入西利娅的脑信号乐此不疲。他已克服了最初的不适，这种焦虑逐渐成为一种药物，每一剂都能产生新的回味。他的肌体在那次记录的过程中已经得到训练，那种努力与其说让他疲惫不堪，或者像最初那样让他体征不稳定，倒不如说刺激了他，让他去理解。他像西利娅那样“仰视”，并试着将自己放到“上面”以获得更佳视角，他的视野因而变得更加开阔了。这种双重的景致令他欣喜若狂。最终极的挑战就是要在这两种视角之间切换自如，而他几乎已经驾轻就熟了。他现在浑身是劲。

可惜，ROBco 突然给他转来博士的紧急电话，将他拖回现实。明天博士就要全部结果，明白了吗？博士要的是最终版的原型，还要附带上感知舱，以及利奥最近一直在研究的大脑信号。据他观察，这些都具有极高的创造力，而且都非常有趣。利奥解释说，这个感知舱与义体无关，这只和他在新年大会上展示的那个转化项目有关，而当时克拉夫特拒绝为这个项目提供资金。然而，利奥再怎么解释也于事无补，博士假装听不懂他的话，还提醒利奥，只有博士本人才能决定项目何时、如何完成，以及研究项目……和他的员工的命运，博士补充道。最后一句话意味深长。同事们过去常常拿来捉弄他的那些大脑工作到濒临疯狂的图像，现在重新回到了利奥的脑中，比以往任何时候都更生动清晰。

西尔瓦娜是对的，他的确在任由那个暴君摆布。仅仅为他工作还不够，他已将利奥整个人占为己有。现在即使有不可追溯性合同，他也得交出感知舱了，谁知道如果他拒绝的话会发生什么呢。至少，如果他乖乖地交出去还可以保证自己仍然会被人需要；要是他反抗，那个老不死的说不定会让他消失，之后再也没有人会想念他。他过去还常常出去下棋、去健身俱乐部、和贝特一起散步，但隔间里的舒适感让他逐渐习惯了隐居避世，所有未了的问题都已了结，现在他已无路可逃。他唯一与外界接触的计划是周三与西利娅的会面。如果不配合，他们会把它取消的，就是这么简单。

他没细想就离开了隔间，打开了西尔瓦娜给他的联络器。他想为自己辜负了她的信任道歉，想承认自己的行为幼稚可笑，还想告诉她，她的来访使他眼界大开，西利娅的脑信号的确改变了他……但他的通信请求一次又一次地被拒绝了，没有任何解释。她一定还在生他的气，不想再跟他有任何瓜葛。他怎么那么蠢，为什么当时没有立即做出反应？他希望她至少还愿意陪西利娅来会面，但他必须确证这一点。他要继续不停地尝试建立通信。

***

西尔瓦娜发现，要把西利娅的病例拿到临床会议上公开讨论，同时不透露病例来源和发生地的细节并不容易。塞巴斯蒂安好奇地望着她，他很确定这个病人从未登记过。西尔瓦娜也不知道为什么要这么偷偷摸摸，但她从未怀疑这么做的必要性。将自己的生活分割成若干独立的空间，给了她意想不到的自由……她不想冒险失去这种自由。她最好别把自己的行踪让任何安排外出的负责人发现。尤其是现在，如果她真的决心要按照其他人推荐的方法行事的话。

其实她从最初就相当排斥这种方案：对女孩施加不受控制的刺激，不给出具体的理由，也不加以精确的微调。这是这位按摩师最切齿痛恨的治疗手段。可是它从塞巴斯蒂安的嘴里说出来时，却听起来相当有说服力。“你所提到的，是一个非常年轻、初涉世事的患者在目睹了一场非自愿的死亡事件后，认为自己应当对此承担部分责任，这是人类大脑所能承受的最沉痛的打击之一。”他郑重地指出，“触诊连该患者的第一道防线都不可能攻破，因此，首先必须使用具有同等冲击力的方式攻破其防御，之后我们才可能创造奇迹来修复伤害。当务之急就是进入她心中被摧毁的那片区域。”出于一时冲动，她当即严厉地驳斥了他的观点：她决不会盲目对那个脆弱的患者采取任何行动。但是，在仔细斟酌了这种方法的细节时，她开始发现其中潜在的优点了。

如果按照严格的行为主义标准，用一种愉快的方式来再现创伤环境去中和原先的负面情绪，那么这个女孩就必须再次潜入克拉夫特公司，并且不能让其同伴，比如西尔瓦娜，受到任何伤害。也就是说，她们得再次骗过安全系统去找那个生物工程师。这简直是异想天开。不过，只要能看到他的脸，那就算是不虚此行了。

西尔瓦娜沿着不必要的念头走偏了。她必须为西利娅着想，而不是其他什么。但话又说回来，对那女孩来说，如果能重新回到她人生最大的悲剧发生的那一天，成功地被利奥发现，并受到友好的欢迎，而且最后的不幸并没有发生，这世间还有比这更美好的事吗？而且，还能一举两得！连会面的问题都迎刃而解了，西尔瓦娜不必再违背自己的诺言，也不必对克拉夫特公司言听计从，还能在陪女孩一起去公司的同时保住自己的尊严。然而，现在只差征得西利娅的同意了。

***

与博士的会面以利奥的一败涂地告终了。他本以为自己是个大明星，结果这个美梦顷刻间就灰飞烟灭了。他甚至不必遵照博士的命令举手投降，交出装有信号的义体感知舱——他被解雇了，他的感知转化发明将由别人接手完成。这是一场抢劫，但更像是一次精心策划的盗窃，但他永远都无法证明。作为回报，至少他不必担心自己的生命安全了。他将得到和所有那些前辈同样的待遇：一辈子衣食无忧，但是只记得他曾为克拉夫特公司工作过，其余一切记忆都会消散如烟。企图靠破解密码来恢复记忆也是行不通的：那个人居然变态到了用他自己的大脑信号作为加密基础……这是一种不可转移、不可破译、不可重复的基础，比其他任何密码都更紧密地与他本人捆绑在一起。

只要利奥离开隔间，他在这里积累的全部知识和经验都将被永久地抹去。

利奥悔恨交加。是他自己在那次没有任何记录的封闭会面时，跟那个不可一世的总裁达成的协议。现在无论从什么角度看，所有那些发明都是彻头彻尾的奴役工具。除此之外，那个“暂停”装置还能是什么呢？这是一种租用大脑并使其随时可用的手段，是博士本人的创造力和思考能力的延伸。想到这里，利奥的眼睛瞪得像盘子那么圆：他长久以来所追求的那个义体就是我，以及所有那些在我之前和之后入职公司的可怜虫。我们干的是他的活儿，我们成了他的延伸，我们就是他的一部分！这想法令利奥感到毛骨悚然。他一定得逃出去……可是在这个数字暴君的强大触手面前，他能往哪儿躲呢？他当前能想到的只有康优公司了，尽管他们之间存在着巨大分歧，但至少博士不会在那里安插眼线。

他得想办法让西尔瓦娜听他解释，ROBco应该会帮忙的。之后，他就能通过她再次跟西利娅取得联系。他从那个女孩身上学到了那么多，他必须在忘记这一切之前对她说声谢谢。想到这里，他的背脊一阵阵发凉。他就要被困在一个陌生的世界里了，就像西利娅被困在这个不属于她的世纪里一样。一定会有解决办法的……他必须找到对他俩都好的办法，哪怕将自己的大脑和义体都榨干也在所不惜。现在距离他被赶出隔间只剩下几天时间，届时就只剩下他这个失忆症患者和那个降级的机器人了，因此，他一秒钟都不能再耽搁了。

***

西尔瓦娜又收到了一条利奥的通话请求，这回是通过康优的信息分发中心。天晓得发生了什么大事让他如此执着，但现在她不能接听，否则她的秘密计划就败露了。绝不能回头，她好不容易才说服了西利娅。“你确定我妈妈……我是说，你……会同意吗？”当时西利娅问她，差点忘了她们之间关于戒指的约定。她内心有一种身为母亲的担忧，要克服它并回答“会”很困难。这么做其实并不会有什么坏处，相反，如果一切都能按计划进行，那对女孩有好处。作为一名按摩师，西尔瓦娜对此并无疑虑，但作为一名母亲，她还是有些犹豫不决。好在，现在她已经取下了这枚戒指。她若有所思地看了看自己的手，把它搭在了西利娅的肩上。真是个温顺又勇敢的可爱姑娘啊！扶着西利娅乘上开往克拉夫特的飞行车时，西尔瓦娜偷偷打量着她，希望能一切顺利，同时希望塞巴斯蒂安是对的。

30

下午 4：30。启动触觉闹钟的时间到了。我走进卧室，发现克拉夫特博士已经不在床上了，他又一次缩短了午睡时间。等到我终于学会正确的伸展和摩擦服务序列时，这序列却已经过时了。从我上次练习到现在已经过去了一周，经验指数告诉我，我的主人口味变化得更快了。我激活了警报：我得想办法说服他，为了正确调整安眠药的使用量，他的睡眠必须受到监控。

下午 4：32。我来到书房，发现他又在决斗桌上拼杀了。他已经好几天没干别的事了，他最近接连输了好几场，不赢回来他是不会罢休的。我小心地走近他，必须避免被他大声责备，因为那样只会带来惩罚。随后，我静静地站在他面前，等他抬起头来跟我说话。

下午 4：33。我试图解读出他在全神贯注地看些什么：闪烁的灯光代表着一起全球紧急事件正在发生，两个带着机器人的人类必须逃到一个安全的地方，但他们只有一辆双座飞行车。警告：他突然站了起来，险些撞上我的胸腔，好在我的超灵敏反应系统使我得以避开了撞击。只要有这种主人，你就必须始终让它们保持激活状态，并占用最大能量，并且一刻也不能把你的视线从他身上挪开。他看上去有点生气。

“这正是我想要的：现在赫格·4 图恩已经把一切谜题都现代化了，用平淡无奇的现代技巧取代了之前那些含沙射影的古老动机。”

下午 4：35。我确定他不是在和我说话……他最近经常这么做，一边自言自语，一边继续聚精会神地解谜。

下午 4：36。从那些图标推断，如果由机器人担任飞行员，那么单程时间分别是 1 分钟和 2 分钟，如果让人类充当飞行员，那么单程时间分别是 10 分钟和 20 分钟。我读道：如果飞行车必须由当前车上驾驶速度最慢的人来驾驶，那么他们怎样才能在最短的时间内把所有人都运走？问题比我预想的要简单，只需一次模拟就可以解决，但我不能介入。

“如果他们像之前那样，是 4 个僧侣，那就简单多了：2 个最慢的僧侣会为别人牺牲自己，解决了！可是现在条件里的现代元素强化了限制条件，这条件也太牵强了……那个笨蛋发明出的谜题越来越蠢，却越来越会利用这些该死的限制了，为什么非要由最慢的人当飞行员呢？”

下午 4：37。我倒是可以提出一种假定：速度慢的，也就是人类，无法承受高速带来的荷载。我还可以提出多种从不同角度理解谜题限制的方法。但如果他不要求我干预，我就不能干预。

“让我们现实点吧，最坏的那个混蛋会带着他的机器人直接飞走。当你和混蛋打交道时，一切都会变得容易些，因为他们都是些讲逻辑的人，你能猜到他们会说什么。每个人都为自己着想，每个人都知道会发生什么。不像那个马尔 10，你永远不知道他接下来会动什么脑筋。若不是因为那该死的公共登记网站和不可追溯性合同，我们俩可能早就合作得很愉快了，现在我不得不撇下他自己单干。如今公司的那些律师都是些废物。”

下午 4：38。他越来越心烦意乱，最后他会因为耗时过长而暴跳如雷的。

“我知道了，小菜一碟。最快的机器人把他们挨个带走，这样飞行车总能在一分钟内返回。所以总共是 20，10，2，加上两次回程……他以为他是谁？这个混蛋，以为我脑子已经生锈不好使了，轻易就能被打败了？他把我当成什么了？让他自以为是去吧，事实胜于雄辩。”他输入了 34，桌子发出刺眼的白光：“回答错误，正确答案是……”“停！”他用拳头猛击暂停按钮，大吼道，“这题又有陷阱！只要我还姓克拉夫特，我就一定能答对这道题。”

下午 4：39。如果他叫我给点提示，我会建议他放下他的偏见：两个人类也可以一起旅行的，但是我不希望他因为我帮他不劳而获而惩罚我。

下午 4：41。他已经沉默两分钟了。我靠近他，压低我的躯干，这样我就能与他的视线齐平。我想方设法让他意识到我可以帮忙，但他的胳膊朝我甩了过来，但还没等击中我，我就退了回去。

下午 4：44。他和我都已经保持纹丝不动的状态整整 5 分钟了。我的学习模块提醒我有危险，却并没有提出任何能保证成功的解决方案。根据我所掌握的主人的精确模型预测，再过几秒钟，他就会冲我吼道：“滚开，你这个多管闲事的金属废物，你以为站在那里不动就能给我启发？要知道，你那脑袋瓜里也得有一些神经元，才可能解决这样的谜题。”对付他的侮辱的最好办法，就是阻止他说出来。我必须先发制人，采取主动。于是我说：“博士，我昨晚就已经安装了新的义体，记得吗？也许我可以在这次决斗中派上用场。”

“你这堆废铁，这么长时间以来，这是你头一次想到一个有用的建议。我为这项发明所规划的远景可比猜谜要崇高得多。但是，为什么不呢？我们可以试试看。”他突然轻盈地站了起来，朝感知舱走去。

下午 4：45。“你这是去哪儿？那只是一个次要设备，并不是原型的一部分，利奥·马尔 10 亲口说的。真正的义体是我体内的那个。”

“就你那古董破电路，一天能说对两次都是天方夜谭。闭上你的嘴，按那个生物工程师的机器人演示过的操作流程，帮我把头盔和其他工具都接上。”

下午 4：46。“可是，博士，你可以直接向我寻求解题的线索，或者直接提任何问题，就让我来做测试，看看我能否激发你的创造才能，就像那个发明家所说的那样。”

“是的，他是这么说过，但他在这个装置上花了大量时间给他自己注入那些信号。我可不想光从他的创造力中获益，我要直接扩展我自己的！”他抬高嗓门强调最后那四个字，声音惊天动地，“帮我接上，这是命令。”

***

妈妈，我现在处境一团糟。我不是在说这飞行车，这车子挺好的，我说的是我们要去的地方，克拉夫特公司，而且又是偷偷过去的。一想到那个死气沉沉的阴冷的停机坪，我就浑身起鸡皮疙瘩……我不敢想象再次踏上那块平台会发生什么。西尔瓦娜说，如果我回到那里，没再发生什么不好的事情，那所有先前的糟糕记忆和感觉就都能烟消云散，就像是把一张贴纸盖在另一张上面。我不是不相信她，从她望着我的眼神里，我能看出她这么做是出于好意，可是她并不认识姬丝，她也无法体会在梦里一次又一次地目睹她坠落是怎样的感觉。

我不愿意再去想这件事了，否则那天的事就真的挥之不去了。我要像和爸爸一起坐飞机时那样看着窗外。地面上的田野漂亮极了，小小的，就像我被子上的方块图案。我们穿过好似泡沫的云层，离天堂那么近，感觉是那么自由。啊！天堂。爸爸一定会纠正我说这不是天堂，而我会很乐意听他谈论大气层的不同层次，还有群星和遥远的星系。现在他们对宇宙的了解肯定比以前要多得多，可是从没有人跟我聊起过相关的话题。

这里的景色真的很不一样，但我还是喜欢从高处往下看。这些竖直的矩形越来越大了，可能是因为我们正在靠近它们。它们的颜色很柔和，当然，除了那些被灯光照得刺眼的房子。我马上就能看到克拉夫特公司那个金色松果了，如果我们能见到利奥，那么我会开心死的！我还没敢问西尔瓦娜我们会不会见到他，因为我怕她回答不会。

就是那里，我敢肯定，我已经看见主入口了。但这个驾驶员在干什么？我们早就该开始下降了。好吓人啊，妈妈，我还以为我们要撞上大楼了呢……现在我才知道，我们是要降落在一块停机坪上，大概就是我和姬丝之前见过的那个平台。真刺激，没想到西尔瓦娜会这样做。她只顾着给驾驶员下命令了，就像是把给我忘了。瞧，现在她朝我转过身来了。

“你还好吗？”

“还好。飞行车会一直停在这里吗？”

“它会先飞走，然后再回来接我们。你介意吗？”

“有点儿吧。我们会被困在这里，就像我和姬丝那样。”

“别担心，我会和你在一起的……而且我们还有联络器。”

就像是被她那句话激活了一样，西尔瓦娜的联络器忽然收到了一条通话请求。这一次，出现在显示器上的内容令她脸色大变。一起变的可能还有她的计划。

***

尽管利奥在全神贯注地等待接听，但在听到ROBco的声音时还是吓了一跳：

“**优先通信：**西尔瓦娜刚刚接受了通话请求。你是想通过我来与她通话，还是要我开通直联？”

“直联，直联。”他连忙回答道，内心一阵狂喜。他的办法奏效了！

“利奥？”西尔瓦娜的声音听起来很不稳定，就好像她脚底下不太踏实，“你发给我的‘烈压’这个词，是不是指你又注入那些信号了？”

“是的，而且注入了好几次。它让我对许多事都恍然大悟了。你现在是一个人吗？”

“不，西利娅和我在一起。”

“西利娅……”利奥的声音一下子弱了下来，“请替我告诉她，会面取消了。因为我被解雇了。”

“她听得见你说话。你为何不自己来跟她解释呢？”

“我还不能离开隔间。我知道你可能会反感，可是……你们，你们俩能一起过来吗？”

“你能保证西利娅不会有危险吗？她再也经受不起更多创伤了。”

“我要去。”那是西利娅稚气的声音，她决心已定，“我相信这对我有好处，你不是说见他能帮我摆脱那些不好的回忆吗？”

“你告诉她了？”

“好吧，我们来了。我们的入口身份码还有效吗？”

“理论上还有效。我还没删除身份码。”

“那好，我们马上就会到你那里。”

利奥紧张地搓着手，在小隔间里踱来踱去。他没料到女孩会来，现在他得管好自己的嘴了。一夜之间，那个高高在上的克拉夫特的总裁变成了一个他避之唯恐不及的灾星，更糟糕的是，他已经掌握了利奥亲手从西利娅那里记录的大脑信号。如果西利娅得知这些情况，她会是什么反应呢？真尴尬啊。思绪就和这双脚一样徘徊不定，他不禁问自己，为什么昨天还令他迫切渴望着的事情，今天却使他焦虑万分：在他大脑里的一切都被抹去之前，再见西利娅一面，感谢她教给他的一切。因为记忆要被抹去了。失忆的幽魂如梦魇一般再次笼罩着他，他觉得这里的空气越来越凝重，走起路来越来越吃力。但是当他再一次转身往回走时，他想起了西利娅刚才说的话：是西尔瓦娜建议她去见他的。这种转变真有意思。他本以为西尔瓦娜再也不会理他，自己再见不到她们俩了，可他孤注一掷地给她打电话，竟发现西尔瓦娜对他根本没那么反感。

想清楚这一切，他已筋疲力尽，又费了几秒才意识到 ROBco 一直在尝试联系他：阿尔法 + 在请求他帮忙把博士连入感知舱，只要利奥授权，ROBco 就会去满足这一请求。利奥不仅给予了许可，还敦促它赶紧过去，告诫它最高优先级的任务是让那老头儿能充分享受到这项发明所有可能的益处。如果让博士亲自体验转化能在他身上唤起利奥经历过的那种强烈的兴奋感，或许博士就能意识到开除自己是一个巨大的错误。这并不是说他对博士的印象有所好转，但这起码能为他争取一些宝贵的时间，让他趁记忆尚且完好，冷静地思考下一步该怎么办。

***

下午 5：03。这些配件都没有得到标准机构的批准。为了避免严重的处罚，我必须最大限度地采取预防措施。最重要的是，我得小心，不能揪掉他哪怕一根头发，也不能抓伤他。上一次，作为惩罚，他切断了我的声音合成器，结果导致他几乎无法按日程表正常生活，而我也因此差点失去我的加号而招致降级。尽管 ROBco 建议我只监测博士的基本变量，但我还是会持续追踪他的所有生命体征。只要有一项变量偏离基线，我就会停止整个转化体验。我不能冒任何风险。我必须守护他的健康，这比迁就他的喜怒无常更重要。

“喂，锈铁桶，你不是在趁机做我禁止你做的麻醉剂测试吧？”博士收到机器人的否定回答后，又躺了回去，“你总是迫不及待地想让我睡觉，而现在我只想比任何时候都清醒。别再对我动手动脚了，快把那个发明给我接上。”

下午 5：05。“生物工程师的机器人就要到了。有它在，整个过程会更安全些。”

“你这个废物！我费了那么多时间来完善你，可不是为了让你去依赖一个低端型号的。”

下午5：06。“博士，恕我纠正你：ROBco和我是同一个型号。它已经来了。”

“那好，叫它来给我接上。”

“**信息：**我是来尽量使你享受这个感知舱的，总裁。**问题：**你现在舒服吗？”

“你来得刚好，一个能分清主次的机器人！我一点都不舒服。我身上真的必须接那么多垃圾吗？”

“**核实：**这些东西与感知舱无关。阿尔法+，你为什么将传感器连接到他的胸部和脖颈后面？我并没有要求你那样做。”

下午5：08。“因为我必须确保博士不会有任何危险。”

“**接受：**它是你的主人。但是保证他感到舒适也很有必要。”

“说得好！总算有个机器人学会了它早该学的东西。那个该死的工程师！如果说他以前就有那么点才华，那么这项发明已经足以让他显得才华横溢了。来吧，把这些东西从我身上拿开，启动感知舱，我也尝尝这种感觉。”

下午5：09。“立即住手！只要责任还在我，就不许你碰任何东西。”

“你这肮脏的畜生，居然敢顶撞我？你给我亲自把这些东西取下来，有关这个话题我不想再听一个字！”

下午5：10。“同意。”ROBco开始顺从地摘除传感器，“但我们不能做这个实验了。”

“你这没用的混蛋，你以为你是什么？这里我说了算，而我不再需要你了，明白吗？再也不需要了。从这里给我滚出去，否则我就把你作废了。”

下午 5：11。“我反对：这是违反规定的。当主人遇到危险时，我不能袖手旁观。”

“危险？”博士像着了魔似的站起来直冲着他的机器人走去，“现在你倒是一个危险：你给我下药，限制我的快感，现在又想阻止我扩展我的头脑？到此为止了，你这个废物！”

下午 5：12。“你在干什么？不要关闭我的声音合成器。我们可以商量一下。我会尽量满足你的。”

“不！不光是那个该死的合成器！这回我要彻底把你的线路切断……然后我就可以过我的安稳日子了！”

下午 5：13。“小心，博士，这一切都已被记录下来了……你知道盖图先生他……”

“好了，去他的，搞定了。”

博士心满意足地坐了下来，转向 ROBco：

“你，快点，把我和感知舱的必要装置连接起来，让我和你的主人一样扩展头脑吧。”

***

在隔间入口经历了几分钟的漫长煎熬后，利奥终于等来了西尔瓦娜和西利娅。西利娅走在前面，激动得满面通红，她一踏进来就热情地向他伸出手来。利奥连忙紧张地做出回应，可是动作机械而僵硬。他立刻就后悔了，却又不知该如何纠正这个动作。西尔瓦娜则伸出双手搭到了他的肩上，像是要拥抱他，但又没这么做，而是向后退了一步，开始上下打量他：

“现在你得好好跟我们解释一下你是怎么‘烈压’的。”

“对不起，只有两个座位。”利奥不知该怎么让这句话听起来不那么无奈，“我站着没事。”

“你们两个坐吧。”西利娅检查了一下地板，觉得它看起来比她们在康优做按摩时躺在上面的地板舒服多了，“我可以坐在地上吗？是不是还必须做一些测试？”

“对不起，已经不需要了。一切都结束了。”

“他们为什么要解雇你？是在你受到启示之前还是之后？”这个问题里带着一丝讽刺意味，让西尔瓦娜免去被问及为什么这么匆忙回来。

“之前还是之后又有什么关系呢？对我来说都是在一瞬间发生的。”利奥的话里没有丝毫埋怨的意味，更像是有点儿厌倦，“你们得帮我个忙。”

“怎么帮？”西利娅睁大了眼睛。

“我要是知道就好了……”他转向西尔瓦娜，“你们康优肯定有律师或者什么人来处理像我这样的案子吧。克拉夫特的这些人不能就这样拿走一切，连我的记忆都不剩下，而我却毫无还手之力。这要是一起个案倒算了，可是我担心可能还有数百人和我一样，更不用说像你那天说的那种被洗脑的用户了。我掌握了大量信息，我们可以教训他们……”

“如果你那么肯定，那就来康优吧，我们很高兴有你这样一位重要的反技术派人才加入。我保证我会尽我所能给你提供你需要的资源。”

“问题是，我不知道明天离开这里时我还能记住什么。我可能会变成一个与今天完全不同的人。”他突然意识到，西利娅肯定什么都没听懂，于是向她解释道，“我在这个项目上做的一切都与这个隔间里的一种波相连，而这些波实际上是博士的大脑信号，”他又转向西尔瓦娜说，“出去后，我只会记得他想让我记住的事物和时间。”

“你是说前些日子监视我们的那个眉毛很浓的幽灵？”

“是的，就是克拉夫特总裁本人。”

“那他今天没在监视我们？”

“他正忙着试用我的感知舱呢，他连那东西都拿走了，”利奥指着感知舱原来所在的位置抱怨道，“我得失陪一下，我要先看看他进展如何。”

屏幕上出现的是 ROBco，西尔瓦娜不禁觉得这有点讽刺，并想到：连总裁的任务都由机器人来干了。可是考虑到他们得到的消息，这番评论突然显得不太合适：博士一连接到感知舱，他的生命体征就顿时偏离了基准线一大截，必须立即采取急救措施。他的恢复过程十分缓慢，机器人开始担心他随时可能心脏骤停，并想知道突然中断实验可能会造成什么样的后果。

利奥像被电击了一样跳了起来，大叫道：“不要这样！这可能会要了他的命！”然后开始像粒子加速器里的电子一样在隔间里来回踱步。他早该预见到这一点的：博士年事已高，他的器官已经适应了现在的生活方式，早已失去了吸收强烈情感的能力。利奥怎会如此蠢呢？居然还想着也许还有办法救自己一命。现在他彻底完蛋了：博士这辈子都不会放过他了。

西尔瓦娜和西利娅望着他，不敢插手，这时 ROBco 传回报告：

“**警告：**心率每分钟 40 跳，有心跳、呼吸停止的危险。”

“你在说什么呀？他自己的机器人在干什么？它应该做点什么！”

“**信息：**他把阿尔法 + 断开了。”

“什么？？”

利奥有气无力地瘫坐了下来，西利娅握着他的手，像在安慰一个病人。

“**通知：**博士已经死亡。**问题：**我该怎么办？”

“这就是我发明的东西……一个死亡陷阱。现在我不得不东躲西藏了。现在你怎么看待我，西尔瓦娜？你当时差点儿就自己也去试了……”

一想到这种情况本来也可能发生在自己身上，西尔瓦娜一时间浑身瘫软。可是她听着年轻人说的话，心中有什么东西开始涌动：

“别那么说，这是一场意外，并不是你的错。是他把他的机器人关掉的，对吧？也许他很清楚自己要做什么，那就是他想要的：自杀。”

“恰恰相反，他是想变得更年轻，想从别人那里汲取生命，”利奥的目光飘向西利娅，却不敢正视她，“我真是可耻，一直在肆无忌惮地玩弄着这个世界上最脆弱的材料。”

“**重复：**我该怎么办？”

“你们俩告诉它吧。我都不知该拿自己怎么办。”

“我们一步步来。”西尔瓦娜切换到危机管理模式，“我们肯定先要把当下的情况通知给某个人。”

“是的，盖图先生……但他们会让我担这个责的……”

“**澄清：**这位女士是对的。他们不能责怪你，因为阿尔法+记录了它的主人亲手切断连接的所有证据。”

“哇，好一个机器人！你去通知那位先生，然后回到这里来，我看你会对我们有用的。”西尔瓦娜转向利奥说，“让我们看看好的一面：你自由了。那个囚禁你的人已经不存在了，你再也不是他脑波的奴隶了……”

“该死的！现在一切都不可挽回了。那个老混蛋把一大堆他独享的知识都带进了坟墓。天知道他带走了多少惊人的发明，然而再也没有人知道如何使用它们了。多么邪恶的遗产啊……”

“你是说，你已经把一切都抹掉了？”

利奥表情扭曲，眼神迷茫，似乎是在寻找自己的内心：“不，还没有。我只有跨过那个门槛才会被抹掉记忆。”

西利娅的眼睛始终在他们两人之间看来看去，努力地理解发生的一切：

“那你最好不要跨过它，对吗？”

西利娅深情地望着他，一时间，利奥忘掉了一切，只感到这只温暖的小手在为他加油鼓劲。他必须为这个女孩做点什么，这是他欠她的。她刚建议自己别离开这里，要留住他掌握的知识，真是多亏了她，尽管她并不清楚其中的原委。从这个角度看，为什么不呢？他可以试着将义体修改为可以输出的格式，并将其传输到公共登记网站上……但这样做有风险，而且需要时间，可是他没有时间了。

他不知道西尔瓦娜是看透了他的心思，还是仅仅顺着刚才对话的逻辑推导给出了建议：“没错，就留在这里。总裁死了，说不定他们要花上一段时间才能把你赶出去，或者，谁知道呢，公司可能还会有兴趣把这个项目继续做下去呢。”

“但是，什么项目呢？义体已经完成了，而那个感知舱……我们最好把它毁掉。”

“但那东西对你有帮助啊。你说它开阔了你的视野，让你理解了许多你本来根本不可能明白的事情，记得吗？如果你没有亲自尝试，西利娅和我今天就不会在这里了。”

“我当时并没想过会有什么后果。设计一个安装在机器人身上的义体是一回事，把一个人的大脑当作玩物又是另一回事。我真是个不计后果的混蛋！”

“**信息：**”听到 ROBco 冲了进来，他们三个人同时转过身去，“盖图先生重新连接了阿尔法 +，他认为博士所说的感知舱已经完工是错误的结论。这次事故清楚地表明它尚需完善。**陈述：**他认为这个感知舱是你一直在研发的那个秘密项目。**警告：**他将恢复你的职位，从现在起你将在他的直接监督下工作。”

“没门儿。我再也不会只为一个人工作了，我也不会再认同克拉夫特公司的政策了。”

“**澄清：**你别无选择。他已经决定让你继续研发感知舱，据他说，他是第一个体验它的人。他从中看到了巨大的潜力，所以才在新年大会上推荐了你，而且，他也帮你顶住了来自博士的压力。”

“如果他这么喜欢感知舱，那他可以留着它。他一定会爱上它的……”

“现在先别放弃，利奥，”西尔瓦娜坚决地说道，“如果你走了，还会有别人来取代你的位置，什么都不会改变。坚持住，干到底。”

“这话怎么会从你口中说出来呢？克拉夫特的那些精密的机器人害得人类越来越弱智，你不是一直都对此深恶痛绝吗？”

“虽说我没有‘烈压’我自己，但我的想法确实也变了。不管我喜不喜欢，机器人都已经成了亲技术派的老师，既然这样，那我们最好还是让它们帮助人类成长，使人类更具创造力，同时避免让人类过分依赖它们，导致缺乏想象力。”

“你和盖图先生一样，都把义体和感知舱搞混了。我最想做的就是让每个人都能用上这个创造力‘激励器’，并把它放到公共登记网站上。”他朝西利娅微微一笑，他愿意为她冒这个险。

“那你还等什么呢？”这个天真无邪的问题自然而然地冒了出来。

“要做到这一点，我得在隔间里继续待很长时间，盖图先生不会答应的。”

“**发现矛盾：**你的意思是，他不会同意你拒绝为他工作。**提醒：**要找到解决方案，你就必须避免盲目的假设。”

“你的意思是……是的，这是唯一的办法……但我只能一直待在这里，一步也不离开。更糟的是，我是在为盖图先生开发一款归他私人所有的工具，好让他能够将自己沉浸到别人的脑子里。这我接受不了。”

“你可能的确无法接受，这我们很清楚，人类这个物种已经变得越来越懦弱了。”西尔瓦娜注视着他，满怀激情，“但是现在，我已目睹你和你的机器人之间的默契配合，如果现在就放弃，那么无论是对你自己，还是对大家，都是一种犯罪。我从书中领略了人类几个世纪以来不计其数的英雄壮举，而现在，你不应该剥夺我目睹这样一场壮举诞生的机会吧……”

31

妈妈，今天我的心情真是愉快极了，你要是看到了也一定会高兴的。西尔瓦娜说得没错，关于姬丝的事我已经感觉好过一些了。只是，我们去那里的时候又死了一个人，但你别担心，这回跟我没关系。每次我溜进克拉夫特公司，都会有人遭遇不幸，仔细想来，我希望这不是西尔瓦娜故意安排的，不，那不可能。利奥对此也感到万分内疚，就像我那天的感受一样。

他本来是要替他的老板设计一个绝密的装置，我只了解这么多。现在老板死了，利奥希望每个人都能有一个这种装置。这听上去很容易吧？其实一点也不。他得把自己锁在实验室里很久，就像被绑架了一样，还得加倍努力地工作，看起来是为了新老板，实际上是偷偷地在为所有可能拥有这种装置的人工作。他答应我，ROBbie 会是第一个安装这种装置的机器人。我忘了告诉你，那个“义体”（他们是这么称呼它的）只能安装在机器人身上。如果它们的主人想要，就可以用它来提高他们自己的智力。事实上，我不认为卢或者菲会对这个发明感兴趣，但是利奥坚持要把这个发明提交到公共登记网站。他还想跟我的同学们推广这个发明呢，至少这会是个让我重返学校的好理由。

西尔瓦娜说，我有权第一个拥有它，因为假如没有我，这一切就都不会发生，而利奥则肯定会心甘情愿继续为那个“暴君”（这是西尔瓦娜对那个老板的称呼）工作。说完，她还幸灾乐祸地瞥了利奥一眼。唉，可怜的利奥，他只是记录了一次我的大脑，就平添了这么多麻烦。“你的大脑信号是这一切的关键，”西尔瓦娜神秘地对我说，接着又一脸严肃地对利奥说，“这一点毋庸置疑。”我一头雾水，刚想问个明白，可是她搪塞道，“你长大后就会明白了。”这种话你以前也常常对我说，真是吃不消。你瞧，妈妈，西尔瓦娜通过这枚戒指继承了你的诸多品质，连我不喜欢的那些也捎带上了。

西尔瓦娜不肯解释为什么要把那个总裁称为暴君，也不想告诉我他是怎么死的。她对这件事的唯一解释是：他咎由自取。那个人真可怜，我虽然不认识他，却有点同情他了。这个时代的人真是不尊重逝者，无论是对姬丝，还是对那个一手遮天的生意人。实际上，那个奇妙的装置最初就是他的主意。也许他真的只是想把它据为己有，可是现在，每个人都能拥有它了，却没人会为此感谢他。在西尔瓦娜口中，他就好像是我们甩掉的一个累赘。我觉得这对他很不公平。更不公平的是，她把我也牵扯了进来，理由是她认为我的大脑信号是一切的关键，连利奥对此也没有异议。这真让人费解啊……希望有一天我能把整件事弄明白。

你发现了吗？我已经不需要那个戒指就能跟你说话了。ROBbie做了一个你的动画形象，好像你就在我面前一样。它还想给你做一个语音，但我让它别那么做，因为我怕那样会混淆我对你的记忆，时间一长，我可能就无法准确地记起你是怎么对我说“把头抬高”的，以及每次你发现我心情不好时那种关切的语气了。

当然，我今天的心情不是不好，只是有点不耐烦。我试着想象装上了那个义体的ROBbie会是什么样子。现在我会很仔细地观察它，这样我就能在安装之后注意到前后的差异。因为……我还没告诉你呢，利奥想让我帮他测试那个义体。你能想象吗？我要协助开发一个二十二世纪的前沿科技项目！你一定要告诉爸爸，他知道了会多高兴啊。谁知道呢？说不定在拥有了这种威力巨大无比的工具后，我们会找到穿越时空的方法，让你们也来到这里呢！噢，我得走了，ROBbie说卢要来了。再见！

32

西尔瓦娜要在意识形态委员会发表演讲的通知引发了公司上下的热切关注，尽管全公司都可以通过康优内部的闭路网络观看，但当她进入会场时，整个会议厅已经挤得水泄不通。她穿过人群时尽可能简短地寒暄了几句，便走上演讲台下载演讲材料。委员会成员们到场后纷纷按照程序走上前去与她握手，然后在她面前围成半圆形的扶手椅上就座。西尔瓦娜相信，越是年轻的委员就越容易被说服，他们中有一部分是从一开始就在她的指导下学习的，在他们心中她具有相当的威望。尽管委员会里有几个中年委员，但他们跟她没有任何瓜葛，在她眼里，最难对付的还数她亲爱的巴尔特和小塞，他们俩的死板和顽固和他们的优点一样出众。

演讲伊始，过度激动让她的双手微微颤抖，但她的表达依旧沉稳而自信，信心十足地迎上台下那十双直直看着自己的眼睛。

“各位同仁，相信你们很多人都能猜到我想对你们说什么。我们每个人多少都曾有过类似的想法，但在今天之前，我们都选择了对它视而不见。”她停顿了一下，以强调她接下去要说的内容，“这个想法简单明了：我们没能阻止回旋镖，而且永远也阻止不了。”

会场里唯一的反应是比刚才更沉重的寂静。

“我首先要从一段历史说起：15 年前，就是在这个房间里，巴尔塔萨展示了这张图表。”图中，表示时间的横坐标上，一条代表技术进步的蓝色曲线不断爬升，而一条红色曲线则跟随蓝线爬升到半途就以抛物线轨迹下降了，“众所周知，这条红色回旋镖形的曲线代表的就是人类发展指数。这个指数当时还只是刚刚开始下降，而现在我们最坏的预测已经成为现实：亲技术派要花费他们一生中一半多的时间才能长大成人，而且他们中的许多人就算在成年后仍在逃避承担责任。”

西尔瓦娜点击这条线，图中出现了许多能够支持她的论点的数据框，观众席传来一阵轻微的咳嗽声，暗示他们希望得到一个简单易懂的解释。但是她决定继续坚定地向委员会发表讲话，因为毕竟这些人才是她要说服的对象。

“尽管从演化的尺度来看，一个物种个体的成长期越长，就意味着它越发达，但任何事物都有一个限度。成年人的贡献必须与他们在婴儿时期的收获相匹配。数千年来，人类达成了一种平衡。直到我们经历了一个重大转折后，如我们今天所熟知的那样，我们的贡献值已经成了净赤字。”

她仿佛能读出小塞的脑子里在想些什么：她在康优外面做家庭教师服务的时间太久，被外界那冷酷无情的经济主义论调腐蚀了。

“被巴尔塔萨称为彼得·潘的一代已经出现了，我们的情感刺激课程每天都要接待大量这样的学生。然而，我们必须承认，不管怎样触摸他们的皮肤，我们都没能取得任何进展。这种触摸就连我们这些女按摩师都满足不了。”

她几乎是咬住自己的舌头说完这句话的，她不能让个人受到的困扰掺杂进来。

“我们的策略一直是沿着这条曲线努力回溯，从而阻止它的下降趋势，也就是说，我们想回溯过去。我自己也把研究重点放在了已灭绝的情感上。我认为只要把它们重新找回来，我们就能让一切回到正轨。但是，我今天不是来为我的研究辩护的。”

终于，小塞的眼睛里开始闪现出一丝惊讶。

“或许我们能让一切回到正轨，但并不是以我们想象的方式。你们中有些人见过西利娅，她来过这里，但她在我们中间时，并没有比和亲技术派在一起时感觉好多少。我敢说，她已经选择了他们，他们用机器人和对未来的希望成功得到了她的欢心。”

西尔瓦娜的左臂摆脱了最初的颤抖，并高高举起，那枚耀眼的戒指闪得巴尔特眨了眨眼。

“我们不能再自欺欺人了，我们唯一成功阻止的人只是我们自己而已。我们曾努力地拖着别人一起走，但无济于事。面对现实吧，我们的确会利用他们的一些发明以达到我们自己的目的，最近我本人就尝试了他们那种神奇的超高速运输工具。”一名委员摆出了不耐烦的姿态，这让她意识到应该赶紧挑明自己的提议了。

“我们为什么非要固执地认定，技术进步和人类发展的轨迹必然会无可逆转地分道扬镳？难道因为发明属于他们，而感觉属于我们？如果不想成为边缘群体中的一员，那我们也必须创新。以前，为了改变他们，我们已经做了够多的毫无结果的按摩，现在我们应该努力改变他们的产品。因为无论我们喜不喜欢，机器人都会出现。”屏幕上正在播放西利娅拒绝离开 ROBbie 的影像，这令西尔瓦娜差点分神，“我提议，让康优从此不再视机器人为禁忌。而且，我们应当开辟针对那些机器设备的研究，将现有的各类设备都记录归档后，我们就应该着手推广那些有刺激作用的装备以帮助它们的主人成长，而不是把他们当孩子来宠溺。我们中不是有很多心理学家吗？那就让我们来为他们指出正确的方向，让我们去影响机器人的发展，去影响人类对机器人的选择，乃至影响机器人本身。触摸皮肤的时代已经过去，触及大脑的时代到来了！让我们一起让‘回旋镖’飞回正轨！”

她双眼饱含着热泪，望着图形上的红色抛物线逐渐舒展开来，直到与蓝色曲线并驾齐驱。她在内心将这份美好愿景献给利奥，但愿他能取得成功。她回过身，重新面向委员会那一张张难以捉摸的面孔，发现唯一喜人的迹象是小塞对她使了个眼色，然而，当主持会议的巴尔塔萨宣布会议进入讨论阶段时，他迅速收回了那个眼色。

33

晚上 9：50。“阿尔法 + 重新启动，随时听候克拉夫特博士的吩咐。”

利奥猛地转过身看向隔间的入口。他转身的动作幅度过大，椅背的保护装置顶得他后腰生疼。他困惑地来回看着眼前这两个机器人，顿时语塞。

“你干吗把它带到这里来？”他总算对着 ROBco 开口问道，“我只是命令你去删除义体。为什么它要提起博士？他们没有给它重新编程吗？盖图先生……不想要它吗？”

“**警告：**无法同时回答这么多问题。”

晚上 9：52。“请允许我提个建议：不要难为那个低级型号的机器人，向我提问即可。”

看来，阿尔法 + 显然还装着义体，利奥心想，于是让它做出解释。

晚上 9：53。“博士嘱咐过我‘从现在起，你必须以最高优先级来满足马尔 10 提出的要求’，对此我有记录。**结论：**你必须给我下达命令，如此我才能服从博士的命令。你想要义体吗？我就在这里，没必要把它偷偷删除。”

利奥望着 ROBco，希望能看到它意识到自己即将被取代时的反应，但他发现它仍旧无动于衷地听着阿尔法 + 解释。多么纯粹的机器啊！西尔瓦娜会很高兴的，但对利奥来说，只要他还关在这里，就别指望有人陪伴。这是多么讽刺啊，自己只有被囚禁起来，才能为每个人都造出不鼓励囚禁的机器人。他最好还是专心干下去，因为如今他随时都可能崩溃，把事情彻底搞砸。

晚上9：54。“你还需要什么吗？博士留给他自己的那个发明？你看，我们两个已经把它搬来了，你只要告诉我们应该把它放在哪儿，我们就把它抬进去。”

哦，感知舱，对啊，他怎么没想到呢？到头来，这不过是盖图迫使他加快开发他的产品的手段而已，利奥终于想明白了，“他的”才是重点。从机器人拖进来的那个巨大箱子来看，他们甚至没把感知舱拆解开研究过。

利奥勉为其难地走到它们身边，看着它们打开了气泡膜，里面隐约露出了一把亮闪闪的军刀，他突然振奋了起来，俯下身子迫不及待地拆开包装。

晚上9：59。“博士还说过，除非他死了，你才会得到这张桌子。这也是他在同一天说的，我都有记录。”

利奥根本没在听，他的身心已经完全被四周有一圈珍珠剑和军刀装饰的屏幕上显示的内容占据了。又是一道僧侣的谜题。有让他得到博士认可的盲僧侣问题，还有另外两个来自远方不同修道院的僧侣。这是他死前没完成的决斗呢，还是又一道新的谜题？

无论如何，这桌子已经是他的了，“暂停”的奥秘就蕴含其中。他要将它大卸八块，了解其中的运作机制，然后他很快就能自由了。即将与他一起分享这份成功喜悦的人，有只身生活在一个陌生世纪中的弱小身影——西利娅；有孤身奋战在反技术派阵营中的斗士——西尔瓦娜，当然，还有全世界所有的人。他一边轻轻抚摸着前部面板上那个凸出的荧光粉色按钮，一边观察着被锁在各自房间里的三名僧侣，他们陷入了习惯性的集体冥想中。他的全身激荡着一种幸福感——他不再感到孤独了。

不过，在读到谜题的最后一句话时，他的全身骤然不寒而栗：

失明的僧侣和两名来自其他修道院的幸存者被囚禁在各自的房间里，请问，他们最终能否超越神的设计，拯救他们的修道院乃至整个教团的命运？10年内答对得2121分。

THE VESTIGIAL HEART

附录

人机未来的 6 个问题

相比于那些工业领域里的机器人前辈，小说中虚构的 ROBbie、ROBco 和阿尔法 + 这样的类人机器人更类似于当今的服务和辅助机器人。我们在日常生活中与这样的机器人打交道的机会越来越多，由此引发的社会问题大大超过了工业革命时期。因为机器人进入了原本只有人类才能涉足的领域，如决策、情感和人际关系等。我们希望能预见与机器人伙伴一起工作和休闲娱乐时会对人类造成哪些改变，但从科学的角度来看，这几乎是不可能实现的。

机器人化的社会无疑是一个复杂的系统，预测这个系统会如何演变困难重重。但想象未来可能出现的情景，并鼓励对这类情景所包含的益处和风险进行讨论，不失为一种合理的方法。这样就能做到集思广益，比盲目地强推规则更有利于社会的自我调节与完善。以下材料是在这个方向上进行的尝试。这份材料分为六大部分，每个部分都与小说里的某部分内容存在些许关联，每个部分的结构也都是相同的：在具体章节中，作者都会提出四个问题并引发读者进行讨论，最后给出一些与这些问题相关的学术讨论提示。

这部小说面向的是对技术创新感兴趣，并且关心社会责任的广大读者，可以供阅读讨论小组、高中课堂和成人教育项目使用，也可用作大学“机器人伦理”课程的辅助教材，尤其适用于计算机科学和工程这样的技术领域。同时，还可用在哲学、心理学、政治学、认知科学和语言学等课程中，因为这些课程都有与伦理学相关的课题。

考虑到后面提到的这部分读者，麻省理工学院出版社的网站上以实用教案的形式专门为本书补充了一个页面。该页面给出了小说中与下面这份材料提出的问题相关的详细段落内容，并对相关伦理问题的学术处理方案做了概述。另外，该页面还给出了最新参考文献以供补充阅读。

问题 1：设计一个“完美”的助理

相关阅读：

- 第 1 节：阿尔法 + 与克拉夫特博士
- 第 5 节：ROBco 与利奥

问题：

- 是否应该加强公众对机器人的信任和信心？如果是，应该怎么做？
- 机器人被设计成能使人对其产生依赖性，这样做可以接受吗？
- 在机器人的设计中，是否应该主动排除欺骗的可能性？
- 机器人可以用来控制人类吗？

讨论提示：

“完美”助理的特点会因文化和个体的不同而千差万别。而且，机器人制造商和用户可能有相反的诉求，例如，在依赖性方面，以企业家的视角来看，克拉夫特博士认为，适应性强的机器人应该像手套一样适应它们的主人，满足人们的一切需求，并尽量让人们永远保持良好的状态。而作为使用者，他又想要一个假想的助手来刺激自己产生不同于常人的思维和行为。同样，利奥在进行专业设计时必然会比他作为普通用户调试机器人时更执着于使用严格的标准，如机器人的安全性和可维护性方面。

在社会中大量投放机器人时，出现欺骗行为的风险是很高的：老年人可能被误导，认为他们的机器人助手关心他们，便把所有决策权都委托给它们；儿童可能会产生错觉，认为机器人玩具具有精神状态和情感；公众可能会开始相信机器人真的具有智能和意识。机器人不应该以模仿人类的方式设计是一个被大众普遍接受的原则；相反，应当清楚而明确地呈现它们的机器本质。

机器人可能会强化用户的某些习惯和价值观，关键的问题在于由谁来决定这些习惯和价值观应该是什么，以及它们应该让谁受益：是用户、社会，还是特定人群。例如，如果用户想要坚持一种饮食方式，他可能会自己调整机器人，让它在两餐之间分散他的注意力，或扮演一种“蟋蟀吉米尼”[①]式的角色，提醒他事后会感到多么羞愧。这类行为可以被编入机器人的程序，从而鼓励其用户维持健康习惯，降低医疗成本。但这种编程技术同样可以用于增加公司的利润，也有利于维护政党或国家的政治利益。即便真的是为了用户的利益，程序推送也会因过度侵扰用户而令人生厌，因而有可能激怒一些用户，尤其是那些脾气不好的。克拉夫特博士就是这样一位用户，这种情况出现在本书描述的第一个场景中：当他的机器人阿尔法＋试图唤醒他时，他对它吼道“别碰我，你这恶心的怪胎”，并猛地推了它一把。因此，机器人的这类辅助效果，很大程度上都取决于用户和情境，并且个性化需求在设计时必须加以考虑。

① 迪士尼版本动画片《匹诺曹》中匹诺曹的伙伴。——编者注

问题 2：机器人的外观和情感

相关阅读：

- 第 9 节和第 12 节：ROBbie 与西利娅
- 第 10 节：克拉夫特公司年会上的利奥

问题：

- 机器人的外观对公众的接受度有何影响？
- 机器人模拟情感的优点和危险是什么？
- 你有没有听说或体验过恐怖谷效应？
- 是否应该鼓励人们对机器人的情感依赖？

讨论提示：

拟人的外观和模拟的情感可能会让机器人在一些紧急情况下更具优势，能使人们更早、更快地做出反应。然而，人们广泛认可的准则是：拟人化和模拟的程度不应高于特定应用程序的要求。当然，外观方面存在一个更普遍的伦理顾虑，那就是在机器人的设计和编程中，应避免性别歧视、残疾歧视、人种歧视和对族群特征不敏感的形态与表现。西利娅对她的机器人 ROBbie 产生依赖，是由于它的忠诚、可靠和可预测的行为，而这正是仰赖于它那不具欺骗性的机器外表。

大量研究表明，机器人越拟人化，人类对它们的反应就越正面和有同理心，直到机器人与人类过度相似导致不安，从而使人突然产生排斥情绪，这就是所谓的“恐怖谷”效应。那个“灾难”展台上，利奥在一个机械婴儿面前经历了这种痛苦，他认识到“恐怖谷”效应足以毁掉一款机器人产品。

对机器人产生情感依赖的主要风险是所谓的“忘忧果”[①]问题，即与机器人建立关系过于容易，而与人类交往并不总是让人愉悦，这样就会削弱人与人交往的动机，进而导致社会孤立。这对儿童而言尤为有害，因为减少与家庭和同龄人的接触可能会严重扰乱他们的正常成长，妨碍他们培养同理心。西利娅喜欢 ROBbie，是由于它的行为比起同学和养母更“理性”，因为 ROBbie 必须遵守规则，也不可能因无理取闹使她为难。此外，她还感受到了机器人的保护，在她看来，它是可以信任的忠实伙伴。

今天的主流趋势是在机器人设计中设置道德界限，而一些哲学家则主张将研究重点放在人类与机器人的互动上，让这些互动能以一种不同寻常的方式来补充人与人之间的情感生活，使其更加丰富，进而增进人类的繁荣和幸福。

问题 3：工作环境中的机器人

相关阅读：

- 第 13 节：利奥、ROBco 和“暂停”设备

---

① 指吃了忘忧果之后，人就会变得醉生梦死、贪图享乐。——编者注

问题：

- 机器人总体上是在创造还是摧毁就业？
- 应当如何安排工作才能优化人与机器人之间的协作？
- 人—机交互实验需要专门的监督吗？
- 知识产权的法律对人—机协作是否有效？

讨论提示：

对失业的担忧并不只发生在与机器人有关的领域，它可以追溯到农业革命和工业革命，乃至最近的互联网革命。针对这类担忧的一种标准回应是，人类工人因此可以从危险、肮脏或枯燥的工作中解脱出来，去从事具有更高价值的工作，这主要是指设计、编程、资源部署、维护和使用新技术。然而，这一积极的趋势也有不利之处：技术鸿沟。大多数被解雇的工人并不能胜任新的工作。在发达国家，技能转移可能需要至少一代人的时间，而对于欠发达社会，经济差距可能会变得不可逾越。目前面临的挑战就是制定和建立起能更公平地分配工作和资源的社会规范。

为与人类紧密协作而设计的机器人助手引发了新的担忧：如何在一项共同完成的任务中划分人类和机器人之间的界限，从而不仅能使产出最大化，而且更重要的一点是，能维护专业人员的权利和尊严。一个日益严峻的问题就是，如何在跟机器人协作的人员与编写机器人程序的程序员之间合理划分成功的报偿和失败的责任，而这种划分在机器人具有学习能力的情况下变得更加困难，因为它们的行为既取决于内置的软件，也取决于它们的全部学习经验，这其中就可能牵涉许多与机器人互动的人类。

利奥在两方面的挣扎正是这些问题的体现：首先，他担心自己的隐私和知识产权可能会被雇主安装的“暂停”设备侵犯；其次，他努力想让 ROBco 知道他们各有所长，为了优化他们之间的协作，他们需要各司其职，并在共同的基础上进行交流。

问题 4：教育领域的机器人

相关阅读：

- 第 14 节：养母卢观察西利娅在学校的表现
- 第 16 节：西利娅、她的同学姬丝，以及她的家庭教师西尔瓦娜

问题：

- 机器人能教的东西有极限吗？
- 帮助他人和制造依赖之间的界限在哪里？
- 谁来定义机器人老师所传递和鼓励的价值观？
- 机器人老师和人类老师应该是什么关系？

讨论提示：

举例来说，远程教授外语或音乐的机器人被认为是有用的课堂辅

助工具，用来引导幼儿学习编程或鼓励团队协作以加强各种纪律观念的教育机器人也同样被认为是有用的。然而，当自主机器人助手以人类教师的身份传授文化价值观和批判性思维时，争议就出现了：没有生活经验的机器如何激励学生，或者对学生进行道德上的指导呢？孩子如何才能不仅在逻辑上而且在情感上学习移情和说服他人呢？机器人会怎样培养对长辈的尊敬和对伟人丰功伟绩的钦佩之情？

在西利娅的学校里，学生只学习如何在优教系统中寻找解决方案，而不是使用自己的理性来思考，他们被一套极端而机械的社会化训练所束缚，于是，姬丝表现出反应性依恋障碍的症状也就不足为奇了。当然，我们可以想象出一些更好的培养良好社会行为的方式。例如，机器人可以微笑，或做出一些提示来鼓励玩伴彼此分享玩具，而每当孩子拒绝分享时，它就露出失望的表情。同样，机器人也可以引导孩子与不认识的其他孩子互动，以避免被孤立。

学校由优教系统而非人类教师来为每个学生量身定制教育计划，但它在为西利娅安排学习计划时遇到了麻烦，因为西利娅的反应与其他孩子截然不同。她的创造力——一项几乎是人类独有的能力，是贯穿始终的一个重要主题，这突显了人类发展过程中技术抹杀创造力的风险。

卢认为，父母持续监控孩子的行为是天经地义的。这样做可能会妨碍孩子培养自主行为能力，并削弱他们的决策能力。她想进一步鼓励孩子形成依赖，于是要求西尔瓦娜教西利娅如何与 ROBbie 组成一个团队，这样机器人就能学会掩盖女孩的缺点。

这就引发了一个问题：机器人助教究竟应该与教师合作还是与学生合作。一方面，机器人可以比人类教师更准确地追踪每个孩子的进步和态度，并建立详尽的学生模型，这对提供个性化的教育大有助益；但另一方面，为了得到孩子的信任，机器人助手绝不能向人类教师透露孩子的“秘密”。在这两个方面之间取得平衡是一项艰巨的任务。

问题 5：人类—机器人互动和人类尊严

相关阅读：

- 第 25 节和第 28 节：利奥和西尔瓦娜

问题：

- 机器人的决策是否会破坏人类的自由和尊严？
- 机器人作为情感替代品可以接受吗？在哪些情况下可以接受？
- 机器人可以担任智力缺陷者的治疗师吗？
- 机器人应该有多大的适应力或可调节性？机器人对人类的提升作用有限度吗？

讨论提示：

用户会希望机器人看护者具有基本的互动能力，从而能够处理道德上较敏感的情况。例如，为了避免引起人类产生被物化或失去控制的感受，机器人不应在没有事先征得人类同意的情况下抬起或移动他们。而且，机器人应当使用带有尊重色彩的语言，永远不能恐吓用户。西尔瓦娜觉得 ROBco 给她的建议过于严格，她问利奥，如果机器人这样跟他说话，他会不会觉得人格受到了侮辱。此外，机器人能够收集并传输一个人的数据以用于医疗监控，在应用这一有用的能力时必须考虑到这个人的隐私权及其对自己生命的控制权，例如拒绝治疗的权利，并从中找到平衡。这就引出了一系列问题，如应该在多大限度上服从病人或老年人的意愿，以及交给机器人的控制权大小与病人或老人的精神状态之间的关系。

对某些人来说，机器人伴侣的想法很容易接受，而另一些人则认为这几乎是淫秽行为。由于人类之间的关系有时是痛苦和反复无常的，一些人更愿意与机器人共同生活也就可以理解了。毕竟机器人的行为可预测，从不会批评、欺骗或公开他们的亲密关系。对于心智健全的成年人来说，这种想法或许可以接受，但对于易受影响的用户，特别是儿童，一般来说应避免使用情感替代品。应当注意的是，人类看护者有时会通过模仿情感来改善病人的健康状况，因此也可以允许机器人在类似的情况下这样做。

模拟情感和表现情绪智力的行为是有区别的。捕捉用户的情绪状态也许非常有用，可一旦解读错误就可能会产生负面后果。一些心理学家甚至认为，在某些情况下，能进行眼神交流和对触摸做出反应的机器人所产生的情感理解错觉可能具有治疗作用。机器人作为治疗师的另一个优势就是它们拥有无尽的“耐心”，它们能够永远不会因枯燥重复而感到无聊，并且它们绝不会无意识地表现任何感受，而人类根本无法做到这一点。目前，机器人在帮助自闭症儿童获得社交技能方面已经取得了一定的成果。

总之，当下我们面临的挑战是如何确保机器人在改善人类的日常生活质量、拓展能力、增加自由度的同时，避免使人类对其产生依赖，并且变得情感软弱；这是一道永恒的难题。在那场激烈讨论中，利奥坚决认同机器人能增强我们的身体和认知能力这一积极观点，西尔瓦娜则强调了机器人在亲密关系方面最终可能取代人类这一不利后果。

问题 6：社会责任和机器人道德

相关阅读：

- 第 30 节：阿尔法 + 与克拉夫特博士

问题：

- 可靠性和安全性会有保障吗？如何防止黑客的入侵和破坏行为？
- 谁应对机器人的行为负责？机器人的道德准则应该是可变的吗？
- 在什么情况下，社会福祉才能高于个人数据隐私？
- 机器人的存在可能导致什么样的数字鸿沟？

讨论提示：

自主机器人须在设计师无法预见的情况下做出决定。这不仅给用户带来了可靠性和安全性的问题，也带来了特别是在道德敏感的语境下，应该如何规范自动决策的挑战，以及如何为机器人确立责任归属的问题。

一些人认为，机器人可以成为比人类更好的道德决策者，因为它们的理性不受嫉妒、恐惧或情感胁迫的限制。然而，即使假设一般的道德规则可以用于规范机器人的行为，也还是会有相应的问题出现：应该由谁来决定在这些规则中编入什么样的道德观念？用户可以在何种程度上对这些规则进行修改？例如，是否应该允许机器人为了更合乎道德地对待其他人，或是为了整个社会的利益，而罔顾用户的自主权，这一点尚无答案。

阿尔法 + 表示，当主人处于危险中时放弃主人是违反规定的。但它的主人克拉夫特博士最后却决定关掉他的机器人。谁应该对这一致命的后果负责？利奥是“感知舱”（他称之为“死亡陷阱”）的设计者和机器人 ROBco 的主人，他为此背上了双重的负罪感；而西尔瓦娜则表示这要么是一场意外，要么就是自杀。

作为工具，机器人对任何事情都无须承担责任，但我们始终应当能确定谁应对机器人的行为负法律责任。在机器人能够从经验中学习的情况下，这种责任可以由设计师、制造商和用户共同承担；如果能够证明有黑客非法入侵，那么黑客也可能因此受到指控。而鉴于诉讼目的，机器人的决策路径必须是可重现的，这一点至关重要。有人建议，机器人应像飞机一样配备一个不可操作的黑匣子，从而不间断地记录全部学习过程和相关输入的关键结果。为了让利奥相信他不应当为克拉夫特博士的死负责，ROBco 提醒他，阿尔法 + 的记录保存着它的主人亲自关闭它的证据。

众所周知，数字技术在年龄、财富、教育、地域等诸多方面扩大了人与人之间的鸿沟，而机器人可能会因为其成本、实体呈现和重大用途而进一步扩大其中的一些鸿沟。反过来，如果采取政策措施向弱势群体提供必需的财政资源和知识，那么针对这些群体的机器人助手就可能减少社会歧视，并有助于缩小人们之间的差距。利奥意识到了这个社会问题，于是决定牺牲他当前的自由，努力使创新义体能够为大众所用。

我想以呼应小说开端的那段题词来结束这篇附录。在那句话中，哲学家罗伯特·C. 所罗门讨论的是人类关系，但在这里，我们可以将其重新理解为“我们正在建立的人类与机器人的互动关系，将反过来塑造我们”。沿着这条思路，西尔瓦娜挑衅地指出：奴隶机器人让主人变得专横；娱乐机器人给它们的用户洗脑；而保护欲过度的机器人溺爱人类，甚至还替他们做一切决定。利奥反驳道，机器人能够刺激和培养我们的创造力，从而使人类攀上过去无法想象的高峰。

和大多数研究人员一样，我既不赞成未来必有大灾难的看法，也不认同对技术进步盲目乐观的态度。我相信，个人助理机器人在家里、学校和工作场合都将占有一席之地，可以把我们从枯燥的任务中解放出来，增强我们的体魄和认知能力，给老年人和残障人士更多的自主权。但是，只有在限制非常严苛的情况下，它们才可以被用作情感替代品。机器人指向了一些微妙的社会问题，引发耐人寻味的伦理问题，这将给未来增添无穷的可能性。而在这个复杂精妙的领域里，科幻小说可以帮助我们认清人类和机器人在那场我们将来不可避免的“双人芭蕾”中所扮演的角色。

未来，属于终身学习者

我这辈子遇到的聪明人（来自各行各业的聪明人）没有不每天阅读的——没有，一个都没有。巴菲特读书之多，我读书之多，可能会让你感到吃惊。孩子们都笑话我。他们觉得我是一本长了两条腿的书。

——查理·芒格

互联网改变了信息连接的方式；指数型技术在迅速颠覆着现有的商业世界；人工智能已经开始抢占人类的工作岗位……

未来，到底需要什么样的人才？

改变命运唯一的策略是你要变成终身学习者。未来世界将不再需要单一的技能型人才，而是需要具备完善的知识结构、极强逻辑思考力和高感知力的复合型人才。优秀的人往往通过阅读建立足够强大的抽象思维能力，获得异于众人的思考和整合能力。未来，将属于终身学习者！而阅读必定和终身学习形影不离。

很多人读书，追求的是干货，寻求的是立刻行之有效的解决方案。其实这是一种留在舒适区的阅读方法。在这个充满不确定性的年代，答案不会简单地出现在书里，因为生活根本就没有标准确切的答案，你也不能期望过去的经验能解决未来的问题。

而真正的阅读，应该在书中与智者同行思考，借他们的视角看到世界的多元性，提出比答案更重要的好问题，在不确定的时代中领先起跑。

湛庐阅读 App：与最聪明的人共同进化

有人常常把成本支出的焦点放在书价上，把读完一本书当作阅读的终结。其实不然。

时间是读者付出的最大阅读成本

怎么读是读者面临的最大阅读障碍

“读书破万卷”不仅仅在“万”，更重要的是在“破”！

现在，我们构建了全新的“湛庐阅读”App。它将成为你“破万卷”的新居所。在这里：

- 不用考虑读什么，你可以便捷找到纸书、电子书、有声书和各种声音产品；
- 你可以学会怎么读，你将发现集泛读、通读、精读于一体的阅读解决方案；
- 你会与作者、译者、专家、推荐人和阅读教练相遇，他们是优质思想的发源地；
- 你会与优秀的读者和终身学习者为伍，他们对阅读和学习有着持久的热情和源源不绝的内驱力。

CHEERS

本书阅读资料包

给你便捷、高效、全面的阅读体验

本书参考资料

湛庐独家策划

- ✔ 参考文献
  为了环保、节约纸张，部分图书的参考文献以电子版方式提供
- ✔ 主题书单
  编辑精心推荐的延伸阅读书单，助你开启主题式阅读
- ✔ 图片资料
  提供部分图片的高清彩色原版大图，方便保存和分享

相关阅读服务

终身学习者必备

- ✔ 电子书
  便捷、高效，方便检索，易于携带，随时更新
- ✔ 有声书
  保护视力，随时随地，有温度、有情感地听本书
- ✔ 精读班
  2~4周，最懂这本书的人带你读完、读懂、读透这本好书
- ✔ 课　程
  课程权威专家给你开书单，带你快速浏览一个领域的知识概貌
- ✔ 讲　书
  30分钟，大咖给你讲本书，让你挑书不费劲

湛庐编辑为你独家呈现
助你更好获得书里和书外的思想和智慧，请扫码查收！

（阅读资料包的内容因书而异，最终以湛庐阅读App页面为准）

图书在版编目（CIP）数据

残心 /（西）卡梅·托拉斯著；郑骁译．— 北京：北京联合出版公司，2022.7
ISBN 978-7-5596-5909-5

Ⅰ．①残…　Ⅱ．①卡…　②郑…　Ⅲ．①幻想小说—西班牙—现代　Ⅳ．①I551.45

中国版本图书馆CIP数据核字（2022）第022370号

北京市版权局著作权合同登记　图字：01-2021-6966

上架指导：科幻小说 / 畅销书

残心

作　　者：［西］卡梅·托拉斯
译　　者：郑　骁
出 品 人：赵红仕
责任编辑：管　文
封面设计：ablackcover.com
版式设计：湛庐CHEERS　杨雅文

北京联合出版公司出版
（北京市西城区德外大街 83 号楼 9 层　100088）
天津中印联印务有限公司　新华书店经销
字数 216 千字　880 毫米 ×1230 毫米　1/32　9 印张
2022 年 7 月第 1 版　2022 年 7 月第 1 次印刷
ISBN　978-7-5596-5909-5
定价：79.90 元
